folio junior

Skully Fourbery

Titre original : *Skulduggery Pleasant Playing with Fire*
Édition originale publiée par HarperCollins Children's Books,
HarperCollins Publishers Ltd, Londres, Grande-Bretagne

Derek Landy

Skully Fourbery

joue avec le feu

Traduit de l'anglais
par Jean Esch

GALLIMARD JEUNESSE

Résumé des aventures précédentes

Stephanie Edgley, douze ans, hérite d'une vaste propriété à la mort de son oncle. Un curieux individu, emmitouflé dans un long manteau, le visage dissimulé par une écharpe, des lunettes noires et un chapeau, fait irruption chez le notaire lors de la lecture du testament. Son nom est Skully Fourbery, détective privé de son état, cynique comme il se doit.

C'est aussi le squelette vivant d'un magicien mort quatre cents ans plus tôt !

Il apprend à Stephanie que son oncle a été assassiné et qu'elle pourrait bien être la prochaine sur la liste…

Une nouvelle vie commence pour la jeune fille, qui décide d'assister Skully dans son enquête. Elle découvre un monde parallèle, dangereux, peuplé de magie et de personnages aux pouvoirs étonnants…

Je dédie ce livre à ma famille...
sinon, je n'ai pas fini d'en entendre parler.

Nadine : cordialité, gentillesse et prévenance.
Je suis tout cela.

Audrey : le fait que je sois ton frère est
sans doute ce qu'il y a de plus excitant dans ta vie.

Ivan : des mots dénués de sens tels que « brillant »,
« stupéfiant » et « inspiré » ont été employés
pour me décrire, mais ça ne suffit pas.

Si l'un de vous a cru qu'il y aurait quoi que ce soit
de sincère ou de spontané dans ces dédicaces,
permettez-moi de rigoler doucement...

Car la sincérité qui vient du cœur,
je la réserve à ma mamie.

Chic, ce livre t'est également dédié, pour tout l'amour
et le soutien que tu m'as apportés durant ces années.
Je t'aime beaucoup plus que n'importe lequel
de tes autres petits-enfants, juré !

1

L'appel du vide

Valkyrie Caïne heurta le parapet et bascula, tête la première, emportée par son élan. Laissant échapper un hoquet de panique, elle disparut dans le vide.

Le clocher de l'église se dressait fièrement au-dessus de Dublin. Le vent vif de la nuit charriait des éclats de rire venus de la rue en bas. Tout en bas.

Un homme vêtu d'un manteau en loques s'approcha du parapet et se pencha. Il sourit d'un air narquois.

– C'est vexant, dit-il. Ne savent-ils pas combien je suis dangereux ? Je suis très très dangereux. Je suis un tueur. Je suis une *machine à tuer* surentraînée. Et malgré cela, c'est *toi* qu'ils envoient. Une *enfant* !

Valkyrie sentait qu'elle lâchait prise. Ignorant les fanfaronnades de l'homme qui la toisait, elle chercha autour d'elle quelque chose d'autre pour s'accrocher. Elle regarda partout, sauf vers le bas. En bas, c'était la rue, la longue chute et l'arrêt brutal. Elle ne voulait pas regarder en bas. Elle ne voulait même pas penser qu'il existait un *en bas*.

– Quel âge as-tu ? demanda l'homme. Treize ans ? Quel adulte responsable peut envoyer une enfant de treize ans pour m'arrêter ? Où avait-il la tête ?

Valkyrie se balança en douceur vers le clocher et cala ses pieds contre un petit pilier. La peur commençait à l'envahir et elle sentait qu'elle se pétrifiait. Elle ferma les yeux pour repousser la vague de paralysie qui enflait.

L'homme était Vaurien Larsouille, recherché dans cinq pays pour plusieurs tentatives de meurtre. Il se pencha par-dessus le parapet avec un sourire joyeux.

– Avec moi, le meurtre devient une œuvre d'art. Quand je... quand je *tue*, c'est comme si je peignais un grand tableau, immense, avec du sang et... et... un tas d'horreurs. Tu comprends ?

Au-dessus de Valkyrie, la ville scintillait.

– Je suis un artiste, reprit Larsouille. Hélas, certaines personnes ne sont pas capables d'apprécier mon travail. Il y en a qui ne savent pas reconnaître le véritable talent. Mais peu importe. Je ne suis pas amer. Mon heure viendra.

– Serpine a tenté de faire revenir les Sans-Visage, parvint à répondre Valkyrie. (Elle avait les doigts en feu, les muscles de ses cuisses hurlaient de douleur.) On l'a neutralisé. On en fera autant avec vous.

Larsouille rit.

– Tu crois que je veux voir les anciens dieux régner

sur terre, comme autrefois ? C'est ça ? Tu penses que Scelerian Serpine était mon chef ? Je ne fais pas partie de ses disciples cinglés, que ce soit bien clair ! Je suis mon propre chef !

Valkyrie n'avait plus qu'une chance, une seule, mais, pour la saisir elle devait rester calme. Ses pouvoirs, si limités soient-ils, influaient sur les éléments : la terre, l'air, le feu et l'eau. Malheureusement, à ce stade de sa formation, ses pouvoirs ne fonctionnaient pas quand elle paniquait.

– Alors, dit-elle, si vous ne souhaitez pas le retour des Sans-Visage, que voulez-vous au juste ? Pourquoi faites-vous tout ça ?

Larsouille secoua la tête.

– Tu ne comprendrais pas. C'est un truc d'adultes. Je veux simplement qu'on m'apprécie à ma juste valeur, voilà tout. Est-ce trop demander ? Évidemment, tu ne peux pas te rendre compte. Tu n'es qu'une gamine. (Il haussa les épaules.) Bon, c'est l'heure de mourir.

Sur ce, il se pencha encore un peu plus pour pousser la jeune fille dans le vide.

– Avez-vous déjà tué quelqu'un ? demanda-t-elle précipitamment.

– Hein ? Tu n'as donc pas entendu ce que je viens de dire ? Je transforme le meurtre en œuvre d'art !

– Mais vous n'avez jamais *vraiment* tué quelqu'un, n'est-ce pas ? J'ai consulté votre dossier.

Il la foudroya du regard.

– Techniquement parlant, d'accord, peut-être que je ne l'ai jamais fait, mais ce soir, c'est le grand soir ! Tu seras ma première victime.

Valkyrie se prépara ; elle contrôla sa respiration.

– Trouve le point où tout se rejoint, murmura-t-elle.

Larsouille fronça les sourcils.

– Qu'est-ce que tu racontes ?

Valkyrie balança ses pieds vers le haut ; sa main droite lâcha la saillie de pierre, elle sentit le contact de l'air dans sa paume. Elle le repoussa comme on le lui avait appris. L'air miroita et vint frapper Larsouille, qui s'en trouva déséquilibré. Valkyrie agrippa le bord du parapet, pendant que ses jambes se balançaient dans le vide. Elle émit un grognement, effectua un rétablissement, projeta son bras gauche pardessus le rebord et hissa le reste de son corps. Elle se mit debout – ses bras et ses jambes tremblaient sous l'effet de la tension – et elle s'éloigna du parapet. Dans le vent, ses cheveux bruns fouettaient son visage.

Larsouille se relevait déjà. Valkyrie vit la colère marbrer ses joues et son front. Elle claqua des doigts, produisant une étincelle qu'elle enferma dans sa main. Elle essaya de se concentrer pour la transformer en flamme, mais Larsouille fonçait vers elle tel un train de marchandises.

Valkyrie sauta en projetant ses pieds en avant. Ses bottes percutèrent la poitrine de son agresseur, qui se retrouva à nouveau au tapis, les quatre fers en l'air. Il se retourna vers elle, juste au moment où elle lui décochait un coup de pied en pleine mâchoire. Son corps se contorsionna, il tomba à la renverse, se releva, puis perdit l'équilibre et tomba encore une fois. Il cracha du sang et jeta un regard furieux à Valkyrie.

– Sale petite morveuse, grogna-t-il. Sale petite morveuse arrogante et sournoise. Tu ne sais pas à qui tu t'attaques, hein ? Je vais devenir le plus grand tueur que la Terre ait connu. (Il se releva lentement et passa sa manche sur sa lèvre éclatée.) Quand j'en aurai fini avec toi, je livrerai ton corps sanglant et mutilé à tes maîtres, en guise d'avertissement. Ils t'ont envoyée pour m'affronter, seule. La prochaine fois, ils devront envoyer un bataillon.

Valkyrie sourit, ce qui eut pour effet d'attiser la colère de Larsouille.

– Qu'est-ce qu'il y a de drôle ?

– Premièrement, dit la jeune fille en retrouvant peu à peu son assurance, ce ne sont pas mes *maîtres*. Je n'ai aucun *maître*. Deuxièmement, ils n'ont pas besoin d'envoyer un bataillon pour vous mettre hors d'état de nuire. Et troisièmement – c'est le point le plus important – qui vous a dit que j'étais venue seule ?

Larsouille grimaça, se retourna et vit quelqu'un s'avancer vers lui : un squelette en costume noir. Il voulut l'attaquer, mais un poing ganté s'écrasa sur son visage, un pied frappa son tibia et un coude s'enfonça dans sa poitrine. Il s'écroula, lourdement.

Skully Fourbery s'adressa alors à Valkyrie.

– Rien de cassé ?

– Je vous tuerai, tous les deux ! beugla Larsouille.

– Chut ! fit Skully.

Larsouille s'élança. Skully se précipita à sa rencontre, saisit son bras tendu et le fit tournoyer comme une toupie. Il interrompit brutalement le mouvement giratoire en le frappant à la gorge avec son avant-bras. Larsouille exécuta une pirouette en plein vol et atterrit douloureusement. Skully se tourna alors vers Valkyrie.

– Tout va bien, lui dit-elle. Je vous assure.

Larsouille se tenait le visage à deux mains.

– Tu m'as cassé le nez, je parie !

Ils l'ignorèrent.

– Il parle beaucoup, dit Valkyrie, mais je crois qu'il ne connaît pas le sens de la plupart des mots qu'il emploie.

Larsouille se releva d'un bond.

– Je suis le Tueur Suprême ! Je transforme le meurtre en œuvre d'art !

Skully le frappa de nouveau et, cette fois-ci, Larsouille tournoya plusieurs fois sur lui-même avant de se retrouver au sol.

– Vaurien Larsouille, dit le squelette, en vertu des pouvoirs qui me sont conférés par l'Autorité du Sanctuaire, je t'arrête pour tentatives de meurtre sur les personnes d'Alexander Remit et Sofia Toil dans l'Oregon, Cothurnus Ode et Armiger Dandy à Sydney, Gregory Castallan et Bartholomew…

Larsouille tenta une ultime attaque, désespérée, que Skully contra aussitôt par un violent direct dans le nez. Le Tueur Suprême chancela, s'écroula et éclata en sanglots.

2

Un tueur en liberté

La voiture était une Bentley R-Type Continental de 1954. Elle glissait dans la nuit calme de Dublin tel un requin noir, luisant et puissant. C'était une belle voiture. Valkyrie avait fini par lui vouer le même amour que Skully, ou presque.

Ils tournèrent dans O'Connell Street, passèrent devant le Spire et le Pearse Monument. Assis à l'arrière, Larsouille se plaignait que les fers qui lui enserraient les chevilles étaient trop serrés. Il était quatre heures du matin. Valkyrie réprima un bâillement.

Un an plus tôt, à cette heure-ci, elle aurait été couchée dans son lit, blottie sous les couvertures, en train de rêver de… ce dont elle rêvait à cette époque. Les choses avaient bien changé ! Désormais, elle s'estimait heureuse si elle parvenait à dormir quelques heures par nuit. Quand elle n'affrontait pas des maboules comme Larsouille, elle s'exerçait à pratiquer la magie, et quand ce n'était pas la magie, elle apprenait à se battre, avec Skully ou Tanith Low.

Bref, sa vie était devenue beaucoup plus excitante, beaucoup plus amusante, et beaucoup plus dangereuse. En fait, un des principaux inconvénients de sa nouvelle vie, c'était qu'elle faisait rarement de beaux rêves. Quand elle dormait, elle était assaillie de cauchemars. Ils attendaient patiemment dans un coin de son esprit, et ils avaient toujours envie de jouer.

Tel était le prix à payer, raisonnait-elle. Pour mener une vie riche en aventures et en émotions...

Les propriétaires du musée de Cire l'avaient fermé après les événements de l'année précédente et ils avaient installé une nouvelle version du Sanctuaire des Aînés, améliorée, dans un autre quartier de la ville. Ce nouveau bâtiment se dressait bien sagement à côté de ses voisins, humble et insignifiant; la porte d'entrée était fermée, verrouillée et scellée. Mais, de toute façon, Valkyrie et Skully n'empruntaient jamais les portes principales.

Ils se garèrent devant le quai de chargement, à l'arrière, et firent entrer Larsouille par la porte de derrière. Les couloirs étaient faiblement éclairés. Ils passèrent devant les personnages historiques et les stars de cinéma solitaires, abandonnés à la poussière. Valkyrie fit courir sa main sur le mur pour trouver l'interrupteur, et la porte située à côté d'elle coulissa. Elle passa la première et, alors qu'elle descendait l'escalier, son esprit la ramena à l'été précédent, lorsqu'elle avait pénétré dans le hall du Sanctuaire... jonché de cadavres.

Aujourd'hui, pas de macchabées en vue. Deux Fendoirs montaient la garde contre le mur du fond, tout de gris vêtus, avec leurs faux attachées dans le dos et leurs casques à visière pointés droit devant. Les Fendoirs étaient à la fois les agents de police du Sanctuaire et son armée. Silencieux et redoutables, ils continuaient à donner la chair de poule à Valkyrie.

La porte à double battant qui se trouvait sur leur gauche s'ouvrit et le nouveau Grand Mage, Thurid Guild, marcha vers eux. Il semblait avoir une soixantaine d'années : cheveux gris clairsemés, visage ridé et regard froid.

– Ah, je vois que vous l'avez trouvé, dit Guild. Avant qu'il ait réussi à tuer quelqu'un ou après ?

– Avant, répondit Skully.

Guild émit un grognement et fit un geste en direction des Fendoirs. Ceux-ci s'avancèrent et Larsouille recula en tremblant. Ils le saisirent par les bras, fermement, et il n'essaya pas de résister. Il cessa même de se plaindre de son nez cassé, tandis qu'ils l'emmenaient.

Valkyrie se retourna vers Guild. Ce n'était pas un homme sympathique, loin de là, et il paraissait particulièrement mal à l'aise devant elle, comme s'il se demandait encore s'il devait la prendre au sérieux. De ce fait, il avait une fâcheuse tendance à s'adresser uniquement à Skully et ne regardait Valkyrie que lorsqu'elle posait une question.

– Un problème est apparu dont je voudrais vous parler, déclara Guild. Suivez-moi.

Skully emboîta le pas au Grand Mage, mais Valkyrie demeura légèrement en retrait. Guild s'était emparé du poste de chef du Conseil des Aînés, mais il devait encore choisir les deux sorciers qui le seconderaient. Apparemment, c'était un processus long et compliqué, mais Valkyrie croyait savoir qui serait le premier choix de Guild. Cet homme respectait le pouvoir et, dans ce monde, il existait peu d'individus plus puissants que Mr Bliss.

Ils pénétrèrent dans une salle meublée d'une longue table… et Mr Bliss se leva : chauve, grand, large d'épaules, avec des yeux d'un bleu perçant.

– J'ai reçu une nouvelle inquiétante, annonça Bliss en entrant directement dans le vif du sujet, comme à son habitude. Il semblerait que le Baron Vengeous ait été libéré du centre de détention en Russie.

Skully resta muet quelques instants. Quand il s'exprima enfin, ce fut pour demander, lentement :

– Comment en est-il sorti ?

– Violemment, d'après les rapports qui nous parviennent. Neuf Fendoirs ont été tués, ainsi qu'un tiers des prisonniers, environ. Sa cellule, comme toutes les autres, était scellée par un sort. Personne n'aurait dû pouvoir utiliser la magie à l'intérieur.

Valkyrie haussa un sourcil et Skully répondit à la question qu'elle n'avait pas posée :

– Le Baron Vengeous était un des infâmes Trois

Généraux de Mevolent. Dangereusement fanatique, extrêmement intelligent et très très puissant. Un jour, je l'ai vu simplement *regarder* un de mes collègues et celui-ci... a éclaté.

– Éclaté ?

Skully hocha la tête.

– Il y en avait partout. (Il se retourna vers Guild.) Sait-on qui l'a libéré ?

Le Grand Mage secoua la tête.

– D'après les Russes, un mur de sa cellule était fendu. Il tenait encore debout, mais il était fendu, comme si quelque chose l'avait percuté. C'est le seul indice dont nous disposons pour l'instant.

– L'emplacement de cette prison est soigneusement tenu secret, précisa Bliss. Elle est très bien cachée et très bien protégée. Celui qui a organisé cette évasion a agi de l'intérieur.

Guild grimaça.

– C'est le problème des Russes, pas le nôtre. Nous devons nous préoccuper d'une seule chose : arrêter Vengeous.

– Vous pensez donc qu'il va venir ici ? demanda Valkyrie.

Guild se tourna vers elle et elle le vit serrer le poing. Sans doute n'en avait-il même pas conscience mais, pour Valkyrie, le message était on ne peut plus clair : il ne l'aimait toujours pas.

– Vengeous va revenir chez lui, oui. Il a tout un passé ici. (Très vite, il reporta son attention sur

Skully.) Nous avons déjà envoyé nos hommes dans les aéroports et les ports du pays, dans l'espoir de l'empêcher d'y entrer. Mais vous savez mieux que quiconque combien le Baron est difficile à... maîtriser.

– En effet, murmura Skully.

– Nous pouvons supposer, reprit Guild, que, si le Baron Vengeous n'est pas déjà ici, il ne va pas tarder à arriver. Vous l'avez arrêté, il y a huit ans. Je compte sur vous pour récidiver.

– Je ferai de mon mieux.

– Faites plus que ça, détective Fourbery.

Skully observa Guild avant de répondre :

– Certainement, Grand Mage.

Guild les congédia d'un petit mouvement de tête, et, tandis qu'ils rebroussaient chemin dans les couloirs, Valkyrie dit :

– Guild ne m'aime pas.

– C'est juste.

– Il ne vous aime pas non plus.

– Ça, c'est incompréhensible.

– Et en ce qui concerne Vengeous... C'est une mauvaise nouvelle ?

– Très mauvaise. Je parie qu'il n'a pas oublié la fois où je l'ai visé avec un fagot de bâtons de dynamite. Ça ne l'a pas tué, de toute évidence, mais ça lui a gâché sa journée.

– Il est couvert de cicatrices maintenant ?

– La magie permet de faire disparaître la plupart

des cicatrices *physiques*, mais j'aime penser que je l'ai marqué psychologiquement.

– Sur l'Échelle des Méchants Maléfiques, où se situe-t-il ? Dix correspondant à Serpine et un à Larsouille ?

– Le Baron, hélas, monte jusqu'à onze.

– Sans rire ? Ça veut dire qu'il est très maléfique.

– En effet.

– On est dans de sales draps, alors.

– Oh, oui ! répondit Skully d'un air sombre.

3
Vengeous

La première chose que fit le Baron Vengeous en posant le pied sur le sol irlandais fut d'assassiner quelqu'un. Il aurait préféré arriver sans incident, descendre du bateau et disparaître dans la ville, mais on lui força la main. Quelqu'un l'avait reconnu.

Le sorcier l'avait vu ; il l'avait repéré parmi les autres passagers au moment où il débarquait. Alors, Vengeous s'était éloigné de la foule, il avait entraîné le sorcier dans un endroit calme, à l'écart. Ce fut un meurtre facile. Il avait pris sa victime par surprise. Après une lutte brève, Vengeous avait passé son bras autour de la gorge de l'homme ; il n'avait même pas eu besoin d'utiliser ses pouvoirs magiques.

Après s'être débarrassé du corps, il s'enfonça dans les profondeurs de Dublin, en savourant cette liberté qu'il retrouvait après si longtemps.

Il était grand, avec un torse puissant, et sa barbe rase était du même gris argenté que ses cheveux. Ses vêtements étaient sombres, ses boutons de veste astiqués, et les talons de ses bottes claquaient sur les trottoirs éclairés par les réverbères. La ville avait énormément changé depuis sa dernière visite. Le monde avait énormément changé.

Il perçut un bruit de pas derrière lui, discret. Il s'arrêta, mais ne se retourna pas. L'homme en noir dut le contourner pour venir se poster dans son champ de vision.

– Baron, dit l'homme en guise de salut.

– Vous êtes en retard.

– Je suis là, c'est ce qui compte.

Vengeous le regarda droit dans les yeux.

– Je ne tolère pas l'insubordination, Mister Dusk. Peut-être l'avez-vous oublié.

– Les temps ont changé, répondit Dusk, sans se départir de son calme. La guerre est finie.

– Pas pour nous.

Un taxi passa ; les phares éclairèrent le visage livide et les cheveux noirs de Dusk.

– Sanguin ne vous a pas accompagné, souligna celui-ci.

Vengeous se remit à marcher, avec Dusk à ses côtés.

– Il nous rejoindra bientôt, n'ayez crainte.

– Êtes-vous sûr de pouvoir lui faire confiance ? Certes, il vous a libéré de prison, mais cela lui a pris huit ans.

Venant de n'importe qui d'autre, cette remarque aurait constitué le summum de l'hypocrisie car Dusk lui-même n'avait pas levé le petit doigt pour aider Vengeous. Mais Dusk n'était pas n'importe qui. Il était à peine humain et, de ce fait, la loyauté ne faisait pas partie de sa nature. Un certain niveau d'obéissance, peut-être, mais la loyauté, *non. Pour cette raison, Vengeous n'éprouvait aucune rancune envers lui.*

Cette rancune, il la réservait à Sanguin...

Soudain, la respiration de Dusk se fit plus haletante. Il glissa la main à l'intérieur de son manteau, tripota une seringue, puis enfonça l'aiguille dans son avant-bras. Il pressa le piston pour injecter le liquide incolore dans son sang. Quelques secondes plus tard, il avait retrouvé une respiration normale.

– Je me réjouis de constater que vous réussissez encore à garder le contrôle, commenta Vengeous.

Dusk rangea la seringue.

– Dans le cas contraire, je ne vous serais guère utile, n'est-ce pas ? Alors, qu'attendez-vous de moi ?

– Notre travail se heurtera à des obstacles, nous devrons sans doute affronter quelques ennemis. Le Détective Squelette, par exemple. Apparemment, il a une apprentie maintenant, une jeune fille brune. Vous irez les attendre à la sortie du Sanctuaire, ce soir, et vous les suivrez. Dès qu'elle sera seule, vous me l'amènerez.

– Très bien.

– Vivante, *Dusk.*

Celui-ci sembla hésiter.

– Évidemment, dit-il.

4

La belle et la bête

Ils quittèrent le Sanctuaire et roulèrent à travers la ville, jusqu'à ce qu'ils atteignent une rue bordée d'horribles immeubles. Skully gara la Bentley, enroula son écharpe autour de sa mâchoire, abaissa son chapeau sur son front et descendit.

– Je remarque que vous n'avez pas fait allusion au fait que j'ai été jetée du haut d'un clocher, ce soir, dit Valkyrie alors qu'ils traversaient la chaussée.

– Est-ce que ça mérite qu'on en parle ? répondit Skully.

– Larsouille m'a balancée du haut d'un clocher. Si *ça*, ça ne mérite pas qu'on en parle, de quoi peut-on parler, alors ?

– Je savais que tu t'en sortirais.

– Un clocher !

Valkyrie pénétra la première dans un des immeubles d'habitation.

– Tu es déjà tombée de plus haut, dit Skully.

– Oui, mais vous étiez là pour me rattraper.

– Tu as donc appris une leçon précieuse : je ne serai pas toujours là pour te retenir.

– J'ai l'impression que j'aurais pu apprendre cette leçon oralement.

– Bien sûr que non ! De cette façon, tu ne risques pas de l'oublier.

Skully ôta son déguisement tandis qu'ils montaient l'escalier. Au moment où ils arrivaient au deuxième étage, Valkyrie s'arrêta et se tourna vers lui.

– Était-ce un test ? Je sais bien que je suis encore une débutante, une novice. Vous êtes resté en retrait pour me tester, pour voir si j'étais capable de me débrouiller seule ?

– Plus ou moins... En fait, non. Absolument pas. Il se trouve que mon lacet était défait. Voilà pourquoi j'ai tardé à intervenir. Et pourquoi tu t'es retrouvée seule.

– J'ai failli me faire tuer parce que vous refaisiez votre lacet ?

– Un lacet défait, ça peut être dangereux. J'aurais pu trébucher, dit Skully.

Elle le regarda fixement. Quelques secondes s'écoulèrent.

– Je plaisante, dit-il.

Valkyrie se détendit.

– Vraiment ?

– Bien sûr. Jamais je n'aurais trébuché. Je suis bien trop agile.

Il passa devant elle et elle le foudroya du regard, avant de le suivre jusqu'au troisième étage. Ils marchèrent vers la porte du milieu ; un homme frêle avec de grosses lunettes rondes et un nœud papillon l'ouvrit et les fit entrer.

La bibliothèque était un labyrinthe de hauts rayonnages dans lequel Valkyrie avait réussi à se perdre pas moins de onze fois. Ce qui semblait beaucoup amuser Skully, quand elle se retrouvait dans un cul-de-sac ou, mieux encore, à son point de départ. Voilà pourquoi, ce jour-là, elle le laissa ouvrir la marche.

China Spleen passa devant eux, vêtue d'un tailleur-pantalon sombre ; ses cheveux noirs tirés en arrière dégageaient son visage. En les apercevant, elle s'arrêta et leur sourit. Valkyrie n'avait jamais vu une femme aussi délicieusement belle. D'ailleurs, les gens tombaient amoureux d'elle au premier regard, c'était devenu une habitude.

– Skully, dit-elle. Valkyrie. Quelle joie de vous revoir ! Puis-je savoir ce qui conduit jusque chez moi les fort estimés détectives du Sanctuaire ? Car je suppose qu'il s'agit d'une affaire liée au Sanctuaire ?

– Tu supposes bien, répondit Skully. Et je suis sûr que tu sais déjà pourquoi nous sommes ici.

Elle sourit d'un petit air timide.

– Laissez-moi réfléchir... Un certain Baron, récemment libéré ? Vous voulez savoir si j'ai eu vent de rumeurs particulièrement croustillantes ?

– C'est le cas ? demanda Valkyrie.

China hésita. Elle regarda autour d'elle et les gratifia d'un nouveau sourire.

– Allons bavarder en privé.

Elle les entraîna hors de la bibliothèque et, après leur avoir fait traverser un couloir, elle les fit entrer dans ses luxueux appartements. Dès que Skully eut refermé la porte, elle s'assit et demanda :

– Dis-moi un peu, Valkyrie. Que sais-tu sur le Baron Vengeous ?

La jeune fille prit place sur le canapé, mais Skully resta debout.

– Pas grand-chose, avoua-t-elle. Il est dangereux, ça je le sais.

– Oh, que oui, confirma China, dont les yeux bleus scintillaient dans la lumière de la lampe. Très dangereux. C'est un disciple fanatique des Sans-Visage, et il n'y a rien de plus dangereux qu'un fanatique. Avec Scelerian Serpine et Lord Vile, Vengeous était un des plus fidèles généraux de Mevolent. Il était chargé de leurs opérations les plus secrètes. As-tu déjà entendu parler de la Grotesquerie, ma petite ?

Valkyrie fit non de la tête.

– Avant d'être capturé, le Baron Vengeous a reçu pour mission de ressusciter un Sans-Visage à partir des restes découverts dans une tombe oubliée depuis longtemps.

Valkyrie fronça les sourcils.

– C'est possible, ça ? De ramener un Sans-Visage à la vie, après tout ce temps ?

Ce fut Skully qui lui répondit :

– Il s'est avéré que Vengeous ne disposait pas du savoir-faire nécessaire pour ressusciter un Sans-Visage *entier*, il a donc assemblé les restes avec des parties et des organes d'autres créatures, pour donner naissance à un hybride, qu'il a appelé la Grotesquerie. Mais il manquait quand même un ingrédient.

China intervint :

– Deux ingrédients, à vrai dire. Tout d'abord, il avait besoin des pouvoirs d'un nécromancien pour faire revivre sa « chose », et ensuite, après l'avoir ressuscitée, il lui fallait trouver le moyen de la maintenir dans cet état.

– Quand Lord Vile est mort, reprit Skully, Vengeous a cru qu'il pouvait s'approprier ses pouvoirs. Vile était un nécromancien, un adepte de la magie des revenants, la magie des ténèbres. Les nécromanciens ont pour habitude de placer la majeure partie de leurs pouvoirs dans un objet, ou dans une arme ; en l'occurrence, il a choisi son armure.

– Et donc, dit Valkyrie, si Vengeous endossait cette armure, il assimilerait tout le pouvoir de Vile...

– Sauf qu'il n'a pas trouvé l'armure, dit Skully. Lord Vile est mort seul, et son armure a été perdue.

– Et l'autre ingrédient manquant ? A-t-il découvert de quoi il s'agissait ?

China répondit :

– D'après ce que je sais, oui.

– Alors, c'est quoi ?

– Lui le sait. Pas nous.

– Ah.

– Heureusement pour nous, et pour le monde dans son ensemble, Skully était là pour contrecarrer ses plans avant que Vengeous retrouve l'armure et récupère ce mystérieux ingrédient. Il a suivi la trace du Baron jusqu'à une cachette ennemie connue et l'a livré à la justice, après ce qui fut une des batailles les plus commentées de toute la guerre. Skully a été grièvement blessé, si je me souviens bien.

Valkyrie se tourna vers Skully, qui croisa les bras.

– C'est un cours d'histoire, ma parole ! s'emporta-t-il. À quoi bon revenir là-dessus ?

– Parce que, répondit China avec un sourire, j'ai appris que cet ultime ingrédient, quel qu'il soit, a enfin été récupéré, ou du moins localisé, par les associés du Baron.

Skully pencha la tête sur le côté.

– Qui sont ces associés ?

– Même ça, je l'ignore, hélas.

– Donc, conclut Valkyrie, visiblement soucieuse, si Vengeous possède maintenant l'ingrédient manquant, peut-il ressusciter la… Grosse Machin chose ?

– La Grotesquerie, rectifia China.

– Non, dit Skully, c'est impossible. Pour cela, il lui faudrait l'armure de Vile, et il ne l'a pas.

– Mais *s'il* l'avait et s'il ressuscitait la… cette chose, qu'est-ce que ça donnerait ? Pourrait-on l'arrêter ?

Skully hésita pendant une fraction de seconde.

– La menace que représenterait alors la Grotesquerie serait un peu plus sérieuse que cela. En théorie, il pourrait faire revenir les Sans-Visage dans ce monde en ouvrant un portail entre les réalités.

– Un portail ? répéta Valkyrie, dubitative.

– Oui. Mais pour ce faire, la Grotesquerie devrait être en pleine possession de ses moyens, ce qui n'arrivera pas.

– Pourquoi ?

– Il a fallu lui trouver un cœur, et le seul disponible était celui d'un Cu Gealach.

– Pardon ?

– Cú na Gealaí Duibhe, dit China, pour lui donner son titre irlandais complet. On apprend encore le gaélique à l'école, non ?

– Oui. Ça veut dire… Le Chien Noir de quelque chose, non ?

– Presque. Le Chien de la Lune Noire. D'effroyables créatures. Elles ont quasiment disparu de nos jours, mais c'étaient des bêtes cruelles et sauvages.

– Des bêtes cruelles et sauvages, dit Skully, qui n'étaient d'une sauvagerie cruelle qu'une seule nuit toutes les X années, lors des éclipses de lune. Alors, peu importe le pouvoir que Vengeous injecte dans cette chose, la Grotesquerie n'aura jamais la force nécessaire pour ouvrir un portail jusqu'à ce que la Terre, la Lune et le Soleil soient alignés, ce qui ne se reproduira pas avant…

– Deux nuits, dit China.

Skully s'affaissa et sa tête tomba.

– Épatant, murmura-t-il.

Plus tard, sur l'autoroute qui les ramenait à Haggard, Valkyrie se tourna vers Skully.

– Alors ? Une bataille légendaire ? dit-elle.

Skully la regarda.

– Pardon ?

– Le combat entre Vengeous et vous, le combat légendaire. Que s'est-il passé, au juste ?

– On s'est battus.

– Certes, mais pourquoi s'agit-il d'une des batailles les plus commentées de toute la guerre ?

– Je ne sais pas. Peut-être que les gens n'avaient rien d'autre à se mettre sous la dent.

– China a dit que vous aviez été grièvement blessé. C'est pour cette raison que vous n'aimez pas Vengeous ? Parce que vous avez été blessé ?

– Je ne l'aime pas parce que c'est un être maléfique.

– Ça n'a donc rien à voir avec le fait qu'il vous a blessé ?

– Non. C'est parce qu'il est maléfique, grommela Skully.

Ils restèrent sur l'autoroute pendant encore cinq minutes, avant d'emprunter une bretelle de sortie. À partir de là, les routes devinrent plus étroites et sinueuses, entre des champs obscurs et des maisons isolées, puis des lampadaires orange apparurent de chaque côté et ils pénétrèrent dans Haggard. Quand ils atteignirent la jetée, la Bentley s'arrêta.

– Demain, c'est un grand jour, annonça Valkyrie.

Skully haussa les épaules.

– Peut-être. Peut-être pas. Si nous réussissons à empêcher Vengeous d'entrer dans le pays, nous n'avons pas à nous inquiéter.

– Et si on n'y arrive pas ?

– Dans ce cas, on a beaucoup plus de raisons de s'inquiéter. J'ai donc besoin que tu sois reposée et vigilante.

– À vos ordres, capitaine, répondit-elle en haussant un sourcil d'un air moqueur.

Elle ouvrit la portière et descendit de voiture. Quelques secondes plus tard, les feux arrière de la Bentley disparaissaient dans l'obscurité.

Valkyrie demeura devant la jetée quelques instants, pour regarder la mer bouillonner au pied des rochers et jouer avec les petits bateaux amarrés à proximité. Elle aimait contempler la mer. La force des vagues lui donnait un sentiment de sécurité.

À l'époque où Valkyrie Caïne se nommait encore Stephanie Edgley, elle ne connaissait pas grand-chose de la vie en dehors de Haggard. C'était une petite ville nichée sur la côte est de l'Irlande, où tout était toujours si paisible, tranquille et… ennuyeux.

Tout cela avait changé quand Scelerian Serpine

avait assassiné son oncle. Gordon était un écrivain à succès, un auteur de romans d'horreur et de fantastique, mais c'était également un homme qui connaissait le Grand Secret. Il connaissait la culture des sorciers et des mages, les petites guerres discrètes qu'ils avaient livrées. Il connaissait l'existence des Sans-Visage, ces redoutables dieux des ténèbres, chassés de ce monde, et il savait que des gens souhaitaient les faire revenir sur terre.

Au cours des jours qui suivirent le décès de son oncle, elle avait fait la connaissance du Détective Squelette et appris qu'elle appartenait à une lignée qui remontait jusqu'aux premiers sorciers, ceux que l'on nommait les Anciens. Par ailleurs, elle avait dû choisir un nouveau nom. Chaque individu, lui avait expliqué Skully, possède trois noms : celui avec lequel il naît, celui qu'on lui donne et celui qu'il choisit. Le nom qu'il possède à la naissance, son véritable nom, est enfoui dans les profondeurs de son subconscient. Le nom qu'il reçoit, de ses parents généralement, est le seul que les gens connaîtront jamais. Mais c'est un nom qui peut être utilisé contre lui ; voilà pourquoi les sorciers doivent choisir un troisième nom, pour se protéger.

C'est ainsi que Stephanie Edgley devint Valkyrie Caïne et qu'elle s'aventura sur le chemin qui devait l'amener à manipuler les éléments : elle commença à apprendre la magie.

Valkyrie se faufila derrière sa maison, se plaça sous

la fenêtre de sa chambre et se concentra. Quelques semaines plus tôt, elle avait encore besoin d'une échelle, mais chaque leçon avec Skully lui permettait de contrôler un peu plus ses pouvoirs.

Elle prit son temps, jusqu'à ce qu'une sensation de calme l'envahisse. Elle fléchit ses doigts, sentit l'air caresser sa peau, les lignes de faille entre les espaces. Elle sentit leurs points de connexion, la manière dont chacun affecterait le suivant une fois qu'elle aurait exercé la pression adéquate.

Bras tendus le long du corps, elle écarta les doigts ; l'air ondula et la propulsa vers le haut. Elle réussit à s'agripper au rebord de la fenêtre, de justesse. Il lui arrivait encore de louper son coup, mais elle s'améliorait. Elle souleva la fenêtre et, grognant sous l'effort, elle se hissa à l'intérieur. Se déplaçant le plus silencieusement possible, elle referma la fenêtre et alluma la lumière.

Elle ignora la fille qui était assise dans son lit : son sosie parfait. Elle colla son oreille à la porte. Rassurée de constater que ses parents dormaient à poings fermés, elle se débarrassa de sa veste, tandis que son double se levait.

– Ton bras, lui dit-il. Tu as des bleus.

– J'ai eu une prise de bec avec un méchant, répondit Valkyrie, à voix basse. Et toi, comment s'est passée ta journée ?

– À l'école, pas de souci. J'ai fait tous les devoirs, à l'exception du dernier problème de maths. Je n'ai pas réussi. Ta maman a fait des lasagnes pour le dîner.

Valkyrie ôta ses bottes d'un coup de pied.

– Rien à signaler ? demanda-t-elle.

– Non. Une journée tout à fait normale.

– Tant mieux.

– Tu es prête à reprendre ta vie ?

– Oui.

Son reflet hocha la tête, se dirigea vers le grand miroir, y pénétra, puis se retourna et attendit. Valkyrie toucha la glace du bout des doigts et tous les souvenirs de la journée se déversèrent dans son cerveau, tandis que son double se transformait ; il se retrouva vêtu de la tenue que portait Valkyrie, puis il ne fut plus qu'un reflet dans un miroir.

Valkyrie fit le tri parmi ces nouveaux souvenirs ; elle les rangea à côté de ceux qu'elle avait elle-même créés. Il y avait eu une séance d'orientation à l'école. Le professeur avait tenté de leur faire dire ce qu'ils voulaient faire plus tard, après le lycée, ou du moins ce qu'ils aimeraient étudier à l'université. Personne n'en avait la moindre idée, évidemment. Son double était resté muet, lui aussi.

Valkyrie réfléchit à cette question. Elle n'avait pas besoin d'un véritable métier, en fait. À sa majorité, elle hériterait de la propriété de Gordon et toutes ses royalties, elle n'aurait donc jamais aucun souci d'argent. D'ailleurs, quel métier pouvait bien l'intéresser, à part la magie ? Si elle avait assisté à cette discussion, elle savait ce qu'elle aurait répondu : *Je veux devenir détective*. Cela lui aurait valu quelques ricanements dans la classe, mais elle s'en fichait.

La grande différence entre ses camarades et elle, ce n'était pas la magie, elle le savait bien, ni même l'aventure. C'était le fait qu'elle savait ce qu'elle voulait faire dans la vie et, d'ailleurs, elle le faisait déjà.

Elle se déshabilla, enfila son maillot de football de l'équipe de Dublin et se mit au lit. Vingt secondes plus tard, elle dormait.

5
La terreur de Londres

Une silhouette sombre survolait les rues de Londres en sautant de toit en toit ; elle tournoyait et faisait des cabrioles dans les airs. Cet individu ne portait pas de chaussures et bondissait d'un pas léger, semblable à un murmure emporté par la brise nocturne. Il se déplaçait en chantonnant ou en émettant parfois un petit rire aigu. Il était entièrement vêtu de noir et coiffé d'un haut-de-forme cabossé qui restait sur sa tête malgré ses acrobaties. Son costume était déchiré, usé et il sentait le moisi ; ses grands doigts se terminaient par des ongles longs et durs.

Il atterrit au bord d'un toit, sur une seule jambe, et demeura dans cette position, son corps dégingandé plié en deux. Il observa les gens qui marchaient dans Charing Cross, tout en bas, les voitures qui passaient à vive allure. Ses lèvres gercées se retroussèrent, ses petits yeux s'agitèrent ; il passait en revue la sélection qui lui était offerte, il faisait son choix.

– Jack.

Il se retourna prestement pour voir la jeune femme qui marchait vers lui. Elle portait un long manteau, fermé, et le vent ébouriffait ses cheveux blonds qui venaient caresser son visage. Un très beau visage. Jack n'en avait pas vu d'aussi beau depuis des années. Il entrouvrit la bouche, laissant voir de petites dents jaunies, et il la gratifia de son plus joli sourire.

– Tanith, dit-il, d'une voix haut perchée et tendue, avec un accent où se mêlaient les intonations des quartiers populaires de Londres et… autre chose, indéfinissable. Tu es magnifique.

– Toi, tu es répugnant.

– Trop aimable. Qu'est-ce qui t'amène dans mon coin ?

Tanith Low secoua la tête.

– Ce n'est plus ton « coin », comme tu dis, Jack. Les choses ont changé. Tu n'aurais pas dû revenir.

– Où voulais-tu que j'aille ? Dans une maison de retraite ? Je suis une créature de la nuit, ma belle. Je suis Jack A. Ressort, pas vrai ? Ma place est ici.

– Ta place est au fond d'une cellule.

Il s'esclaffa.

– Moi ? Derrière des barreaux ? Pour quel crime, je te prie ?

– À part le meurtre, tu veux dire ?

Il tourna la tête, de façon à l'observer du coin de l'œil.

– Dois-je comprendre que c'est toujours illégal ?

– Oui.

Tanith ouvrit son long manteau, laissant voir l'épée le long de sa jambe.

– Tu es en état d'arrestation.

Jack s'esclaffa une fois de plus, puis il exécuta un saut périlleux, retomba sur son pied droit et lui fit un grand sourire.

– C'est nouveau, ça ! dit-il. Tu avais l'habitude de fourrer ton nez partout où il ne fallait pas, tu passais ton temps à rendre la justice, comme tu disais, mais tu n'arrêtais personne. Tu es devenue flic pour de bon ? Tu fais partie de la police maintenant ?

– Rends-toi, Jack !

– Ma parole, c'est vrai ! J'avoue que je suis impressionné.

Il avança la tête et la fixa de ses petits yeux.

– Quelle était cette phrase que tu disais toujours, avant que la situation dégénère ? « Viens donc tenter ta chance…

– … si tu te crois assez fort. »

Il sourit.

– Et toi ? demanda-t-il.

Elle sortit son épée du fourreau. La lame capta un éclat de lune et l'emprisonna. Tanith le regardait d'un air impassible.

– Je te laisse juge, dit-elle.

Jack A. Ressort bondit.

Il sauta au-dessus de Tanith, qui se retourna et se baissa pour esquiver le coup d'ongles. Elle avança au moment où il atterrissait, évitant d'un cheveu le mouvement de revers. Elle pivota pour faire face à Jack qui revenait déjà à la charge.

D'un geste, il écarta l'épée et son pied droit jaillit en direction de la cuisse de Tanith, ses ongles d'orteils s'enfoncèrent dans la peau et il grimpa sur elle pour s'agenouiller sur son épaule. Elle lui agrippa le poignet afin de se protéger des grands ongles. Incapable de supporter le poids de son agresseur, elle trébucha, mais Jack sauta avant qu'elle s'écroule, et il se posa gracieusement, tandis que Tanith roulait et se redressait en position accroupie. Il plongea de nouveau sur elle.

Ils dégringolèrent, accrochés l'un à l'autre. Jack entendit l'épée tomber bruyamment sur le toit : Tanith l'avait laissée échapper. Elle lui donna un coup de pied dans le ventre. Il exécuta un saut périlleux arrière mais, au moment où il retombait, elle était là pour l'accueillir et son poing s'écrasa sur son nez. Il recula de quelques pas en voyant des étoiles danser devant ses yeux. Avec son talon, elle le frappa au genou ; il hurla de douleur, puis sentit une main lui broyer le poignet et le tordre d'un coup sec. Il repoussa Tanith ; sa vision s'éclaircit.

– Tu as tort de me chercher ! Tu ferais mieux de me laisser tranquille ! cracha-t-il. Je suis unique ! Il n'y a même pas de nom pour me définir ! Je mérite de figurer sur la liste des espèces menacées ! Tu devrais me protéger plutôt !

– Tu sais comment on protège les espèces menacées, Jack ? On les enferme dans un enclos où personne ne peut leur faire du mal.

Une grimace déforma son visage.

– « Enclos » est un joli mot pour désigner une cellule, pas vrai ? Jamais je ne te laisserai m'enfermer dans une satanée cellule !

C'est alors que leur parvinrent des pleurs de bébé. Le visage de Jack s'adoucit et il retrouva son sourire.

Tanith le mit en garde :

– N'y pense même pas.

Le sourire se transforma en rictus sadique.

– On fait la course ! lança-t-il.

Sans attendre, il se précipita vers l'extrémité de l'immeuble et, soudain, il n'y eut plus que le vide sous ses pieds. Le toit voisin se propulsa à sa rencontre. Jack y atterrit en douceur et se remit à courir dans le même mouvement. Il jeta un coup d'œil par-dessus son épaule et vit Tanith Low qui tentait de le suivre. Cette fille était douée, assurément, mais Jack évoluait dans son élément. Il était le prince de Londres. Cette ville le laissait s'aventurer là où personne d'autre n'avait le droit d'aller. Il la connaissait comme sa poche.

Les pleurs du bébé se firent entendre à nouveau, alors il changea de direction ; il s'éloigna des zones les plus animées pour suivre ce bruit alléchant au-dessus des rues et des ruelles. Ses jambes puissantes le propulsaient dans l'obscurité ; il fit demi-tour et planta ses pieds dans un mur de brique. Il courait en biais, à l'aplomb de la façade. Il aperçut Tanith qui suivait sa course en sautant d'un toit à l'autre, pour tenter de l'intercepter avant qu'il atteigne son objectif.

Un dernier cri du bébé arrêta Jack, qui fixa son attention sur une fenêtre ouverte, très haut au-dessus de la rue. Il effectua une succession de petits sauts pour prendre de l'élan. Du coin de l'œil, il aperçut Tanith qui sprintait pour le rattraper. « *Trop lente* », pensa-t-il. Il bondit de l'autre côté de la rue et plongea par la fenêtre pour se jeter sur le berceau.

Mais celui-ci ne contenait que des couvertures et la pièce était plongée dans la pénombre ! Il n'y avait aucun meuble ; ça ne ressemblait pas du tout à une chambre d'enfant. Et d'abord, pourquoi la fenêtre était-elle ouverte ? Il ne faisait pas assez chaud dehors…

Les pleurs du bébé, beaucoup plus audibles maintenant, provenaient en réalité d'un petit appareil posé près de la fenêtre.

C'était un traquenard. Elle l'avait piégé !

Jack revint vers la fenêtre, mais Tanith avait escaladé le flanc de l'immeuble et elle entrait dans la pièce.

– À l'extérieur, dit-elle, dans les airs, je n'avais aucune chance de t'attraper. Mais ici, dans un espace confiné… tu es à ma merci, affreux.

Pris de panique, Jack recula vers la porte, mais celle-ci refusa de s'ouvrir. Malgré la pénombre, il vit qu'elle dégageait une sorte de reflet, et il comprit que, quoi qu'il fasse, elle résisterait à ses attaques. Il pivota brusquement. Il n'y avait qu'une seule issue : la fenêtre. Cette fenêtre gardée par Tanith Low. Cette dernière déposa son épée sur le sol et ôta son manteau. Dessous, elle portait une tunique sans manches qui laissait voir ses bras puissants. Elle tourna le cou dans tous les sens pour décontracter sa nuque, relâcha les muscles de ses épaules et lui adressa un petit signe de tête.

– Enfin, dit-elle. Viens donc tenter ta chance, si tu te crois assez fort.

Jack poussa un rugissement et s'élança ; elle lui décocha un coup de pied. Elle esquiva un redoutable coup de griffes et lui balança un direct à la mâchoire. Il tenta d'exécuter un saut périlleux arrière, mais le plafond était trop bas et il fit une sorte de plat à l'envers, comme à la piscine ! Le souffle coupé, il s'écrasa au sol. À partir de là, il vit s'abattre sur lui une pluie de poings, de coudes et de genoux, et un mur qui revenait sans cesse heurter son visage.

Il s'écroula. Il avait du mal à respirer, entre deux grognements de douleur. Les yeux fixés au plafond, il voyait les fissures, même dans le noir. Tanith s'avança dans son champ de vision et le toisa.

– Alors, tu es prêt à aller dans une jolie cellule douillette ?

Jack gémit.

6

Des boules de feu dans le parc

Valkyrie se réveilla tôt. Elle prit un galet qui se trouvait sur la table de chevet et s'assit par terre en tailleur. La pierre était plate et lisse dans sa main. Elle se concentra dessus comme le lui avait enseigné Skully, jusqu'à ce qu'elle sente le souffle de l'air sur sa peau. Elle songea à la façon dont tous les éléments de la nature étaient liés. Lentement, le galet se décolla de sa paume, soutenu par la seule force de l'air. Valkyrie continuait à s'émerveiller en voyant cela, mais elle savait se contrôler. Si elle voulait utiliser la magie, rien ne devait venir troubler son calme.

Soudain, une voix semblable au crissement d'une roulette de dentiste s'éleva dans l'escalier et le galet retomba dans la paume de Valkyrie. Elle se leva en grommelant et se rendit dans la salle de bains. Son entraînement était fini pour aujourd'hui. Elle prit une douche puis enfila son uniforme de collégienne avant de descendre dans la cuisine.

Sa mère s'y trouvait déjà et à côté d'elle était assise la tante de Valkyrie, Beryl, une femme à la voix stridente et aux traits anguleux.

– Bonjour, lâcha la jeune fille en passant devant les deux femmes pour se diriger tout droit vers le placard.

– Coucou, ma chérie, dit sa mère.

– Bonjour, Stephanie, lâcha Beryl d'un air pincé.

– Beryl, répondit simplement Valkyrie.

– Alors, comment ça se passe à l'école ?

Valkyrie versa des céréales dans un bol et ajouta du lait, sans prendre la peine de s'asseoir.

– Bien, dit-elle.

– Est-ce que tu travailles dur ? Mes filles passent leur temps à étudier. Elles tiennent ça de moi, assurément. J'ai su leur inculquer le goût de l'effort, c'est précieux.

Valkyrie murmura quelque chose et avala une cuillerée de céréales. Elle doutait du bien-fondé de ce que venait de dire Beryl. Celle-ci ne l'aimait pas et c'était réciproque. Sa tante ne l'aimait pas parce que Valkyrie avait hérité la propriété de feu son oncle. Et Valkyrie n'aimait pas Beryl, ni le mari de celle-ci, Fergus, car c'étaient des gens détestables.

Son père entra, vêtu d'un pantalon élégant, d'un gilet et d'une cravate nouée autour de son cou nu. Il adressa un clin d'œil à Valkyrie, avant de découvrir sa belle-sœur.

– Oh, bonjour, Beryl, dit-il, sans parvenir à masquer sa consternation.

– Bonjour, Desmond.

– Que fais-tu ici, Beryl ? Il n'est même pas huit heures. Tu sais pourtant que je n'aime pas te voir avant d'avoir bu ma première tasse de café.

Beryl fit entendre son épouvantable rire forcé.

– Desmond, quel rabat-joie tu fais ! Je suis venue pour parler à Melissa, voilà tout. Nous avons un tas de choses à organiser pour demain soir.

– Oh, bon sang ! Cette fameuse réunion de famille.

– Ce sera merveilleux !

– Sauf que tu seras là, rétorqua Desmond, et Valkyrie faillit s'étrangler avec ses céréales.

Sa mère le regarda.

– Tu as oublié de mettre ta chemise, mon chéri.

– Oui, je sais, c'est pour ça que je suis descendu. Je n'en ai plus de propre.

– Derrière la porte.

Il se retourna, découvrit la chemise blanche fraîchement repassée qui était suspendue à un cintre et il se frotta les mains. Il la décrocha et l'enfila, en faisant glisser le col sous la cravate, avant de le boutonner. Il n'aimait pas porter des cravates (propriétaire d'une entreprise de travaux publics, il avait cru qu'il pourrait passer son temps en jean, avec des bottes de chantier) mais, de temps en temps, il devait s'habiller pour faire croire qu'il était civilisé, comme il le disait.

– Alors, Steph, demanda-t-il, tu as hâte de passer une formidable journée à l'école ?

– Oh, oui ! répondit-elle avec un enthousiasme feint.

– À ton avis, que vas-tu apprendre aujourd'hui ?

– Aucune idée. Les soustractions, peut-être.

Il écarta cette idée d'un geste.

– Les soustractions, c'est totalement surfait. En vérité, c'est comme les additions, mais à l'envers. Ça ne te servira jamais.

– Desmond ! protesta Beryl d'un ton sévère. Tu ne devrais pas te comporter ainsi. Stephanie est à un âge où l'on est facilement influençable ; il faut lui faire comprendre que tout ce qu'elle apprend à l'école est important. Plaisanter, c'est très bien, mais certaines choses doivent être prises au sérieux. Comment peux-tu demander à ta fille d'être responsable, alors que tu lui montres le mauvais exemple ?

– Je ne sais pas. Je compte sur la chance.

Beryl poussa un soupir d'exaspération ; elle semblait sur le point de leur faire un sermon. Mais, avant qu'elle puisse ajouter un mot, Valkyrie et son père sautèrent tous les deux sur la même occasion :

– Je file à l'école, s'empressa de déclarer la jeune fille en enfournant la dernière cuillerée de céréales dans sa bouche.

– Je vais travailler, dit son père, presque en même temps.

Valkyrie déposa son bol dans le lave-vaisselle et se dirigea vers la porte.

– Desmond, tu n'as pas pris ton petit-déjeuner, dit son épouse en fronçant les sourcils.

– Je mangerai un truc en route, répondit-il en suivant sa fille dans le couloir.

Valkyrie bifurqua vers l'escalier, pendant que son père récupérait ses clés sur la petite table. Ils se regardèrent et échangèrent un au revoir silencieux. Puis ils se sourirent et Desmond sortit, alors qu'elle montait dans sa chambre.

Elle se demanda, et ce n'était pas la première fois, comment réagirait son père en apprenant que les légendes familiales étaient vraies, qu'ils descendaient réellement des Anciens, que son grand-père et feu son frère avaient raison. Elle ne voulait pas le lui dire. S'il connaissait la vérité, il essaierait de l'empêcher de sortir, il essaierait de la protéger d'individus comme Serpine et Vengeous, et de tous les autres individus qui cherchaient à la tuer. Ou pire encore : il voudrait s'en mêler. Elle ne supporterait pas de voir son père se mettre en danger ; elle voulait avoir une famille normale. La normalité, c'était bien. C'était rassurant.

Elle ferma la porte derrière elle, ôta son pull et le lança sur le lit. Elle caressa la surface du miroir et, quelques secondes plus tard, son reflet apparut. Un jour, elle avait oublié la règle du logo et son reflet était parti à l'école avec l'écusson du lycée du mauvais côté et la devise imprimée à l'envers ! Une erreur qu'elle n'avait jamais reproduite. Elle attendit que son double ait enfilé le pull pour lui tendre son cartable.

– Amuse-toi bien, dit-elle.

Le reflet hocha la tête et quitta précipitamment la chambre.

Comme souvent, Valkyrie sourit intérieurement. Elle n'avait quasiment pas mis les pieds à l'école depuis que Skully avait exercé sa magie sur ce miroir et, pourtant, elle avait le niveau dans toutes les matières ; elle était au courant de tous les ragots, de tous les événements qui constituaient la vie d'une fille de treize ans ordinaire, que rien ne différenciait des autres. Tout cela sans être obligée de franchir la porte d'une salle de classe.

Certes, elle regrettait parfois de ne pas avoir été là pour assister en direct à telle ou telle scène, au lieu de la vivre à travers les yeux de son reflet. Une plaisanterie réchauffée, ça manquait de saveur. Mais cela faisait partie du prix à payer, se disait-elle.

Rapidement, elle ôta le reste de son uniforme, le cacha sous le lit et enfila les vêtements noirs qui avaient été conçus spécialement à son intention. Elle avait un peu grandi depuis que Hideous Quatépingles les avait taillés pour elle, mais ils lui allaient encore, et elle s'en réjouissait. Ils lui avaient sauvé la vie à plusieurs reprises et, malheureusement, elle ne pouvait pas demander à Hideous de lui en confectionner d'autres. Au cours d'un combat contre le Fendoir blanc, il avait utilisé le pouvoir de la terre, en dernier recours, et s'était transformé en pierre. Elle ne l'avait pas bien connu, mais il lui manquait, comme il manquait à Skully, elle le savait.

Elle enfila sa veste et ouvrit la fenêtre. Elle respira lentement, profondément. Après avoir vérifié que personne ne l'observait, elle grimpa sur le rebord et marqua un temps d'arrêt pour se concentrer. Puis elle sauta dans le vide en déplaçant l'air sous elle afin de ralentir sa chute. Cela manquait de grâce et la réception fut un peu brutale, mais que de progrès par rapport au début !

Elle courut en direction de la jetée. Quand elle était plus jeune, c'était là qu'elle rejoignait ses amis. Ils fonçaient jusqu'au bout des planches et sautaient le plus loin possible, au-dessus des rochers qui se trouvaient juste en dessous, dans l'eau scintillante. Oui, c'était dangereux et, de fait, le pauvre J. J. Pearl s'était fracassé le genou sur les rochers un jour, mais le risque ajoutait du piment à l'exercice. Désormais, J. J. boitait légèrement et Valkyrie s'était depuis longtemps éloignée de ses amis d'enfance. Mais ça lui manquait de ne plus avoir le temps de se baigner comme avant.

La Bentley l'attendait, garée à côté d'une vieille Fiat rouillée. On la repérait de loin. Où qu'ils aillent.

– Bonjour, dit Skully quand elle monta à bord. Alors, tu t'es bien reposée ?

– J'ai dormi deux heures.

– Ah, personne n'a jamais prétendu que la vie mouvementée d'une grande détective était facile.

– Si, vous.

– J'ai dit que c'était facile pour *moi*, rectifia-t-il.

Est-ce la voiture de ta charmante tante que j'ai vue devant chez vous ?

– Oui.

Valkyrie lui parla de la brève visite de tante Beryl.

– Une réunion de famille ? dit Skully. Tu comptes y assister ?

– Et vous laisser arrêter les méchants sans moi ? Jamais de la vie ! J'enverrai mon reflet à ma place.

– Ça peut être amusant, une réunion de famille.

– Oui, c'est ça. Très amusant. Ces gens sont tordants. Si encore il n'y avait que le côté de maman… Je rigole bien avec eux. Mais du côté de papa, ils sont… bizarres, je dirais. Vous comprenez ?

– Très bien. Gordon en parlait souvent. Mais n'oublie jamais que tu es bizarre, toi aussi.

Elle le foudroya du regard.

– Pas de la même manière. Je suis bizarre dans le bon sens du terme. Dans le genre *cool*.

– Hmmm, fit Skully, dubitatif. Si tu veux.

– Taisez-vous ! Bref, tous les cousins et les cousines de papa seront là, avec leurs familles, je suppose, des gens que je ne connais pas. Sans oublier Beryl et Fergus, avec leurs Jumelles Toxiques. Ce sera horrible. Il n'est pas question que j'y aille.

– Très bien.

Skully mit le contact et Valkyrie s'enfonça dans son siège, tandis qu'il démarrait.

– Alors, demanda-t-elle, vous avez appris quelque chose sur Vengeous ?

– Un des agents que nous avons envoyés sur les quais ne s'est toujours pas manifesté, dit Skully. (Il portait son déguisement habituel : chapeau à large bord, lunettes noires ultra larges, perruque frisée et écharpe pour masquer le bas de son visage.) Ça ne veut peut-être rien dire, mais…

– Mais Vengeous pourrait déjà être là ?

– Euh… oui.

– C'est mauvais.

– Ce n'est pas très bon.

Ils descendaient Main Street, et Valkyrie jeta instinctivement un coup d'œil à l'arrêt de bus quand ils passèrent devant. Cinq adolescents en uniforme de collégien attendaient, avec l'air de s'ennuyer ferme.

– Tiens, mon reflet n'est pas là, remarqua-t-elle en fronçant les sourcils.

– Il est peut-être en retard ce matin.

Elle secoua la tête.

– Il est parti avant moi.

La Bentley ralentit.

– Que veux-tu faire ?

– Peut-être qu'il a coupé à travers le parc… Mais quand même, il devrait déjà être arrivé. Bah, c'est sans doute sans importance.

Skully s'arrêta sur le bas-côté et se tourna vers Valkyrie.

– Tu utilises ton reflet bien plus qu'il n'est recommandé. Tu dois t'attendre à ce qu'il se comporte bizarrement de temps en temps…

– Oui, je sais.

– Mais tu veux partir à sa recherche, c'est ça ?

– Je veux juste m'assurer que tout va bien. Je vais descendre ici et traverser le parc.

– Je fais demi-tour pour revenir vers la jetée, on se retrouve là-bas.

Valkyrie acquiesça, s'assura que personne ne la regardait avant de descendre de voiture, puis elle se précipita entre deux maisons. Elle escalada une clôture et se laissa tomber dans l'herbe de l'autre côté. Le parc était en fait un petit square coincé derrière Main Street, une oasis d'arbres et de parterres de fleurs, avec une fontaine. Théâtre d'innombrables matchs de football quand Valkyrie était plus jeune.

Sans doute s'inquiétait-elle pour rien. Son reflet avait dû rencontrer quelqu'un qu'elle connaissait. En fait, c'était Valkyrie qui risquait de tout compromettre en faisant irruption dans une situation que son reflet gérait avec son efficacité habituelle. C'est alors qu'elle s'entendit hurler.

Quittant l'allée, elle se précipita vers un bosquet. Derrière les arbres, près de la fontaine, deux silhouettes indistinctes se battaient. Son reflet essayait d'échapper à l'étreinte d'un homme en noir.

– Hé ! cria Valkyrie.

L'homme en noir leva les yeux. Il était pâle, d'une étrange beauté, et beaucoup trop calme.

– Ah, te voilà ! dit-il. J'ai failli me laisser berner.

Failli seulement. Mais cette… chose ne connaît pas la peur. Or je *sens* la peur.

Il repoussa brutalement le reflet, qui tomba à genoux.

– Fonce à l'école, lui ordonna Valkyrie.

Son reflet hocha la tête, ramassa son cartable et passa devant elle en courant pour filer à travers les arbres, sans même se retourner vers son agresseur.

Valkyrie foudroya celui-ci du regard.

– Qui êtes-vous ? Comment avez-vous su où j'habitais ?

– Je t'ai suivie. Hélas, je t'ai perdue de vue quand tu es arrivée en ville, alors j'ai décidé d'attendre que tu réapparaisses. Je me suis même fait des amis.

Elle découvrit alors un jeune couple qui marchait vers elle. Elle les avait déjà vus dans le coin, se tenant par la main et riant. Aujourd'hui, ils ne riaient plus. Ils avaient le teint pâle, aussi pâle que l'homme en noir. À vrai dire, ils semblaient malades, leurs vêtements étaient tâchés de sang. Ils posaient sur elle un regard terne, mort. Valkyrie se retourna vers l'homme en noir ; elle repensa à la manière gracieuse dont il se mouvait.

– Vous êtes un vampire, murmura-t-elle.

– Toi, tu es Valkyrie Caïne et tu vas venir avec nous.

Elle n'était pas de taille à les affronter. Elle était loin d'être prête pour ce genre de défi.

Alors, elle s'enfuit.

Les jeunes gens s'élancèrent à sa poursuite, leurs

pieds faisaient un bruit sourd dans l'herbe. Valkyrie n'avait pas besoin de se retourner pour savoir qu'ils étaient tout près. Mais *lui*, elle ne l'entendait pas. L'homme en noir courait à sa hauteur, sans le moindre effort. Elle tenta de bifurquer, mais il tendit la main, sans précipitation, et ses doigts se refermèrent sur le bras de Valkyrie. Elle s'arrêta brusquement en grimaçant de douleur.

Elle voulut lui décocher un coup de poing, mais il fit un petit écart et son crochet ne rencontra que le vide. Elle donna alors un coup de pied, qu'il esquiva sans se départir de son air las, puis il lui tordit le bras dans le dos, l'obligeant à s'agenouiller dans l'herbe.

– Le Baron te veut vivante. Toutefois, il n'a pas précisé *intacte*. Alors, ne t'avise plus de me frapper.

– Et moi ? demanda Skully en accourant. Je peux te frapper ?

L'homme en noir lâcha Valkyrie et se retourna, trop tard pour empêcher le poing de Skully de lui broyer la mâchoire. Il tituba et le squelette écarta les doigts, paume tendue devant lui. Un souffle d'air percuta le vampire, qui fut projeté à la renverse, cul par-dessus tête. Toutefois, au lieu de s'étaler dans l'herbe, il parvint à pivoter sur lui-même, avec une agilité inhumaine, pour retomber sur ses pieds.

– Détective, murmura-t-il.

– Dusk. Ça faisait un bail. Toujours aussi maléfique ?

Le dénommé Dusk sourit.

– Quand ça me prend, répondit-il. (Il désigna le jeune couple.) Permets-moi de te présenter mes amis. J'aime les appeler Larbin Un et Larbin Deux. À vous de décider qui est qui.

Les jeunes gens attaquèrent. Skully esquiva sans peine leurs tentatives maladroites pour s'emparer de lui et les projeta l'un contre l'autre. Dusk disparut, et en un clin d'œil il se retrouva auprès de Valkyrie pour l'obliger à se relever.

Skully se jeta sur lui et ils roulèrent au sol. Le squelette en perdit son chapeau et son écharpe. Valkyrie recula en titubant. Larbin Un, l'homme, avança vers elle en montrant les dents. De près, il était encore plus affreux. Ses yeux morts étaient cernés de rouge et elle apercevait la marque de morsure dans son cou, sous le col de chemise. Rien à voir avec les jolis petits trous d'épingle qu'elle avait vus dans des films : on lui avait lacéré sauvagement le cou. Elle sentait l'odeur de sang séché sur sa peau ; une odeur cuivrée.

Pendant un instant, elle céda à la panique. Il l'avait saisie par le col et il était d'une force spectaculaire. Sa fiancée, Larbin Deux, était juste derrière lui, impatiente elle aussi de donner libre cours à sa cruauté. Valkyrie s'obligea à se détendre, en repensant aux exercices qu'elle avait répétés avec Skully et Tanith ; elle incita son corps à se relaxer, alors que chacun de ses nerfs avait envie de hurler.

Elle se laissa pousser en arrière. Mais sa main gauche se referma sur le poignet de Larbin Un, tandis que sa main droite remontait entre ses bras, vers le visage. Elle planta son pied gauche dans le sol, pivota et exécuta une prise de judo qui projeta Larbin Un par-dessus son épaule.

Larbin Deux poussa un grognement et décocha un direct ; Valkyrie vit le monde vaciller devant ses yeux. Elle repoussa la main qui voulait la saisir et tenta de réaliser une clé de catcheur, sans y parvenir, alors elle écrasa le genou de Larbin Deux avec son pied et la repoussa.

Du coin de l'œil, elle vit Skully se battre contre Dusk. Maintenant que ce dernier ne pouvait plus être attaqué par surprise, il échappait sans peine aux assauts de Skully grâce à son habileté surnaturelle et à sa forme athlétique. Il esquivait les coups de pied et de poing, il échappait à toutes les prises que tentait le détective.

Il balança un coup de pied à Skully et recula ; c'est alors que quelque chose tomba de sa poche. Il s'en aperçut et voulut le ramasser, mais Skully tendit la main et l'objet vola jusque dans sa paume. C'était une seringue, remplie d'un liquide incolore.

Dusk haussa les épaules.

– Tu peux le garder, dit-il. J'en ai plein d'autres.

Les Larbins s'étaient regroupés. Valkyrie claqua des doigts, sans parvenir à faire jaillir une étincelle. Elle recommença et, cette fois, elle sentit la chaleur de la friction. Concentrée au maximum, elle ferma le poing et laissa l'énergie monter du centre de son corps pour se répandre dans son bras, dans sa main. Alors, elle se saisit de l'étincelle et la transforma en flamme.

– N'approchez pas ! cria-t-elle.

Les Larbins ne répondirent pas. Elle ne savait même pas s'ils étaient capables de répondre.

Dans sa paume, la flamme prit la forme d'une boule de feu qu'elle lança dans leur direction, de toutes ses forces. Skully criait quelque chose et se précipitait en agitant les bras. Un souffle de vent atteignit la boule de feu et la détourna de sa trajectoire, tandis que les flammes s'éteignaient. Arrivé auprès de Valkyrie, le squelette la prit par le bras et l'entraîna à reculons, face aux Larbins qui continuaient d'avancer.

– Ils ont été infectés, mais ils ne sont pas définitivement perdus, dit-il. Pas encore. Il ne faut pas les tuer.

Dusk leur emboîta le pas.

– Après tout, dit-il, ils n'y sont pour rien si je les ai choisis.

Skully regarda brièvement Valkyrie.

– Il faut deux nuits pour qu'une personne infectée devienne vampire, précisa-t-il. En attendant, ce sont d'innocentes victimes.

– Mais dans deux nuits, ajouta Dusk, ce sera terminé.

Skully dégaina son revolver et le pointa sur Dusk. Les Larbins se figèrent et montrèrent les dents. Le sourire du vampire n'avait pas quitté son visage.

– Je vous offre une chance de fuir, leur dit le détective.

– Pourquoi ferait-on une chose pareille ? C'est *vous* qui reculez. Vous ne pouvez pas tuer mes amis. Cette petite altercation est en train de mal tourner pour vous.

Skully arma le chien de son revolver.

– J'ai dit qu'on ne *voulait* pas les tuer. Je n'ai pas dit qu'on ne le ferait pas.

– Si tu tires, rétorqua Dusk, toute la ville va accourir pour voir ce qui se passe et je te signale que tu as perdu ton déguisement.

– C'est la seule raison pour laquelle je ne mets pas fin à tes souffrances sur-le-champ.

Dusk réfléchit aux options qui s'offraient à lui, puis il haussa les épaules.

– Venez, mes Larbins, dit-il, nous partons.

L'homme et la femme infectés exprimèrent leur mécontentement par des grognements, mais ils obéirent. Ils rejoignirent Dusk qui battait en retraite.

Skully ne baissa pas son arme pour autant.

– Va dire à Vengeous que je m'attendais à mieux de sa part ! lança-t-il. S'en prendre à ma collègue pour m'atteindre, c'est ce qu'a essayé de faire Serpine. Dis-lui que, s'il me veut, il doit s'attaquer à moi directement, comme un homme.

– Le Baron est un homme respectable.

– Le Baron est un lâche.

Dusk sourit, mais il ne répondit pas. Debout auprès de Skully, Valkyrie regarda Dusk et ses Larbins disparaître au milieu des arbres.

7

Des visiteurs indésirables

Le cinéma Hibernia ressemblait à un vieillard voûté, au teint grisâtre, coincé entre deux bâtiments plus grands, plus larges et en meilleure santé. Sa façade décatie était un vestige d'une époque oubliée, et son enseigne avait perdu la plupart de ses voyelles. Il y a cinquante ans, ce cinéma de Dublin attirait des foules considérables tous les week-ends. Skully lui-même s'était rendu au Hibernia, pour voir *Haute société*, la première fois, et depuis ce jour, il était amoureux fou de Grace Kelly.

Il gara la Bentley dans la ruelle située derrière et Valkyrie le suivit à l'intérieur. La moquette des couloirs absorbait les bruits de leurs pas. Ils longèrent des affiches de films inconnus dans lesquels jouaient des comédiens aujourd'hui disparus. Aucun spectateur n'avait franchi la porte de cet établissement depuis des dizaines d'années.

La salle était calme, comme toujours, et déserte.

Ils descendirent l'allée entre les rangées de sièges. L'écran était caché par un épais rideau rouge moisi. Alors qu'ils s'en approchaient, il s'ouvrit et l'écran s'illumina, éclairé par les images d'un vieux film en noir et blanc. Elles montraient un mur de brique dans lequel se découpait une porte ouverte. Les sons étaient ceux d'une ville, la nuit. Valkyrie accompagna Skully sur la petite scène. Ils se dirigèrent vers la porte et leurs ombres s'imprimèrent sur les images. Puis ils traversèrent l'écran.

Ils gravirent l'escalier qui se trouvait derrière et, peu à peu, une lumière électrique chassa l'obscurité. Ils atteignirent le dernier étage, où tout ce qui appartenait au vieux cinéma avait été remplacé par des couloirs et des laboratoires étincelants. Le propriétaire du Hibernia avait consacré énormément de temps à la rénovation du bâtiment pour en faire le centre d'études sur les sciences de la magie dont il avait toujours rêvé. Du fait de la nature délicate des travaux effectués dans les diverses sections – l'espace médical, la morgue flambant neuve, le département de magie théorique –, il n'y avait aucune fenêtre et la température était soigneusement contrôlée. Bien qu'il partage l'ensemble du bâtiment avec ses deux assistants uniquement, le propriétaire aimait travailler dans le plus petit, et le plus sombre, des laboratoires. C'est là qu'ils le trouvèrent.

Le professeur Tapalœil Râleux se retourna lorsque Skully prononça son nom.

– Encore vous, grogna-t-il d'une voix qui ne débordait pas de chaleur. Qu'est-ce que vous voulez ?

Tapalœil était un homme âgé, petit, doté d'une épaisse masse de cheveux blancs et d'une patience très limitée.

– Nous avons quelque chose pour vous, professeur, dit Skully en montrant la seringue qui était tombée de la poche de Dusk. Nous nous demandions si vous auriez le temps de l'analyser.

– Oh ! Comme si je n'étais pas suffisamment occupé, grommela Tapalœil. Valkyrie, je ne t'ai pas vue depuis des semaines. Tu es enfin rentrée dans le droit chemin ?

– Pas exactement, avoua la jeune fille.

– Je m'en doutais, lâcha le vieux savant en poussant un soupir d'exaspération.

Mais en dépit de son air ronchon et de ses mauvaises manières, Tapalœil semblait avoir un faible pour Valkyrie. Il demanda :

– Dans quoi t'a-t-il encore entraînée, cette fois ?

– Dans rien du tout ! protesta Skully.

Valkyrie sourit.

– Échauffourées, tentatives d'enlèvement, encore quelques échauffourées… La routine, quoi. Vous savez ce que c'est.

Le portable de Skully sonna. Il s'éloigna pour répondre.

Maintenant que le détective ne pouvait plus l'entendre, Tapalœil adopta un ton plus doux :

– Comment va ton épaule, depuis le mois dernier ?

– Beaucoup mieux, merci. Il ne reste plus qu'un léger bleu.

– J'ai utilisé un nouveau mélange. Les ingrédients sont un peu plus difficiles à trouver, mais j'aime faire en sorte que le processus de guérison soit le plus indolore possible pour mes patients préférés.

Le sourire de Valkyrie s'élargit.

– Je figure sur la liste ?

Tapalœil ricana.

– Tu es la seule sur la liste.

Valkyrie rit de bon cœur.

– Ce n'est pas le cas de ton partenaire, ajouta le vieil homme en reportant son attention sur Skully qui avait fini sa conversation téléphonique.

– Montrez-moi cette seringue. (Skully la lui tendit.) D'où vient-elle ?

– Elle est tombée de la poche d'un vampire.

Tapalœil leva la seringue dans la lumière pour examiner le liquide qu'elle contenait.

– Des créatures fascinantes, ces vampires. Ils possèdent deux couches d'épiderme totalement séparées. La couche supérieure se régénère au lever du soleil. Ils sont humains dans la journée, dotés d'une vélocité et d'une force légèrement supérieures, certes, mais foncièrement mortels. La nuit, par contre…

Valkyrie hocha la tête.

– Oui, je sais à quoi ils ressemblent la nuit.

– Hein ? Oh, évidemment, bien sûr. Tu en as fait

l'expérience personnellement, n'est-ce pas ? Comment en es-tu arrivée là ? Ah, oui ! (Il foudroya Skully du regard.) Un individu qui ne possède aucun sens des responsabilités t'a jetée dans les pattes d'un vampire qui a failli te tuer.

Le Détective Squelette pencha la tête sur le côté.

– Vous parlez de moi ? demanda-t-il d'un ton innocent.

Tapalœil fronça les sourcils et reprit l'examen de la seringue.

– J'ai déjà vu ça, dit-il. Une seule fois. Il s'agit d'un mélange fort rare de ciguë et d'aconit. Un vampire peut l'utiliser pour réprimer ses pulsions bestiales la nuit.

– Logique, répondit Skully. Dusk n'est d'aucune utilité pour Vengeous s'il devient incontrôlable chaque fois que le soleil se couche.

Tapalœil desserra sa cravate et ouvrit son col de chemise.

– J'ai eu une prise de bec avec un vampire un jour, dans ma jeunesse. Je l'ai échappé belle. Voilà pourquoi, où que j'aille, je me promène toujours avec ceci...

Il leur montra la petite fiole en verre qui pendait à son cou.

– De l'eau bénite ? demanda Valkyrie, perplexe.

– De l'eau bénite ? Non, non, Valkyrie. C'est de l'eau... de mer.

– Ah, d'accord.

– L'eau bénite ne marche pas, expliqua le vieux savant. Et un pieu planté dans le cœur ne les tue pas. La décapitation est efficace, c'est vrai, dans la plupart des cas. La seule légende fondée concernant les vampires, c'est celle de l'eau vive.

Valkyrie était de plus en plus perplexe.

– C'est aussi la seule légende dont je n'ai jamais entendu parler, apparemment.

Skully intervint :

– Selon un vieux mythe, les vampires ne peuvent pas franchir un obstacle d'eau vive. Ils ne pourraient donc pas traverser un pont au-dessus d'une rivière, par exemple. Mais comme le fait de traverser des ponts ne leur fait ni chaud ni froid, la réalité du mythe réside dans l'eau salée.

– Les vampires y sont fortement allergiques, précisa Tapalœil. Si un vampire en avale, il a la gorge qui enfle et il ne peut plus respirer. C'est pourquoi j'en ai toujours un peu sur moi.

– D'accord, mais… il faut qu'il l'avale ? souligna Valkyrie.

– Euh… oui.

– Et comment faire avaler de l'eau de mer à un vampire avant qu'il vous tue ?

Tapalœil se contenta de la regarder sans rien dire.

– Peu importe, dit-elle. Je suis sûre que vous trouveriez un moyen. Vous pourriez, par exemple, lui lancer l'eau dans la bouche au moment où… il va vous mordre.

Les épaules du vieil homme s'affaissèrent et Valkyrie s'en voulut terriblement d'avoir porté un coup fatal à son plan.

– Allez-vous-en, dit-il tristement.

– Je suis désolée, je…

Il la fit taire d'un geste.

– Inutile de t'excuser. Je suis un génie de la médecine, un génie de la science mais, de toute évidence, je ne suis pas un génie de la stratégie. Et dire que ça fait cent quatre-vingts ans que je n'ai plus peur des vampires grâce à cette fiole d'eau salée que je porte autour du cou. Quel imbécile !

Tapalœil s'éloigna en traînant les pieds et Skully tapota sur l'épaule de Valkyrie.

– Félicitations, dit-il. Tu viens de raviver une névrose vieille de trois cents ans. Nous n'avons plus rien à faire ici.

Abattue, Valkyrie refit le chemin inverse dans le sillage du détective. Ils passèrent devant les deux assistants en blouse blanche, Stentor et Civette, en train de lutter au corps à corps dans une salle vide. Valkyrie était venue ici tellement de fois qu'elle ne pouvait plus les compter ; ce genre de spectacle n'était pas rare. Les assistants les saluèrent d'un geste, avant de reprendre leur combat.

Valkyrie arriva la première en bas de l'escalier. Elle se dirigea vers l'arrière de l'écran et le traversa. Elle sauta au pied de la scène, se retourna et attendit Skully. Elle le regarda franchir l'image de la porte et, quelques secondes après, le film tremblota, l'écran redevint blanc et l'obscurité tomba sur eux. Dès que Skully fut descendu de la scène, le rideau se referma derrière lui.

– C'était qui, au téléphone ? demanda-t-elle pour tenter d'oublier ce qu'elle avait fait à Tapalœil.

– Le Grand Mage. Il voulait savoir où on en était, une fois de plus. Son désir d'arrêter le Baron le rend très... irritable.

– Il est toujours irritable.

– Apparemment, il a décidé de battre son record.

– Dommage que Meritorious ne soit plus de ce monde. C'était un bon Grand Mage. Guild est... Il se comporte en politicien, comme s'il était obligé de faire plaisir aux gens.

Ils sortirent du cinéma, dans le soleil éclatant, et Skully ne dit pas un mot jusqu'à ce qu'ils atteignent la Bentley.

– On doit retrouver Tanith à la bibliothèque, dit Skully. Je vais te déposer là-bas et je t'y rejoindrai plus tard. Ça te va ?

– Où allez-vous ?

– Nulle part. J'ai... des choses à faire.

– Pourquoi cette hésitation ?

– Pardon ?

– Vous avez hésité. Vous avez... des choses à faire ? Pourquoi vous avez hésité ?

– Je ne sais pas. Je...

– Vous mijotez quelque chose.

– Non.
– Alors, pourquoi vous avez hésité ?
– Monte dans la voiture.
Elle monta. Il en fit autant.
– Ta ceinture, dit-il.
– Pourquoi vous avez hésité ?
Skully laissa tomber sa tête sur sa poitrine.
– Parce que je mijote quelque chose.
– Pourquoi je ne peux pas venir ?
– C'est un coup fourré.
– Vous promettez de me raconter après ?
– Promis.
– Très bien. (Elle boucla sa ceinture.) Allons-y.

Valkyrie entra dans l'immeuble et gravit l'escalier ; elle y croisa un homme qui n'avait pas d'ombre. Elle atteignit le troisième étage au moment où China Spleen sortait de la bibliothèque pour regagner son appartement.

– Valkyrie ! Quelle joie de te revoir si vite !

Elle portait une robe vert printemps et une veste assortie, plus intense qu'un millier d'émeraudes broyées. Son collier était exquis.

– Il est magnifique, commenta Valkyrie en l'admirant.

– N'est-ce pas ? Il a coûté la vie à deux hommes charmants. Parfois, je le porte en hommage à leur sacrifice. À d'autres moments, je le porte parce qu'il va bien avec cette tenue. Veux-tu entrer ?

– Volontiers.

Valkyrie suivit China à l'intérieur et ferma la porte derrière elle. Jamais elle ne l'aurait avoué, mais elle adorait cet appartement. La moquette était moelleuse et ornée de motifs complexes, le décor à la fois élégant et sobre, et les fenêtres dominaient la ville. Jamais Dublin n'avait paru aussi joli et romantique.

– Alors, du nouveau ? s'enquit China en prenant une pile de lettres qu'elle passa en revue.

– Non, pas spécialement. Ah si, j'ai été attaquée.

– Oh !

– Par un vampire et ses Larbins.

– Je ne supporte pas ces sales bêtes ! Quand elles mordent quelqu'un, la personne infectée endure deux nuits d'esclavage abrutissant, et si elle n'est pas soignée, elle devient vampire à son tour. Quelle vie effroyable. Tu as entendu son nom ?

– Dusk.

– Ah, oui. Je le connais. Il a un sale défaut : il est rancunier. Un de mes associés l'a doublé dans le temps. Ça lui a pris des années, mais Dusk a réussi à le retrouver et la mort qu'il lui a infligée n'a pas été rapide. Il y a eu énormément de sang, de hurlements et… (Elle se ressaisit et sourit.) Pardonne-moi. J'avoue que je suis de très mauvaise humeur ces derniers temps. À cause de cette histoire de Grotesquerie. Tout ce pour quoi j'ai trimé – ma bibliothèque, mes collections, mon influence… –, tout cela risque d'être balayé en un clin d'œil indifférent.

– En même temps que le reste du monde, lui rappela Valkyrie.

– Oui. Ça aussi, ce serait dommage. (China reposa les lettres.) Alors, tu l'as vu ? Le Baron ?

– Non. Pas encore.

China s'assit dans le canapé, luxueux mais de bon goût.

– C'est un homme hors du commun. Il aime se croire honnête et franc, mais il est tout sauf ça. Il possède le même tempérament élitiste que Scelerian Serpine mais, alors que Serpine était indépendant et égoïste, le Baron, lui, accomplissait son devoir de manière altruiste, avec une foi aveugle et inébranlable. Ce que Serpine a commencé, Vengeous cherche à le terminer. Pour lui, le retour des Sans-Visage est la seule chose qui a jamais compté.

– Vous le connaissez bien, on dirait.

– Oh, oui. Skully ne t'a pas raconté ? Moi aussi, j'ai idolâtré les Sans-Visage autrefois.

Valkyrie se sentit blêmir.

– Hein ?

China sourit.

– Apparemment, il ne te l'a pas dit. Bliss et moi avons été élevés dans une famille qui vénérait les dieux des ténèbres. Mon frère a rejeté les enseignements familiaux très jeune, mais il m'a fallu plus de temps pour l'imiter. À l'époque de cette idolâtrie, je suis entrée dans un petit groupe composé d'individus qui partageaient tous les mêmes idées, et parmi lesquels figurait le Baron. Tu te souviens quand je t'ai dit qu'il n'y avait rien de plus dangereux qu'un fanatique ? Nous étions très dangereux, même d'après les critères en vigueur chez les fanatiques.

– Je… je ne savais pas.

China haussa les épaules.

– J'étais jeune, inconsciente et arrogante. J'ai changé… Je ne suis plus inconsciente.

Elle rit. Valkyrie s'obligea à sourire.

– Et maintenant, reprit China, tu te demandes, de nouveau, si je suis digne de confiance. Après tout, la première fois que Skully t'a parlé de moi, que t'a-t-il dit ?

– Il… il m'a dit de me méfier de vous.

– Parce que je ne suis pas digne de confiance, Valkyrie. Je n'hésiterai pas à mettre en danger ceux qui m'entourent si cela peut servir mes intérêts. Je ne suis pas quelqu'un de bien, ma jolie. Je ne suis pas… dans le camp des gentils.

– Dans ce cas, pourquoi Skully continue-t-il à compter sur vous ?

– Parce que lui aussi a changé et qu'il n'est pas hypocrite. Il refuse de me condamner pour mes actions passées, du moment que je ne redeviens pas celle que j'étais. La guerre contre Mevolent a changé tous ceux qui y ont participé. Nous avons tous vu en nous des choses que nous préférions ignorer.

– Skully, qu'a-t-il vu ?

– La haine. Sa famille a été assassinée devant ses

yeux et, quand il a ressuscité, sa haine a ressuscité en même temps que lui. Chez la plupart des gens, une telle fureur ne peut pas brûler longtemps. Skully étant ce qu'il est, il fait exception à la règle. Sa haine ne l'a jamais quitté.

– Que s'est-il passé ?

– Il a disparu. Si tu veux mon avis, il a découvert de quoi il était capable et il a compris qu'il avait le choix : laisser cette haine le dévorer ou la combattre. Alors, il est parti. Il est resté absent cinq ans. Quand il est revenu, la haine était toujours là, mais il y avait autre chose : une prise de conscience, je crois. Un nouvel objectif. Il était à nouveau capable de plaisanter, et je m'en réjouissais car Skully est une des rares personnes capables de me faire rire. Peu de temps après, nous avons appris que Lord Vile avait été vaincu et, par la suite, Skully lui-même a terrassé le Baron. Les plans de Mevolent sont alors tombés à l'eau.

– Qu'a donc fait Skully pendant ces cinq années ?

– Je l'ignore. On a tous cru qu'il était mort. Encore une fois, s'entend. Mais il est revenu juste au moment où on avait besoin de lui. Pour ça, on peut toujours compter sur lui : il arrive juste à temps. Il est très doué.

On frappa à la porte. Elles se levèrent toutes les deux. Du couloir leur parvint une voix étouffée, suivie d'un grand bruit sourd.

China regarda Valkyrie.

– Va dans la chambre, lui souffla-t-elle. Ne discute pas ! Va dans la chambre et ferme la porte.

Valkyrie obéit, mais elle laissa la porte très légèrement entrouverte, juste assez pour voir. Et ce qu'elle vit, c'était China qui décrochait le téléphone, au moment où la porte de l'appartement s'ouvrait violemment. L'homme fluet au nœud papillon vola à travers la pièce, atterrit en tas et ne bougea plus.

Un autre personnage entra. La cinquantaine, avec des cheveux gris et une barbe soigneusement taillée. Il portait des vêtements sombres à la coupe vaguement militaire et ses bottes cirées étincelaient. Un sabre d'abordage était glissé dans sa ceinture.

– Bonjour, China, dit-il. Quel plaisir de te revoir.

– Baron Vengeous, fit China en reposant le téléphone. J'aimerais beaucoup pouvoir en dire autant. Que fais-tu ici ?

– Tu veux dire que tu n'es pas au courant ?

– Si c'est pour rendre un livre avec du retard, la bibliothèque est de l'autre côté du couloir. L'amende te paraîtra un peu sévère, sans doute, mais raisonnable.

– C'est pour toi que je viens, China. Dans quelques heures, je serai en possession de l'armure de Lord Vile et l'ultime ingrédient manquant sera à ma portée. Il faut que tu reprennes ta place.

– Ma place est ici.

– Nous savons l'un et l'autre que c'est faux. Pas plus que moi tu ne peux tourner le dos aux Sans-Visage. J'ai été témoin de ta dévotion.

– Ma dévotion, comme tu dis, s'est envolée.

Vengeous secoua la tête.

– Tu as juré allégeance aux dieux des ténèbres. Tu ne peux pas changer d'avis comme ça.

– Je crains bien que si.

Par l'entrebâillement de la porte, Valkyrie voyait la colère s'emparer du visage du Baron.

– Tu es à leur service, dit-il d'une voix sourde et menaçante. Si tu n'honores pas de ton plein gré le vœu que tu as prononcé, je le ferai à ta place. Je peux t'assurer que tu seras là quand les Sans-Visage reviendront, même si c'est pour figurer à la première place sur la liste des traîtres à exécuter.

Sur ce, il se pencha vers elle, mais China posa sa main gauche à plat sur son ventre et fit un petit mouvement du poignet avec la droite. Aussitôt, tous les meubles qui se trouvaient dans la pièce furent projetés sur Vengeous.

Hébétée, Valkyrie regarda les tables, les chaises et les étagères de livres s'écraser contre Vengeous à une vitesse effrayante. Elles retombaient bruyamment sur le plancher, tandis que le Baron titubait, avant de s'écrouler, le visage en sang. China tapota sur son ventre, deux fois, puis agita sa main droite et tout ce qui jonchait le plancher – les meubles aussi bien que Vengeous – glissa sur le sol et alla percuter le mur. Une autre petite tape sur le ventre, un autre mouvement brusque de la main, et les meubles s'écartèrent pour dégager un espace autour du Baron.

– Ne t'avise plus de me menacer sous mon toit, dit China et de nouveau, elle propulsa les meubles vers Vengeous.

Mais cette fois, il fut prompt à réagir. Il se releva et s'élança. Ses yeux lançaient des éclairs jaunes. La table qui fonçait droit sur lui explosa en un millier d'éclats de bois, à travers lesquels il plongea pour esquiver les autres meubles, qui s'écrasèrent contre le mur derrière lui. Sa main frappa la poitrine de China, qui fut projetée en arrière. Elle heurta le mur et mit un genou à terre.

Au moment où Valkyrie s'apprêtait à ouvrir la porte de la chambre à la volée, China releva la tête et regarda Vengeous en plissant les yeux.

– À mesure que mes paroles se resserrent, le cercle se referme et te lie à ton destin.

Vengeous voulut s'emparer d'elle, mais sa main rencontra un obstacle, un mur invisible. Il essaya alors de battre en retraite, mais à peine eut-il reculé de quelques pas qu'une autre barrière se dressa. Il baissa les yeux, observa les motifs complexes de la moquette et découvrit le cercle dissimulé parmi le dessin.

– Petite futée…

– Tu n'as pas pensé que j'installerais des systèmes de sécurité ?

– Très très astucieux.

Ses yeux lancèrent à nouveau des éclairs jaunes.

– Ça ne marchera pas, mon cher Baron. Les symboles, c'est ma force. Tes pouvoirs sont incapables de briser ce bouclier. Tu ne peux pas me faire de mal. Mais moi, si.

Vengeous examina la moquette encore une fois, les détails cachés, les symboles tissés dans la trame, autour du cercle, des symboles qui vibraient maintenant d'une énergie bleutée. Il se mit à saigner du nez.

– China, dit-il en s'efforçant de maîtriser les tremblements de sa voix. Ne fais pas ça.

– Qui sont tes alliés ? demanda-t-elle. Qui a ordonné ta libération ? Qui se cache derrière tout ça ?

Le Baron lâcha un grand éclat de rire désespéré, interrompu par la douleur.

– Tu as choisi le mauvais... camp, femme. J'aimerais... j'aimerais te laisser vivre pour que tu puisses le regretter... (Vengeous s'écroula sur la moquette.) J'aimerais avoir le temps... de t'obliger à me supplier... de t'obliger à m'implorer. Je t'aurais... fait hurler...

– Bien, dit China en se dirigeant vers le téléphone. Je vais devoir faire appel aux professionnels, je suppose.

– China...

Elle se retourna.

– Oui, cher Baron ?

– Tu n'as quand même pas... tu n'as quand même pas cru que ce serait aussi facile, hein ?

À cet instant, Dusk fit son entrée dans la pièce. Un homme le suivit. L'inconnu avait des cheveux blonds, un costume marron, une chemise blanche et des lunettes de soleil. Ses bottes de cow-boy étaient éraflées et il arborait un large sourire. Sous ses pieds, les fils de la moquette s'effilochèrent et s'écartèrent, et l'homme s'y enfonça, jusqu'à disparaître dans le sol ! China sauta sur le téléphone, mais Dusk se précipita pour la repousser.

Valkyrie vit la main de l'inconnu jaillir à travers le plancher, aux pieds de Vengeous, s'en saisir et l'attirer vers lui. Le sol se referma sur eux, les symboles palpitèrent une dernière fois, avant de retrouver leur apparence normale.

Quelques secondes plus tard, Vengeous et l'inconnu sortirent du mur, à la hauteur de China.

– Tu as perdu le sens de l'hospitalité, dit Vengeous.

Ses yeux lancèrent des éclairs et China tituba. Dusk la retint.

– Empêchez-la de toucher à quoi que ce soit, lui ordonna Vengeous. Elle a caché des symboles partout. Certains sont invisibles. Certains sont même dessinés sur son corps. Ne la laissez toucher à rien.

Dusk agrippa China par les poignets et lui tordit les bras dans le dos.

Vengeous, pendant ce temps, sortit un mouchoir avec lequel il essuya le reste de sang sur son visage.

– Franchement, je m'attendais à mieux de ta part, China. Quand tu nous as quittés, je pensais que tu reviendrais. Personne ne pouvait faire tout ce que tu as fait et s'en aller ensuite. Cela me paraissait impossible.

Elle leva les yeux vers lui, en grimaçant à cause de la douleur qui paralysait ses bras dans son dos.

– J'ai découvert d'autres passions, dit-elle. Tu peux en faire autant. La philatélie, par exemple.

Dusk lui tordit les bras et elle retint son souffle. L'homme aux lunettes noires s'esclaffa.

Vengeous rangea son mouchoir.

– Je sais encore me montrer charitable, China, même si mes dieux ne le sont pas. Cette fille : Valkyrie Caïne. Dis-moi où elle est et je te laisserai la vie sauve.

– Skully se moque pas mal d'elle, répondit China entre ses dents. Pour lui, c'est un passe-temps, rien de plus. N'espère pas l'atteindre à travers elle.

– Ma pitié n'est pas infinie. Dis-moi où je peux la trouver ou bien je te torture jusqu'à ce que tu me supplies de t'écouter.

– OK, dit China. Je vais te le dire. (D'un mouvement du menton, elle montra la chambre.) Elle est là.

Valkyrie sentit son sang se glacer, mais Vengeous secoua la tête d'un air désolé.

– China, je n'aime pas cet aspect de ta personnalité, toutes ces plaisanteries.

– C'est à force de fréquenter Skully. Tu te souviens de *ses* plaisanteries, hein, Baron ? Et de quoi d'autre ? Tu te souviens aussi quand il t'a arrêté ?

– Je me souviens que j'ai failli le tuer.

– Tu as failli seulement, répliqua China et elle

parvint à rire pour de bon. Il est sur tes traces, tu sais ? J'espère être là quand il te retrouvera.

Dusk lui tordit les bras et China hurla.

– Dis-moi où est la fille, répéta Vengeous, ou je demande à mon cher ami de te briser les os.

– Je suis là ! déclara Valkyrie en ouvrant la porte d'un coup de pied, alors que le feu jaillissait dans ses mains.

8
Billy-Ray Sanguin

La première boule de feu qu'elle lança manqua Dusk. La deuxième, en revanche, aurait atteint le Baron Vengeous si celui-ci ne l'avait pas esquivée à la dernière seconde. Il était rapide. Peut-être même plus que Skully.

– Caïne, grogna-t-il.

– Cours ! cria China, et Valkyrie obéit sans se faire prier.

Elle était déjà dans le couloir quand elle jeta un coup d'œil par-dessus son épaule, juste à temps pour voir China agiter la main. La porte de l'appartement claqua, emprisonnant les hommes à l'intérieur.

Valkyrie atteignit l'escalier ; elle s'apprêtait à descendre lorsque quelque chose lui agrippa la cheville, manquant de la faire tomber. Elle parvint à se dégager et poursuivit sa course. En se retournant, elle vit une main disparaître à l'intérieur des marches. Elle arriva au deuxième étage, rebondit contre le mur et continua à descendre. En contrebas, le mur se lézarda, puis s'écroula. L'homme aux lunettes noires en jaillit. Valkyrie saisit la rampe et sauta, en utilisant son élan pour donner plus de force à son coup de pied. Sa botte frappa la poitrine de l'homme, qui alla percuter le mur, violemment.

Arrivée au premier étage, elle trébucha et faillit tomber, alors que l'homme était déjà sur ses talons. Elle franchit les dernières marches d'un bond et déboucha dans la rue en courant. Des voitures roulaient sur la chaussée et des gens marchaient sur le trottoir. Autant d'innocents qui risquaient de se retrouver pris dans un affrontement auquel ils étaient étrangers. Elle s'engouffra dans une ruelle qui longeait l'immeuble, étroite et ignorée du soleil. À l'autre bout, elle donnait sur une voie moins fréquentée.

L'homme aux lunettes noires était toujours à ses trousses. Il avait réduit l'écart, seule une longueur de bras les séparait désormais. Valkyrie avait de plus en plus de mal à ne pas se laisser rattraper.

Soudain, elle s'accroupit. Les jambes de son poursuivant cognèrent contre elle et il effectua un vol plané, au cours duquel il perdit ses lunettes noires. Il s'affala, et quand il tourna brusquement la tête vers elle, Valkyrie remarqua qu'il avait deux petits trous noirs à la place des yeux. Elle pivota et rebroussa chemin ventre à terre, en jetant un coup d'œil pardessus son épaule, au moment où l'homme s'enfonçait dans le bitume, comme s'il avait emprunté un ascenseur invisible. Alors qu'elle n'était plus qu'à cinq pas de la rue, le sol explosa devant elle et l'homme se dressa sur sa route. Valkyrie recula en titubant, et en se frottant les yeux pour chasser les éclats de gravier et la terre.

– Je ne comprends pas pourquoi on fait tant d'histoires à cause de toi, dit l'homme, un Américain qui s'exprimait avec un fort accent nasillard du Sud profond. Tu n'es qu'une gamine !

Valkyrie claqua des doigts, mais l'homme lui donna une tape sur la main avant qu'elle ait le temps de faire jaillir une flamme, puis il la saisit brutalement. Elle sentit quelque chose de froid et de tranchant sur sa gorge.

– Ne recommence pas ça, éructa l'homme.

Il tenait dans la main un coupe-chou et, lorsque la vision de Valkyrie s'éclaircit, elle vit les initiales B.-R. S. gravées sur le manche en bois. Elle leva les yeux. Droit devant, dans la rue tranquille, une moto noire était garée. Celle de Tanith.

Une vieille femme au visage ridé et aux dents gâtées s'avança dans la ruelle. Elle les regarda fixement, puis tourna les talons et s'enfuit.

L'homme secoua la tête.

– Tu vois, c'est ça le problème avec les gens normaux et ordinaires. Dès qu'ils aperçoivent quelque chose de bizarre ou qui fait peur, ils détalent. Tu sais ce que ça signifie, hein ? Ça signifie que personne ne viendra à ton secours. Ça signifie que tu es seule.

Au même moment, quelqu'un toussa derrière eux. L'homme se retourna et Tanith Low lui décocha un coup de pied en plein visage. Profitant de ce qu'il trébuchait, Valkyrie se dégagea et pivota sur elle-même pour l'avoir à l'œil pendant qu'elle reculait vers le mur. Il aurait été assez beau sans ces deux horribles trous noirs au milieu du visage.

Il sourit.

– À qui ai-je l'honneur ? demanda-t-il.

– Vous d'abord, répliqua Tanith.

L'homme ricana.

– Soit. Billy-Ray Sanguin, spécialiste de toutes les formes de morts désagréables et fournisseur de châtiments cruels et insolites, pour vous servir.

– Vous êtes un tueur à gages ?

– Pas seulement, ma jolie. Je suis un tueur à gages de luxe. Je fais également office de gros bras et j'exerce quelques activités annexes de mercenaire. Je suis très très cher et très très efficace. Et vous, vous êtes ?

– Votre fin, répondit Tanith.

Sanguin éclata de rire.

– Oh, je vois. Je me suis souvent demandé à quoi ressemblerait ma fin. Jamais je n'aurais imaginé qu'elle puisse être si jolie.

Tanith glissa la main à l'intérieur de son manteau pour en sortir son épée, toujours dans son fourreau.

– Acceptez-vous de me suivre gentiment, monsieur Sanguin, ou vais-je devoir vous faire mal ?

Le visage de Sanguin s'allongea.

– Oh, allons ! Regardez la taille de votre épée et regardez la taille de la mienne. Je n'ai que ce petit rasoir ! Ce n'est pas équitable.

– Votre rasoir contre une jeune fille désarmée, vous trouvez ça équitable ?

Il hésita et recula, alors que Tanith avançait.

– Ça m'a semblé équitable, dit-il, sur le coup. Mais maintenant que j'y pense, rétrospectivement, c'était peut-être un peu déséquilibré, en effet.

Tanith ôta son manteau et le laissa tomber par terre. Ses muscles roulèrent sous la peau de ses bras. Elle sortit l'épée du fourreau, tout en avançant vers lui.

– Oooh, fit-il. Ça devient intéressant.

Tanith plongea et Sanguin esquiva. L'épée siffla au-dessus de sa tête. Tanith fit un mouvement de poignet et la lame fendit l'air en sens inverse, mais Sanguin l'évita d'un bond, en riant.

– Ah, voilà qui est amusant ! Deux adultes qui font connaissance à l'ancienne. Il y a de l'amour dans l'air.

– Vous n'êtes pas mon genre.

– Vous ne savez pas quel est votre genre, ma jolie.

– Je sais que ce n'est pas vous. Monsieur Sanguin, j'ai des fers marqués à votre nom.

– Les fers ne peuvent pas me retenir, ma belle. Je suis immunisé contre tous les sorts dont vous avez entendu parler, et quelques autres dont vous ignorez même l'existence. C'est ce qui me rend unique.

– En plus de votre personnalité psychopathique.

– Oh, ça ne me rend pas unique. C'est ce qui me rend amusant.

Cette fois, ce fut Sanguin qui attaqua le premier. Il fit mine de partir sur la droite afin d'éloigner l'épée, avant de bondir en fendant l'air avec son rasoir. Tanith abattit son coude sur l'avant-bras de son adversaire pour dévier l'attaque ; elle enchaîna avec un coup de pied dans la rotule et décrivit un arc de cercle avec son épée. Sanguin dut se jeter à terre. Il roula sur lui-même, maladroitement, et se releva en se massant le genou.

– Ça fait mal, dit-il avec un sourire.

– Je peux abréger vos souffrances.

– Vous allez me donner votre épée ?

– Non. Mais si vous me dites ce que mijote le Baron Vengeous, je vous laisse repartir sur vos deux jambes.

Il fronça les sourcils.

– Hélas, je suis venu en voiture.

– Je ne répéterai pas mon offre, monsieur Sanguin.

– Une offre très charitable, au demeurant. Malheureusement, je suis un professionnel. J'ai été payé pour exécuter un travail et j'ai l'intention d'honorer mon contrat. J'ai une réputation à défendre. Alors, voilà ce que je propose : vous restez bien sage pour que je puisse vous tuer, ensuite j'emmène la fille et tout le monde est content. Ça vous convient ?

– J'ai peur que non.

– Ah, zut. Dans ce cas, on va devoir reprendre dès le début.

Sanguin sourit et joignit les pieds. Valkyrie vit alors le sol se fissurer sous lui et, quand le bitume fut suffisamment écarté, il s'enfonça dans le sol et disparut.

Tanith brandissait son épée, prête à frapper. Le sol s'était refermé sur Sanguin ; seules quelques lézardes témoignaient de ce qui venait de se passer. Valkyrie demeurait immobile. Les secondes s'égrenaient. Tanith avait le front plissé ; sans doute se demandait-elle si son adversaire avait pris la fuite. Elle se tourna brièvement vers Valkyrie et ouvrit la bouche pour dire quelque chose, lorsque le mur dans son dos s'écroula et Billy-Ray Sanguin se jeta sur elle.

Mais rien, apparemment, ne pouvait surprendre Tanith. Elle fit un pas de côté et son épée entailla nonchalamment l'avant-bras de Sanguin. Couvert de terre, il poussa un hurlement de douleur et laissa tomber son rasoir. Il recula en sautillant et en essayant d'arrêter l'hémorragie. Valkyrie regarda le sol à ses pieds.

– Ne fais pas ça ! lui lança Sanguin en la foudroyant de ses deux trous noirs, mais elle l'ignora.

Elle se baissa pour ramasser le coupe-chou, ce qui eut pour effet d'attiser la fureur de Sanguin.

– Qu'est-ce que vous avez donc, vous les femmes ? brailla-t-il en donnant un coup de pied dans le vide. Vous faites irruption dans nos vies et vous nous prenez tout ! Jusqu'à mon fichu rasoir ! Comment vais-je faire pour tuer les gens maintenant ? Comment vais-je pouvoir me raser ?

Dans le dos de Sanguin, le Baron Vengeous apparut à l'entrée de la ruelle. Valkyrie se raidit.

– Finissez votre travail ! lança Vengeous d'un ton courroucé.

– Bien, monsieur, répondit Sanguin. (Il baissa la voix pour s'adresser à Tanith.) Vous voyez ? À cause de vous, j'ai des ennuis avec le patron. Vous feriez mieux de me remettre cette fille sur-le-champ.

Une porte s'ouvrit dans le mur, une porte que Valkyrie n'avait pas remarquée jusqu'à présent.

– Désolée, dit China en surgissant dans la ruelle. C'est hors de question.

Exception faite d'une plaie au front, elle était indemne. Une jeep noire s'arrêta à la hauteur de Vengeous. Dusk en descendit.

Valkyrie aperçut quelque chose en hauteur : une silhouette sur le toit. L'espace d'un instant, elle crut que c'était encore un des malfrats de Vengeous, mais l'apparition sauta dans le vide et Mr Bliss atterrit près d'eux. Il se redressa. Valkyrie remarqua la grimace du Baron qui lança :

– Sanguin ! Ils sont trop nombreux. On s'en va.

– Tout de suite, Baron.

Mais Vengeous n'était pas disposé à attendre. Il monta à bord de la jeep, Dusk reprit le volant et ils s'en allèrent. Se retrouvant seul tout à coup, Sanguin abandonna son air mauvais. Il observa ses adversaires et se passa la langue sur les lèvres. Il tenait toujours son bras blessé ; le sang coulait entre ses doigts.

– Eh bien, que mijote le Baron Vengeous ? demanda Mr Bliss d'une voix calme, mais redoutable.

– Je ne sais pas, répondit Sanguin. Non, non, attendez ! Je mens. Je le sais, mais je ne vous le dirai pas.

Valkyrie le vit joindre les pieds et, une fois de plus, le sol commença à s'effriter sous lui.

– Arrêtez-le ! cria-t-elle.

Tanith plongea, mais c'était trop tard. Sanguin s'enfonça de nouveau dans le sol.

– Nom d'un chien ! pesta Tanith. Tu parles d'un « tueur à gages de luxe » ! Un petit froussard, oui !

– J'ai entendu !

Tous se raidirent, prêts à se battre, les yeux fixés sur le trou dans le sol, et sur Sanguin qui avait sorti la tête au-dehors.

– Je ne suis pas un froussard ! protesta-il. J'ai juste été surclassé temporairement. Seuls les hommes, les vrais, savent reconnaître leur défaite.

– Dans ce cas, vous êtes un surhomme, déclara Valkyrie, ce qui lui valut un regard meurtrier de la part de l'Américain.

– Personne n'apprécie les sarcasmes, Miss Caïne. Si j'ai retardé ma sortie, c'est pour te faire une promesse. Tu m'as pris mon rasoir, ma petite chérie. Je considère cela comme une offense impardonnable.

Le moment venu, quand tu auras rempli ton rôle, je jure de te tuer gratuitement.

Sur ce, Billy-Ray Sanguin disparut de nouveau sous terre. Mais sa tête ressurgit presque aussitôt.

– Ou pour moitié prix, rectifia-t-il.

Et il disparut pour de bon.

9

La pièce cachée

Après avoir raccroché le téléphone, Valkyrie utilisa les toilettes de la bibliothèque pour ôter les traces de terre sur son visage. Elle s'essuya les mains et les regarda trembler. Elles tremblaient toujours après un affrontement car le surplus d'adrénaline en profitait pour se répandre dans tout son organisme, au hasard.

Tanith l'attendait dehors et, ensemble, elles descendirent l'escalier. Leur intention était de se rendre dans la maison de Gordon pour voir s'il n'y avait pas dans le bureau de feu son oncle des ouvrages concernant la Grotesquerie. Elles laissaient à Bliss le soin d'aider China à remettre de l'ordre dans son appartement. Valkyrie n'avait jamais été témoin d'une telle méfiance entre frère et sœur.

– Comment Skully t'a-t-il paru au téléphone ? demanda Tanith.

– En colère, répondit Valkyrie. Et inquiet. Il est

tranquille seulement quand je suis attaquée par des individus qu'il connaît. Or il n'avait jamais entendu parler de ce Sanguin avant aujourd'hui.

– Au moins, maintenant on sait comment Vengeous est sorti de sa cellule.

Valkyrie acquiesça.

– Le coup du tunnel est efficace, je le reconnais. J'aurais préféré qu'il ne s'en serve pas pour m'atteindre. Je n'aime pas trop l'idée d'être prise en otage. Ça n'a pas l'air très amusant.

Elles émergèrent à l'air libre et marchèrent vers la moto de Tanith.

– Comment se passe ton entraînement ? demanda cette dernière.

– Bien. Enfin, pas mal. Il y a encore quelques trucs qui… m'échappent.

– C'est-à-dire ?

– Je les ai oubliés.

Tanith sourit.

– Quand cette histoire sera terminée, on reprendra tout. Tu y arriveras, ne t'en fais pas. Comment vont tes parents ?

La jeune fille haussa les épaules.

– Bien.

– Tu continues à aller à l'école ?

– Skully me force à y aller chaque fois qu'il n'y a pas de problème à régler. C'est ça qui est chouette quand on possède un reflet : je ne suis pas obligée de m'occuper de tout ça.

Tanith enfila son casque puis releva la visière pour adresser un drôle de regard à Valkyrie.

– Si j'étais toi, dit-elle, j'éviterais de devenir trop dépendante de ce reflet. Certes, tu absorbes tous ses souvenirs et ainsi tu as l'impression d'aller au collège, mais ce n'est qu'une impression. Tu contemples de l'extérieur une partie importante de ta vie. Tu as treize ans, Val. Tu devrais passer plus de temps avec des gens de ton âge.

Elle enfourcha sa moto.

Valkyrie haussa les sourcils en enfilant le deuxième casque.

– Les gens de mon âge ne combattent pas des monstres, Tanith. Si c'était le cas, peut-être que je les fréquenterais davantage.

À son tour, elle monta sur l'engin. Direction la demeure de son oncle.

La première fois qu'elle était montée sur cette moto, elle avait commencé par se tenir aux pans du manteau de Tanith mais, à mesure qu'elles avaient pris de la vitesse, elle l'avait serrée de plus en plus fort, jusqu'à nouer ses bras autour de sa taille. Toutefois, une fois passée la frayeur initiale – elles fonçaient sur des routes désertes et la moindre faute de pilotage les expédierait vers une mort douloureuse –, elle avait fini par apprécier cette sensation. Maintenant, elle adorait faire de la moto. C'était chouette.

Tanith se faufilait au milieu des voitures et prenait

des virages à une vitesse inquiétante ; et pendant ce temps-là, Valkyrie riait sous son casque.

Quand elles quittèrent la route pour emprunter un chemin non carrossé, ça secoua beaucoup plus. Seuls les réflexes hors du commun de Tanith leur évitaient de percuter les arbres qui défilaient comme des taches floues de chaque côté. Elles émergèrent des bois au sommet d'une petite colline et quittèrent le plancher des vaches pendant quelques secondes, avant d'atterrir en douceur sur une route étroite qui enjambait un pont en dos d'âne. Quelques instants plus tard, elles franchissaient l'imposant portail de la propriété de Gordon Edgley. Dans l'esprit de Valkyrie, c'était toujours la maison de son oncle. Le fait qu'elle en ait hérité ne changeait absolument rien.

Tanith freina et laissa la roue arrière déraper légèrement, en projetant une petite gerbe de graviers. Elle coupa le moteur et inclina la moto sur la béquille. Elles en descendirent et ôtèrent leurs casques.

– Alors, ça t'a plu ? demanda Tanith avec un sourire en coin.

Valkyrie lui rendit son sourire, le regard pétillant.

– Je n'arrête pas de répéter à Skully qu'il devrait acheter une moto.

– Et que répond-il ?

– Que les gens qui portent du cuir, comme vous, ne peuvent que conduire des motos. Les gens qui portent de magnifiques costumes, comme lui, ne peuvent conduire que des Bentley.

– Il n'a pas tort. (Tanith leva les yeux vers la maison.) Alors, on y va ou pas ?

Valkyrie ne put s'empêcher de rire. Elle sortit la clé de sa poche et ouvrit la porte.

– Je n'arrive toujours pas à croire que vous soyez une admiratrice de mon oncle.

Elles entrèrent. Le hall était immense, orné de tableaux gothiques accrochés aux murs. Elles le traversèrent pour se rendre dans le salon.

– Ton oncle était le plus grand écrivain de tous les temps, dit Tanith. Pourquoi ne serais-je pas une admiratrice ?

– Je ne sais pas… ça ne vous ressemble pas, je trouve. C'est un peu comme quand vos copines pensent que votre père est le type le plus cool au monde, vous voyez ? On trouve ça idiot.

– Il n'y avait rien d'idiot dans ce qu'écrivait ton oncle. T'ai-je dit qu'une de ses nouvelles était inspirée d'une histoire qui m'était arrivée personnellement ?

– Oui. Plein de fois.

– Je ne l'ai jamais rencontré, mais il a dû l'entendre raconter, d'une manière ou d'une autre. Peut-être par Skully.

Debout au centre de la pièce, Tanith promenait autour d'elle un regard teinté de mélancolie.

– C'est donc ici qu'a vécu Gordon. Ici qu'il a écrit ses chefs-d'œuvre. Tu es une veinarde, Val. Ça faisait quoi d'avoir un oncle comme Gordon Edgley ?

– Oh non, on ne va pas se lancer dans cette discussion encore une fois, dit Valkyrie.

Elle se dirigea vers une étagère, y prit un livre à la couverture noire et le tendit à Tanith. Celle-ci se mordit la lèvre.

Sur eux, les ténèbres s'abattirent était le dernier ouvrage écrit par Edgley. Il devait être publié dans quelques mois seulement, mais Valkyrie avait autorisé Tanith à lire le manuscrit. Chaque fois que Tanith venait dans cette maison, elle dévorait quelques chapitres, jusqu'à ce qu'il soit temps de repartir. Elle adorait venir ici et elle sautait sur le moindre prétexte.

Sans rien dire, elle emporta le livre vers le canapé, s'y recroquevilla et reprit sa lecture là où elle l'avait laissée la fois précédente. Valkyrie s'efforça de ne pas rire. Quittant le salon, elle monta au premier étage, traversa le palier, entra dans le bureau de son oncle et referma la porte derrière elle.

Contrairement au reste de la maison, le bureau était un véritable capharnaüm, une forêt d'étagères qui ployaient sous le poids des livres et de piles de manuscrits. Valkyrie se dirigea vers les rayonnages qui couvraient tout le mur du fond. Elle parcourut les titres des ouvrages. C'était là que son oncle rangeait toute sa documentation. Parfois, en de rares occasions, elle y découvrait des livres de magie qui ne figuraient pas dans la bibliothèque de China Spleen.

Elle fit courir son doigt sur les dos des livres. Si

quelqu'un avait réuni des informations sur une créature aussi bizarre et unique que la Grotesquerie, ça ne pouvait être que Gordon. C'était tout à fait son genre.

Valkyrie arrêta son index sur un ouvrage épais, relié en cuir, sans titre. Elle l'avait déjà vu, mais n'y avait pas prêté attention. Elle voulut le prendre, mais il refusa de bouger. Perplexe, elle le saisit plus fermement et tira. Le livre avança, à moitié, puis demeura coincé. Et soudain, le mur se déplaça !

– Non, j'y crois pas, murmura Valkyrie en voyant l'étagère pivoter devant elle et laisser apparaître une pièce noire comme de l'encre.

Une pièce secrète. Une véritable pièce secrète !

Sans chercher à réprimer le sourire d'excitation qui fendait son visage, elle entra. Aussitôt, des bougies éclairèrent la pièce.

À l'instar du bureau, les murs de la pièce secrète étaient recouverts d'étagères, sur lesquelles étaient disposés des objets à la fois étranges et familiers. Parmi ceux que Valkyrie pouvait identifier figuraient des boîtes à musique, des statuettes aux formes alambiquées, des poignards en argent et des coupes en or. Devant elle se trouvait une table, et sur cette table était posée une pierre précieuse bleue, nichée dans des griffes en or qui servaient de socle. Lorsque Valkyrie s'en approcha, une faible lueur s'alluma à l'intérieur de la pierre et un homme, surgi de nulle part, se matérialisa à l'autre bout de la pièce.

Corpulent. Vêtu d'un pantalon marron et d'un gilet

assorti, par-dessus une chemise dont les manches étaient relevées sur ses avant-bras. Des cheveux blond-roux, veinés de mèches grises, étaient perchés sur le haut de son crâne telle une botte de foin. Il tourna la tête et ses yeux s'écarquillèrent quand il la vit.

– Stephanie ! Que fais-tu ici ?

La jeune fille sursauta.

– Oncle Gordon ?

Son oncle défunt mit ses mains sur ses hanches et secoua la tête.

– Pourquoi rôdes-tu dans cette maison ? J'ai toujours dit que tu étais beaucoup trop curieuse. Certes, c'est un trait de caractère que nous partageons mais, à l'occasion, je ne répugne pas à jouer les hypocrites pour avoir gain de cause.

Valkyrie demeurait immobile et bouche bée.

– C'est… c'est vraiment toi ?

Il s'interrompit, comme pris en flagrant délit de mensonge, et il agita les mains en dodelinant de la tête.

– Ce n'est pas moi, dit-il, tout cela n'est qu'un rêve…

– Arrête un peu !

– Retourne d'où tu viens, reprit-il en étirant chacun de ses mots. Et essaye de te réveiller. Souviens-toi : tout cela n'est qu'un rêêêêêêve…

– Je parle sérieusement, Gordon. Arrête !

Il cessa de remuer la tête et laissa retomber ses mains le long de son corps.

– Très bien, dit-il. Alors, prépare-toi à recevoir un choc. Stephanie. Le monde n'est pas tel que tu l'imagines. La magie est présente, de la véritable magie qui…

– Je suis au courant, le coupa-t-elle. Explique-moi plutôt ce qui se passe. Comment es-tu arrivé ici ?

– Tu connais l'existence de la magie ? Qui t'en a parlé ?

– Tu veux bien répondre à ma question ?

– Oui, si tu veux. C'était quoi, déjà ?

– Comment es-tu arrivé ici ?

– Oh. En fait, ce n'est pas vraiment moi que tu vois. Je veux dire… C'est bien moi, mais je ne suis pas ici. Tu vois cette pierre bleue ? Elle est très rare. On appelle ça une Pierre d'Écho et, généralement, on s'en sert pour…

– Je connais les Pierres d'Écho.

– Ah bon ?

– Les gens dorment à proximité de cette Pierre pendant trois nuits pour lui imprimer leur personnalité et leurs souvenirs.

– C'est exact, dit-il, visiblement un peu déçu. Généralement, elle est utilisée par les gens qui vont mourir et donnée ensuite aux êtres chers pour les aider à surmonter leur chagrin. Dans mon cas, cependant, il s'agissait davantage d'une sorte de mentor littéraire.

– Un mentor ?

– J'ai imprimé ma conscience dans la Pierre. Ou

plutôt, le *vrai* Gordon a imprimé ma personnalité dans la Pierre. Et il vient ici chaque fois qu'il bute sur une intrigue, quand il a besoin d'un angle différent pour une histoire, ou simplement quand il a envie de bavarder avec quelqu'un qui puisse le stimuler intellectuellement. Nous avons des discussions très intéressantes, lui et moi, tu peux me croire.

– C'est tellement… tellement…

– Narcissique ?

– J'allais dire « bizarre », mais j'accepte ton terme. On dispose de combien de temps avant que la Pierre se décharge ?

Gordon, ou son « écho » plus exactement, secoua la tête et désigna l'objet qui trônait au centre de la table.

– Quand la Pierre d'Écho est sur son support, elle se recharge. Je pourrais donc demeurer ici éternellement, à condition qu'il y ait quelqu'un dans les parages, évidemment. Si je devais rester seul, ce serait sacrément rasoir. À ce sujet, Stephanie, je dois ajouter que, même si je suis ravi de pouvoir te parler et si j'aimerais beaucoup te serrer dans mes bras – mais je passerais à travers toi, ce serait très étrange –, Gordon sera fort mécontent de savoir que tu as réussi à entrer ici.

– En fait… je crois qu'il n'en saura rien. Te souviens-tu de la dernière fois que tu as parlé avec Gordon, *l'autre* Gordon, le *véritable* Gordon ?

L'homme plissa les yeux.

– Pourquoi ? Que se passe-t-il, Stephanie ?

Elle hésita.

– Je m'appelle Valkyrie maintenant.

– Valerie ?

– Valkyrie. Avec un k. Valkyrie Caïne. Dans ton testament, tu m'as légué cette maison.

Il la regarda d'un air hébété.

– Oh… Oh, non…

– Si.

– Oh, mon Dieu, je… Je savais que j'étais peut-être en danger à partir du moment où je détenais le Sceptre des Anciens, mais… mais… dis-moi la vérité. Sois franche, n'hésite pas à être brutale. Dis-le-moi sans tourner autour du pot… Je suis mort ?

– Oui.

Il enfouit son visage dans ses mains.

Valkyrie attendit qu'il relève la tête. Comme ça ne venait pas, elle chercha à meubler le silence.

– Je comprends que ce soit un choc…

Finalement, il la regarda.

– Comment suis-je mort ?

– Tu as été tué par Scelerian Serpine, dit Valkyrie, aussi délicatement que possible compte tenu des circonstances. Enfin, il a tué *Gordon*… Et donc toi aussi, je suppose…

– Serpine m'a tué ? Dans ce cas, il a le Sceptre ! Vite, Stephanie, il n'y a pas une minute à perdre…

– Ne t'inquiète pas, il est mort. Skully l'a tué l'an dernier.

– Oh, fit Gordon l'Écho, interrompu dans son élan. Je vois. Ainsi, tu connais Skully ?

– Il m'a appris les ficelles.

– Et le Sceptre dans tout ça ?

– Ce n'est plus une menace pour quiconque.

– Avez-vous résolu les énigmes que j'avais laissées ? La broche et les cavernes ?

– Oui. C'était très astucieux de ta part.

– La devinette, c'était une idée à moi, dit-il fièrement. Gordon, le vrai Gordon, voulait laisser des instructions claires au cas où il lui arriverait malheur, mais je l'ai convaincu de le faire sous forme d'énigme. Ça donne plus de panache à l'ensemble, tu ne trouves pas ?

Sa lèvre inférieure se mit à trembler.

– Ça ne va pas ? demanda Valkyrie.

– Pas très bien. J'incarne les souvenirs d'un mort. J'ai du mal à trouver le but de mon existence. Ma mort a-t-elle provoqué un vif émoi ? A-t-on décrété une journée de deuil national ?

– Euh… non, je ne crois pas…

Il fronça les sourcils.

– J'étais pourtant un auteur de best-sellers. J'étais adoré ! Y a-t-il eu une minute de silence ? Observée dans tout le pays ?

Valkyrie se frictionna le bras.

– Une minute de silence ? Je ne sais pas si… si c'était une minute *officielle*, en tout cas, j'ai remarqué que les gens étaient… moins bavards que d'habitude…

– Et les ventes ?

– Oh. Tes deux derniers romans se sont classés directement dans les dix meilleures ventes.

– Et le tout dernier ? Il en est où ?

– Il doit sortir dans trois mois.

– Il va faire un malheur, dit-il en se caressant le menton. Maintenant que je suis mort.

– Il y avait foule à ton enterrement. Les gens pleuraient ; ils disaient que tu étais un grand écrivain et que tu allais leur manquer.

Gordon l'Écho savoura ces paroles et hocha la tête.

– Je leur manquerai, c'est certain. Et j'étais un grand écrivain, en effet. (Soudain, un rictus déforma son visage.) Beryl était présente ?

Valkyrie ne put s'empêcher de rire.

– Oui, elle était là et on voyait qu'elle faisait un gros effort pour verser quelques larmes et attirer la compassion.

– Je n'ai jamais aimé cette femme. J'ai toujours pensé que Fergus aurait pu trouver mieux. Pas beaucoup mieux, cependant. Cet homme a autant de personnalité qu'une serviette mouillée. Mais n'importe quelle femme serait préférable à Beryl. Au fait, Gordon leur a légué un bateau dans son testament, non ? Ça leur a plu ?

– Fergus est resté muet et Beryl a poussé des cris aigus.

Gordon l'Écho frappa dans ses mains en riant.

– Ah, ce que j'aurais aimé être là ! Ça devait valoir le coup d'œil. On forme une sacrée famille, hein ?

– À qui le dis-tu ! D'ailleurs, il y a une réunion de famille demain soir.

– Ah oui ? Formidable ! Tu m'invites ?

– Mais… tu es mort, Gordon.

– Glisse la Pierre dans ta poche et dépose-moi dans une pièce vide pour que je puisse admirer les Edgley au grand complet, histoire de rigoler. Ou peut-être que je jouerai les fantômes pour terroriser Beryl.

– Voilà une preuve de maturité, Gordon. Hélas, je pense que je n'assisterai pas à cette réunion. Demain soir, je dois sauver le monde, alors…

– Ah, dans ce cas. Mais si jamais tu changes d'avis…

Elle sourit.

– Je t'inviterai, c'est promis. Alors, à quoi sert cette pièce, au juste ? C'est quoi, toutes ces choses ?

Il bomba le torse.

– Ça, ma chère nièce, ce sont des objets d'un très grand intérêt au niveau magique et historique. Ces choses que tu vois rassemblées autour de toi sur ces étagères sont si rares que bien des collectionneurs n'hésiteraient pas à tuer pour s'en emparer. Et ce n'est pas une image. Je connais une femme qui…

– China Spleen ?

– Je vois que tu as fait sa connaissance. China, en effet. Si elle connaissait l'existence de ce trésor, elle serait prête à tout pour se l'approprier. Il est peut-être donc préférable de ne pas lui en parler. Sache que j'ai été amoureux d'elle pendant un certain temps.

– Tout le monde est amoureux de China.

– Oui, mais mon amour était profond et sincère. Je pense qu'elle le savait et que, à sa manière, elle m'aimait autant que je l'aimais. Ou plutôt, elle aimait Gordon autant qu'il l'aimait… Non, autant que *je* l'aimais… Elle aimait Gordon autant que je l'aimais. Ou quelque chose comme ça.

– Euh… tu es sûr que ça va ?

– Je traverse une petite crise existentielle, inutile de s'inquiéter. (Il s'interrompit, sembla réfléchir, puis son visage s'éclaira.) Alors comme ça, Skully t'a prise sous son aile ? Avec lui, tu ne crains rien. Il fait partie des gentils.

– Je m'exerce à toutes les formes de magie et il m'apprend à me battre… C'est dangereux, mais je m'éclate !

– Figure-toi qu'il m'est arrivé de l'aider dans plusieurs affaires. Oh, rien de sensationnel, quelques petits mystères à résoudre ici et là. Je n'étais pas vraiment du genre héros bagarreur. Mon domaine, c'était plutôt la recherche, retrouver la trace des choses ou des gens. Alors, sur quoi travaillez-vous en ce moment ?

– On essaye de rattraper ce cinglé qui s'est échappé de prison, le Baron Vengeous.

– Vengeous ? s'exclama Gordon l'Écho. Il est en liberté ?

– On pense qu'il veut donner vie à la Grotesquerie.

Les yeux du double de Gordon lui sortirent de la tête.

– La Grotesquerie ! Oh, c'est trop injuste ! J'ai toujours voulu écrire un livre sur ce sujet et maintenant je suis mort !

– C'est rageant, en effet, confirma Valkyrie. Tu sais donc des choses ?

– Oui, quelques-unes. Je n'ai aucun livre sur la Grotesquerie, mais je sais qu'elle a été assemblée à partir de différents morceaux de créatures très impressionnantes. En revanche, j'ignorais qu'on pouvait lui donner vie.

– On essaye de comprendre comment c'est possible.

Gordon l'Écho secoua la tête, à la fois impressionné et terrifié.

– Stupéfiant. Tout bonnement stupéfiant. Elle possède un dard, apparemment, provenant d'un Hélaquin, et on lui a greffé des bouts de Shibbach. D'après ce que je sais, le Baron Vengeous a dû refaire entièrement l'intérieur et changer l'intégralité des organes internes. Le cœur qu'il lui a donné provient d'un Cú na Gealaí Duibhe, il est situé à droite et légèrement plus bas que la normale, à peu près à ce niveau-là.

Il montra ses côtes.

– Si jamais cette créature revient à la vie, est-ce qu'il suffira de détruire son cœur pour la tuer ?

– Oh, oui. Sur le coup.

– Dans ce cas, c'est comme ça qu'on la tuera. C'est simple.

– Détrompe-toi. La Grotesquerie ayant été créée à partir d'un Sans-Visage, elle guérira très vite. Et plus elle sera forte, plus vite elle guérira, jusqu'à devenir insensible aux blessures. Il faudra alors mettre le paquet pour réussir à la neutraliser, j'en ai peur. L'avez-vous localisée ?

– Non. On ne sait même pas par où commencer à chercher.

– Vous devriez demander au Tourment.

– Qui ça ?

– Il y a quelques années, j'ai entendu une rumeur selon laquelle un homme nommé le Tourment savait où était cachée la Grotesquerie.

– *Le* Tourment ? Pas comme… Joey Tourment ou Sam Tourment ? Avec *le* devant ?

– Oui, *le* Tourment. Il est sans doute mort à l'heure qu'il est, à supposer qu'il ait jamais existé. Ce n'était qu'une rumeur. Tu devrais demander à Eachan Meritorious s'il le connaît.

– Euh… en fait… Meritorious est mort. Tout comme Morwenna Corbac. Sagacious Tome aussi, mais c'est lui qui a détruit les autres, alors je ne regrette pas qu'il soit mort.

– Oh, bon sang. Meritorious et Corbac ? Cela fait beaucoup de morts. Y a-t-il quelqu'un qui ne soit *pas mort* ?

– Euh… Hideous Quatépingles a été transformé en statue.

– C'est déjà ça.

Valkyrie jeta un coup d'œil à sa montre.

– Faut que j'y aille. Tanith attend en bas.

– Tanith ?

– Tanith Low.

– Oh, j'ai entendu parler d'elle. Je ne l'ai jamais rencontrée, mais j'en ai entendu parler. Tu connais mon histoire intitulée *Le Spectacle d'horreur permanent*, dans mon recueil de nouvelles ? Elle m'a été inspirée par une anecdote que j'ai lue à son sujet.

Valkyrie sourit.

– Je pense qu'elle serait ravie de l'apprendre.

Gordon l'Écho regarda sa nièce avec tendresse.

– Tu es faite pour cela, tu sais. Pendant un temps, j'ai aidé Skully, jusqu'à ce que je comprenne que je n'aimais pas mettre ma vie en danger. Même si parfois je regrette d'avoir fait marche arrière. Mais toi… j'ai toujours su que tu serais taillée pour cette vie d'aventures. C'est pour cette raison que tout t'a été légué dans le testament.

– Merci, à propos. C'est… génial.

– De rien. Comment Serpine est-il mort, au fait ?

– Douloureusement.

Gordon l'Écho sourit.

– Tant mieux.

La Bentley s'arrêta devant la maison de Gordon, juste au moment où Valkyrie refermait la porte.

– Tout va bien ? lui demanda aussitôt Skully.

– Je vous l'ai dit au téléphone : ça va. Tanith est arrivée juste à temps.

Skully se tourna vers elle.

– Merci.

Tanith haussa les épaules.

– Val avait déjà la situation en main.

– Alors, comment s'est passée votre petite mission ultra secrète ? demanda Valkyrie pour changer de sujet.

Skully sembla hésiter.

– C'est une affaire délicate.

– Nous sommes entre amis, non ? Où êtes-vous allé ?

– Eh bien… je me suis introduit dans le Sanctuaire.

– Pardon ?

– Ce que tu as dit précédemment, en parlant de Thurid Guild qui était comme un politicien obligé de faire plaisir aux gens, ça m'a fait réfléchir. Alors, je me suis introduit dans ses appartements privés. J'avais un pressentiment.

Tanith le regarda d'un air abasourdi.

– C'est… c'est très dangereux, Skully. Si les Fendoirs t'avaient surpris…

– Je sais. Le combat aurait été intéressant. Mais il fallait que je coure le risque. J'étais intrigué.

– Par quoi ?

– Il y a peut-être des raisons de penser que Thurid Guild pourrait être impliqué dans l'évasion de Vengeous.

– Impliqué de quelle manière ? demanda Valkyrie en plissant les yeux. C'est un traître ?

– Mon enquête illicite commence à peine. Il est encore trop tôt pour…

– Exactement comme Sagacious Tome, dit Valkyrie. Et China !

– China n'a jamais trahi, dit Skully.

– Elle idolâtrait les Sans-Visage dans le temps, non ?

– Oui, mais nous avons tous fait des choses dont nous ne sommes pas fiers.

– Même vous ? demanda Valkyrie.

Skully la regarda, mais il ne répondit pas.

– Comment un traître aurait-il pu être élu Grand Mage ? demanda Tanith.

Skully secoua la tête.

– Ce ne sont que des soupçons de ma part, rien de plus. J'ai libéré quelques dossiers appartenant au Grand Mage…

– *Libéré* ?

– … et j'ai besoin d'un peu de temps pour les éplucher. En attendant, Thurid Guild demeure innocent tant qu'il n'a pas été reconnu coupable. Cela étant dit, il est évident que nous ne devons pas lui faire confiance. Ce serait idiot.

– Bien sûr, dit Tanith.

– Évidemment, renchérit Valkyrie.

– L'une de vous deux a-t-elle découvert quelque chose qui soit susceptible de nous aider ?

Valkyrie se tourna vers Tanith, qui regardait le bout de ses bottes tout à coup.

– J'ai… lu, avoua-t-elle.

– Pour faire des recherches ? demanda Skully.

Tanith rougit. Skully pencha la tête sur le côté.

– Tu as encore lu le livre de Gordon, je parie ?

– C'est terrifiant comme des montagnes russes, marmonna-t-elle.

Le détective soupira et se tourna vers Valkyrie.

– Et toi ?

Gordon l'Écho l'avait suppliée de ne parler de lui à personne, jusqu'à ce qu'il se soit habitué à l'idée qu'il était l'unique et dernière version de Gordon Edgley sur cette terre. Valkyrie avait accepté à contrecœur.

– J'ai découvert quelque chose dans un des carnets d'oncle Gordon, mentit-elle. Apparemment, un individu nommé le Tourment saurait peut-être où Vengeous a caché la Grotesquerie.

– Le Tourment ?

– J'ignore s'il existe ou pas.

– Il existe.

– Vous le connaissez ?

– Non, dit Skully. Mais je connais quelqu'un qui le connaît.

10

L'armure de Lord Vile

Billy-Ray Sanguin n'aimait pas les Infectés. Il les regarda en passant ; il observa leurs visages vides et leurs regards morts. La moitié d'entre eux creusait, l'autre moitié déblayait les pierres, sans jamais s'arrêter. Dusk exerçait sur eux un pouvoir absolu.

Sanguin les y abandonna. À chaque pas, il sentait la présence du couteau glissé dans sa ceinture. Gros, lourd et gênant. Il préférait mille fois son coupe-chou, mais cette fille le lui avait pris. Il avait hâte de se retrouver en face d'elle.

Les cavernes étaient immenses et les lumières qu'ils avaient installées peinaient à percer l'obscurité, que le Baron Vengeous traversait présentement à grands pas.

– Les Infectés ont vidé les salles situées à l'est, lui annonça Sanguin. L'armure ne s'y trouve pas. J'ai personnellement fouillé les cavernes à l'ouest, sans rien trouver. J'ai creusé un passage dans les galeries effondrées au nord : toujours rien. Apparemment, l'armure, si elle est bien ici, se trouve dans une des salles situées au sud.

– Elle est ici, déclara Vengeous avec certitude. Lord Vile est mort dans ces grottes, je le sais. Où en est ma tenue ?

Afin de pouvoir enfiler l'armure, Vengeous aurait besoin d'une tenue spéciale destinée à le protéger du pouvoir du nécromancien qui l'habitait encore. Sanguin avait reçu pour mission de se procurer cette tenue.

– Elle sera prête à la tombée de la nuit, dit-il. Comme promis.

– J'espère bien.

Sanguin le regarda, sans rien dire. Le Baron n'était pas un homme avec lequel on pouvait badiner, surtout dans des moments comme celui-ci. Un autre individu que Sanguin n'aimait pas, c'était Dusk. En règle générale, il n'aimait pas les vampires, mais il détestait franchement Dusk, surtout sa façon d'approcher en douce, sans un bruit. Vengeous était d'ailleurs la seule personne que connaissait Sanguin capable d'entendre Dusk se déplacer. C'est pourquoi, lorsque Dusk s'exprima, juste à côté de Sanguin, celui-ci fit un bond en l'air, alors que Vengeous demeurait immobile.

– Baron, annonça Dusk. Nous l'avons trouvée.

Les yeux de Vengeous pétillèrent dans la lumière de la lampe. Les deux hommes suivirent Dusk dans les profondeurs du réseau de grottes. L'eau qui ruisselait sur les parois de pierre rendait le sol glissant. Ils se dirigèrent vers une meute d'Infectés, qui reculèrent pour laisser le Baron Vengeous pénétrer dans cette salle qui venait d'être découverte. Sanguin s'approcha de l'entrée et s'arrêta à côté de Dusk.

Les lampes projetaient des ombres allongées sur les murs irréguliers. Au centre de la grotte se dressait une grande table en pierre, ronde, sur laquelle reposait l'armure. Elle était terne, noire et sans aucun ornement. Aux yeux du Baron Vengeous, c'était certainement la plus belle chose qu'il avait jamais vue.

L'armure de Lord Vile.

11

Le redoutable suceur de cerveau de Londres

Vaurien Larsouille était assis devant Skully, de l'autre côté de la table. Tanith se tenait juste derrière lui et Valkyrie s'était postée dans le coin, près de la porte, les bras croisés.

Skully leva les yeux du dossier qu'il était en train de consulter.

– Vaurien, dit-il, tu ne t'es pas montré très coopératif avec tes intervieweurs, n'est-ce pas ?

– Je ne sais pas de quoi ils parlent.

– Tu es le complice d'un individu qu'ils nomment le Tourment.

Vaurien haussa les épaules.

– Première nouvelle.

– Quoi donc ?

– Que je le connais.

– Qui ça ?

– Quoi ?

– Que tu connais le Tourment ?

– Oui.
– Donc, tu le connais.
– Oui… Euh, non !
– Tu ne le connais pas ?
– Non, non. J'en ai jamais entendu parler.
– Ça m'ennuie de dire ça, Vaurien, mais ce n'est absolument pas convaincant.
Larsouille secoua la tête.
– C'est qui ? J'ai jamais entendu parler de lui. Tourment comment ?
– Tu reconnais cette jolie femme derrière toi ?
Larsouille voulut pivoter sur sa chaise mais, à cause des fers, il pouvait seulement se dévisser le cou. Il reporta son attention sur Skully et haussa les épaules une fois de plus.
– Je devrais la reconnaître ?
– Il s'agit de Tanith Low. Tu en as peut-être entendu parler. Tanith est une interrogatrice renommée, connue dans le monde entier pour son taux de réussite de cent pour cent : elle obtient toujours les renseignements qu'elle souhaite.
Valkyrie vit Tanith hausser les sourcils d'un air étonné, sans rien dire.
– Ah oui ? fit Larsouille. (Il semblait un peu inquiet tout à coup.) Et comment s'y prend-elle ?
– Pour formuler les choses avec tact, disons qu'elle a le pouvoir d'aspirer le cerveau des gens.
Larsouille prit un air hébété et Tanith dut se plaquer la main sur la bouche pour ne pas éclater de

rire. Valkyrie, quant à elle, avait du mal à masquer son sourire. Elle aurait préféré ne pas se trouver dans le champ de vision de Larsouille.

– Elle n'a pas le droit de faire ça ! s'exclama celui-ci. C'est illégal !

– J'ai peur que non. C'est un vide juridique qu'elle exploite depuis des années. Elle aspire le cerveau et elle l'avale, ce qui lui permet d'absorber et de digérer toutes les connaissances qui s'y trouvent.

– C'est horrible, commenta Larsouille d'une toute petite voix.

– Tu ne nous laisses guère le choix. Tanith, si tu veux bien te donner la peine…

Dans le dos de Larsouille, Tanith esquissa un geste qui semblait dire : « Qu'est-ce que je dois faire ? » Elle laissa retomber ses mains au moment où Larsouille essayait de se retourner pour la regarder et elle prit son air le plus sévère. Dès qu'il la quitta des yeux, elle se remit à gesticuler pour exprimer son impuissance.

Larsouille se redressa sur sa chaise, serra les poings et ferma les yeux de toutes ses forces.

– Vous ne me sucerez pas le cerveau ! brailla-t-il.

Skully se renversa contre le dossier de son siège sans venir en aide à Tanith. Celle-ci pointa son doigt sur lui en l'agitant d'un air menaçant, puis reporta son attention sur Larsouille. Avec un soupir, elle vint se planter devant lui et plaça ses mains au-dessus de sa tête. Il continuait à fermer les yeux.

Finalement, Tanith renonça au coup des mains, préférant se pencher pour coller sa bouche à l'oreille du prisonnier. Celui-ci se raidit. Elle entrouvrit les lèvres et le son à peine perceptible de la peau qui se détache de la chair provoqua les hurlements de Larsouille, qui fit un bond en arrière et bascula sur le côté. Il s'écroula lourdement.

– Je vous dirai tout ! Je vous dirai tout ce que je sais ! cria-t-il. Mais empêchez-la d'approcher de moi ! Empêchez-la de toucher à mon cerveau !

– Le Tourment est-il toujours en vie ? demanda Skully en le toisant.

– Oui !

– Quand as-tu été en contact avec lui pour la dernière fois ?

– Il y a deux ans, juré !

– Pourquoi cette rencontre ?

– Je voulais juste lui parler.

– De quoi avez-vous parlé ?

Larsouille risqua un coup d'œil furtif pour s'assurer que Tanith n'était pas sur le point de lui aspirer le cerveau.

– De rien. Il a fichu le camp. Il ne voulait pas discuter. Je crois qu'il ne m'aime pas.

– Pour quelle raison ?

– Je ne sais pas. C'est peut-être à cause de mon odeur.

– Que savez-vous au sujet de la Grotesquerie ? demanda Valkyrie.

– Rien du tout, ma parole.

– Tanith, dit Skully d'un ton las, suce-lui le cerveau.

– Non ! Attendez ! Moi, je ne sais rien, mais *lui*, si ! Pendant la guerre, la guerre contre Mevolent, je veux dire, il traquait le Baron Vengeous.

– Pourquoi ? demanda Skully.

– Il voulait le tuer. Durant toute cette histoire, la guerre, il était de *votre* côté. Et moi aussi !

– Je ne t'ai jamais vu te battre.

– J'étais près des lignes arrière, expliqua Larsouille d'une toute petite voix. Toujours est-il qu'on combattait le même ennemi. Ce n'est pas rien, hein ?

Skully pencha la tête sur le côté.

– L'ennemi de mon ennemi n'est pas nécessairement mon ami.

– Le Tourment m'a raconté un jour qu'il observait Vengeous et qu'il s'apprêtait à attaquer quand tu es arrivé. Vous vous êtes battus, tu as terrassé Vengeous et le Tourment a décidé qu'il était temps de se retirer. C'était un vieux bonhomme. Il était déjà là bien avant que Mevolent entre en scène. Mais il m'a dit que, pendant qu'il surveillait Vengeous, il l'avait vu planquer la Grotesquerie.

– Où ?

– Ça, il ne me l'a pas dit. Il m'a accusé de ne pas être capable de garder un secret.

– Où est le Tourment ?

Larsouille leva la tête, les yeux écarquillés.

– Tu jures que tu empêcheras cette femme d'approcher de mon cerveau ?

– Tu as ma parole.

– À Roarhaven, confia Larsouille après un moment d'hésitation.

Valkyrie avait déjà entendu parler de cet endroit. C'était une ville pleine de sorciers, une petite ville obscure où les étrangers n'étaient pas les bienvenus.

– Il est à Roarhaven.

Larsouille était assis à l'arrière de la Bentley, les poignets et les chevilles enchaînés, bâillonné. Il avait déjà les fers en montant dans la voiture, mais le bâillon avait été ajouté en route. Skully en avait assez de l'entendre.

Ils sortirent de la ville par l'est, quittant les rues pour les avenues de la banlieue, puis la banlieue pour la campagne. Après une demi-heure de trajet sur des routes étroites et sinueuses, obligés de se ranger régulièrement sur le bas-côté pour laisser passer d'énormes tracteurs, ils atteignirent un village situé à proximité d'un lac sombre qui scintillait dans le soleil de ce début d'après-midi.

La Bentley s'arrêta à l'ombre d'un gros arbre qui se dressait à l'entrée du village. Valkyrie et Skully en descendirent. Il faisait doux, tout était étrangement calme.

– Aucun oiseau ne chante, constata la jeune fille.

– Roarhaven n'est pas le genre d'endroit qui donne

envie de chanter, répondit Skully. Ou alors, un chant funèbre.

Elle apercevait des gens dans la rue, mais ils se croisaient sans échanger un mot.

Skully fit descendre Larsouille et lui ôta son bâillon.

– Où peut-on trouver le Tourment ?

– Accordez-moi un petit moment, OK ? dit Larsouille en balayant du regard la petite ville. Ça fait des années que je ne suis pas venu ici. C'est un retour aux sources. Pour moi, c'est un moment émouvant.

Skully soupira.

– Si tu ne nous sers à rien, on te balance dans le coffre et on se débrouille sans toi.

– Inutile de me menacer, dit Larsouille, agacé. Vous êtes pressés, je le vois bien. Mais c'est pas une raison pour me brutaliser dans ma ville natale !

– Alors, tu nous aides oui ou non ?

Larsouille le foudroya du regard.

– Oui.

– Bien.

– Pouvez-vous au moins m'enlever mes chaînes ?

– Non.

– Pas même aux chevilles ? C'est la première fois que je reviens chez moi depuis vingt ans. Je ne veux pas que les gens pensent que je suis un criminel.

– Vous êtes un criminel, rétorqua Valkyrie.

– Oui, mais…

– Tu gardes tes fers, déclara Skully.

Larsouille marmonna, mais s'exécuta. Ses fers s'entrechoquaient bruyamment alors qu'il les conduisait, à tout petits pas pour ne pas trébucher, vers le centre, en évitant les rues principales, préférant les ruelles étroites qui serpentaient entre les maisons.

– Où habite-t-il ? demanda Skully.

– Là-bas.

Larsouille montra la construction qui se dressait juste devant eux.

Valkyrie fronça les sourcils.

– Dans un pub ? Le Tourment vit dans un pub ?

– Pas n'importe quel pub, répliqua Larsouille. *Mon* pub. Enfin, c'était le mien jusqu'à ce que je le perde. J'y ai vu un signe. J'ai compris que je devais aller de l'avant, voir ce que le monde avait à offrir. Parfois, je regrette d'avoir abandonné tout ça, pour partir là où je n'avais pas de famille, pas d'amis. Par moments, je me suis senti si seul…

– Ce devait être horrible, compatit Valkyrie. Mais d'un autre côté, si vous ne passiez pas votre temps à essayer de tuer les gens…

– Je suis un artiste ! déclara fièrement Larsouille. Quand je tue, je fais de l'art brut.

Sans lui prêter attention, ils approchèrent de la porte latérale. Skully s'accroupit pour crocheter la serrure.

– Tanith, elle, pourrait l'ouvrir rien qu'en la touchant, dit Valkyrie pour le taquiner.

Skully tourna lentement la tête vers elle et, dans

la seconde qui suivit, la serrure s'ouvrit avec un déclic.

– Je préfère mille fois la méthode ancienne, dit-il.

– Parce que vous n'avez pas le choix.

– Je suis un Élémentaire, lui rappela-t-il. Tanith, elle, est une Adepte. J'aimerais bien la voir lancer une boule de feu !

Larsouille se racla la gorge nerveusement.

– Elle ne va pas venir ici, hein ? Cette… Tanith ?

– Ne vous en faites pas, dit Valkyrie, votre cerveau ne risque rien. Pour le moment.

Skully poussa la porte et jeta un coup d'œil par l'entrebâillement. Puis il saisit Larsouille par le coude et l'attira à l'intérieur. Le couloir du pub, obscur, sentait la bière éventée et les torchons humides. Des voix leur parvenaient de la salle située devant eux.

– Où loge-t-il ? demanda Skully à voix basse.

– En dessous, répondit Larsouille. J'ai transformé la cave en appartement et j'y ai apporté quelques aménagements.

Ils se dirigèrent donc vers l'arrière du bâtiment.

– À cette époque, reprit Larsouille, je débordais d'idées. Je voulais rénover toute la façade du pub, puis l'agrandir, et peut-être même installer une sono, avec une petite piste de danse. Finalement, j'y ai renoncé. Trop cher. Et puis, personne ne voulait danser, alors…

Valkyrie regardait par-dessus son épaule pour s'assurer que personne ne les suivait.

– C'était le bon temps, ajouta Larsouille d'une

voix teintée de regrets. Toute la bande se retrouvait ici, dans mon pub : Dave l'Éclair, Pete le Niais, Hieronymus Traquenard. On buvait, on bavardait et on riait. En ce temps-là.

Skully le regarda.

– Vaurien, si tu cherches à nous tuer, il existe des méthodes plus rapides que de nous raconter ta vie.

– Moins douloureuses surtout, ajouta Valkyrie.

– Je pensais que ça vous intéresserait, répondit Larsouille, offusqué. Je me disais que ça vous aiderait si je vous racontais l'histoire de ce lieu et mes rapports avec lui.

– Peut-on savoir en quoi ça pourrait nous aider ? demanda Skully.

– Si vous me laissez terminer, je vous le dirai.

– Soit. Termine.

– Si tous ces gens fréquentaient mon pub en particulier, c'était parce que, dans une ville remplie de sorciers, il n'y avait pas beaucoup d'endroits où vous pouviez vous réunir en ayant le sentiment d'être différent, vous comprenez ? Heureusement, j'avais tout prévu. Alors que le devant du pub accueillait tous les autres magiciens de Roarhaven, il y avait également un coin spécial, pour mes amis et moi, où on pouvait s'asseoir, discuter et faire des projets.

– Ah bon ? fit Skully, tandis que Valkyrie ouvrait la porte.

– Oui, dit Larsouille en hochant la tête. Un coin privé, juste là, au fond.

Ils entrèrent. Deux hommes étaient installés au bar. Deux autres jouaient au billard sur une vieille table pelée. Il y avait également un barman taciturne et, debout dans un coin, un géant dont le crâne dégarni touchait le plafond. Tous s'arrêtèrent de parler et tournèrent la tête. Valkyrie et Skully se figèrent.

Larsouille sourit.

– Salut, les gars.

12
Rixe

Une mouche bourdonnait bruyamment. Elle venait cogner contre une fenêtre crasseuse qui donnait sur un arbre mort. Le barman sortit de derrière son comptoir et les deux hommes qui y étaient installés descendirent de leurs tabourets.

– Larsouille, dit le barman en mâchonnant ce nom. Tu manques pas de culot de pointer ta face de rat dans mon pub.

– *Ton* pub ? répondit Larsouille avec un ricanement de mépris. Tu as gagné cet établissement en trichant au poker.

– Toi aussi, tu as triché. J'ai triché mieux que toi, voilà tout. Pourquoi tu es revenu ?

– C'est plus fort que moi. J'ai tellement de souvenirs heureux dans cette ville. D'ailleurs, en parlant de ça, Hieronymus, j'espérais voir ta sœur dans les parages… Elle n'est pas là ?

Le dénommé Hieronymus Traquenard semblait sur le point d'exploser.

– Je t'interdis de parler de ma sœur, tu entends ?

Larsouille haussa les épaules.

– Ou sinon ?

– Je crois qu'il y a un malentendu, glissa Skully, mais nul ne lui prêta attention.

Traquenard s'avança, les poings serrés.

– Je pourrais finir ce que j'ai commencé il y a vingt ans.

Larsouille ricana.

– Tu veux me tuer, c'est ça ?

– Je ne suis pas le seul, mon pote. Que tous ceux qui ont envie de buter cette vermine s'avancent !

Tout le monde fit un pas en avant.

– Ah, c'est comme ça, hein ? s'exclama Larsouille en faisant mine d'être déçu. Après tous ces beaux discours sur l'amitié, toutes ces années, tout ce qu'on a enduré ensemble… vous voulez tous me tuer ?

– De manière horrible, précisa un des deux joueurs de billard.

– J'aimerais beaucoup vous aider, les gars, dit Larsouille en levant les mains pour montrer ses fers, mais, comme vous pouvez le voir, je suis pieds et poings liés en ce moment. Toutefois, si vous réussissez à liquider ces deux charmantes personnes qui m'accompagnent, vous pourrez peut-être réaliser votre souhait.

Traquenard plissa les yeux.

– Tuer une gamine ? Ouais, je crois qu'on est capables d'assurer une mission aussi difficile. Et toi, le maigrelet, tu es qui ?

– Nous ne cherchons pas les ennuis, dit Skully.

– Dans ce cas, vous allez être agréablement surpris, dit l'homme qui se trouvait à gauche de Traquenard.

De l'électricité statique crépitait dans sa paume ouverte. Dave l'Éclair, sans doute.

– Nous sommes ici au nom du Sanctuaire, dit Skully à tout hasard.

L'homme qui se tenait à droite de Traquenard se crispa. Mais un large sourire apparut sur le visage de ce dernier.

– T'entends ça, Pete ? Ils appartiennent au Sanctuaire.

Pete le Niais grogna.

– Je déteste le Sanctuaire.

– Ah ! En fait, ça n'a rien à voir avec le Sanctuaire, rectifia Skully. Je disais ça pour rire.

– Dans ce cas, tu mourras en rigolant, ricana Traquenard. À moins de nous dire qui tu es et tout de suite.

Skully l'observa un instant, puis il ôta son déguisement et le posa sur la table de billard. Les yeux s'écarquillèrent. Les mâchoires se décrochèrent. Les pieds reculèrent.

– Le Détective Squelette, souffla un des joueurs de billard.

– Je m'attaque pas aux squelettes, moi, dit son copain. Pas question.

– Qu'est-ce qui vous prend, les gars ? aboya Traquenard. C'est mon pub, pigé ? C'est mon territoire.

Si vous devez vous inquiéter pour quelqu'un ici, c'est pour moi. Ce type est un macchabée ! Où est le problème ? On peut lui régler son compte. On est six, il est seul. Avec une gamine. C'est trop pour vous, bande de durs à cuire ?

Les joueurs de billard échangèrent un regard nerveux, puis ils secouèrent la tête.

– À la bonne heure ! s'exclama Traquenard. Je vois qu'on est d'accord. On tue ces deux-là et, ensuite, on tue notre cher ami Larsouille.

– On va bien s'amuser, dit celui-ci en se dirigeant à petits pas vers une banquette pour s'asseoir. Je peux savoir comment vous allez vous y prendre ?

– Y a longtemps que Brobding n'a pas fait un peu d'exercice, dit Traquenard et, à ces mots, le géant s'avança.

Valkyrie se tourna vers Skully.

– Je vous le laisse, lui glissa-t-elle.

– Je vais vous tuer tous les deux, déclara le géant d'une voix de basse grondante. Mais je tiens à préciser que j'ai rien contre vous.

– Je m'en réjouis, répondit Skully. Dans ce cas, je vais t'assommer et te frapper avec la table de billard, mais je veux que tu saches que je n'ai rien contre toi, moi non plus.

Brobding s'esclaffa. Les autres aussi.

Skully s'avança et ouvrit les mains, bras tendus. Le géant, projeté en arrière, alla s'écraser contre le mur du fond. Valkyrie s'empara d'une queue de billard posée sur la table et la brisa en deux sur la tête du premier joueur. Alors que celui-ci s'écroulait dans un coin, son partenaire se précipita vers la jeune fille.

Pete le Niais s'élança à son tour et décocha un coup de poing que Skully ne prit même pas la peine de dévier. Il esquiva et poussa le Niais, qui alla percuter Traquenard.

Le corps de Dave l'Éclair crépitait de la tête aux pieds ; ses cheveux étaient dressés sur son crâne et une odeur d'ozone se répandait dans la pièce. Il chargea. Skully shoota dans un tabouret de bar. Touché aux jambes, Dave l'Éclair poussa un juron et tomba.

Pendant ce temps, le deuxième joueur de billard essayait d'étrangler Valkyrie. Elle lui balança un coup de pied dans le tibia et lui enfonça un doigt dans l'œil. L'homme hurla. Furieux, il décocha un crochet qu'elle ne parvint pas à contrer et son poing s'écrasa sur la tempe de Valkyrie. De son côté, Skully donna un coup de pied à Dave l'Éclair, alors que celui-ci essayait de se relever, mais Traquenard en profita pour lui sauter dessus. Skully le ceintura et pivota à la manière d'un judoka. Traquenard poussa un grand cri, d'une voix étonnamment aiguë, lorsqu'il se retrouva projeté sur le plancher sale et collant.

Le joueur de billard souleva Valkyrie de terre et la lança violemment sur la table. Le choc lui coupa le souffle. L'homme la souleva de nouveau et recommença. Elle ramassa la boule numéro 8 sur le tapis et, alors qu'il la soulevait une troisième fois, elle lui écrasa la boule sur l'oreille. Il poussa un hurlement de douleur et la lâcha.

Skully frappa Pete le Niais des deux poings, avant de lui tordre le bras dans le dos et de l'expédier dans le mur, tête en avant. Pete le Niais glissa à terre. Traquenard rugit quand le squelette se tourna vers lui. Le propriétaire du pub se raidit, les muscles de son cou saillaient. Son visage vira au cramoisi, ses poings grossirent et se déformèrent, jusqu'à devenir deux énormes marteaux. Son sourire triomphant projeta des postillons.

À l'autre bout de la pièce, Valkyrie faisait face au joueur de billard. Celui-ci avançait vers elle en boitant et en se massant l'oreille. Il la regardait d'un œil ; l'autre était fermé.

– Je vais te massacrer, cracha-t-il, sans réussir à être impressionnant.

Elle tenait toujours la boule de billard dans sa main, alors elle la lança. Le projectile atteignit l'homme entre les deux yeux et rebondit. Le type s'arrêta, l'air hébété, puis il bascula sur le sol et s'endormit.

Valkyrie vit alors Traquenard frapper Skully au flanc avec un de ses poings-marteaux et Skully reculer en titubant, jusqu'au mur. Traquenard visa ensuite la tête, mais le squelette se baissa juste à temps et le poing heurta le mur en lambris, qu'il traversa. Traquenard voulut retirer son poing, mais celui-ci était coincé. Skully en profita pour le frapper. Deux fois.

Traquenard se contorsionna pour tenter de riposter avec son autre poing. Celui-ci heurta le mur et resta coincé à son tour.

– Oh, non ! gémit-il.

Skully visa soigneusement avant de décocher un direct. La tête de Traquenard fut projetée en arrière et il s'affala contre le mur. Sans doute aurait-il glissé jusqu'au sol si ses poings-marteaux ne l'avaient pas retenu.

– Skully ! s'écria Valkyrie.

Brobding le géant se relevait et il semblait très en colère.

– Je te le répète, lui dit Skully, je n'ai rien contre toi.

Le géant grogna. Skully se précipita vers lui et bondit. Il exécuta une rotation en l'air et son pied droit jaillit. Le coup atteignit Brobding au point d'articulation de la mâchoire. Alors que Skully atterrissait en douceur, le géant tournoyait sur lui-même et posait un genou à terre. Valkyrie regardait Skully d'un air ébahi.

– Eh bien, quoi ? lui lança-t-il.

– Vous lui avez donné un coup de pied de karatéka, dit-elle. Ce n'est pas votre spécialité, pourtant. C'est Tanith qui s'en charge, habituellement.

– Tu es impressionnée, hein ? (Il prit appui sur le bord de la table de billard et haussa les épaules.) Je suis ton héros, je parie ?

– Oh, taisez-vous donc !

Brobding le géant regarda autour de lui ; soudain, l'air se mit à onduler et la table de billard traversa la pièce pour venir le percuter. Sous le choc, elle se renversa, tandis que les boules volaient dans tous les sens, et Brobding se retrouva étendu au sol. KO pour le compte.

– Vous l'aviez prévenu, commenta Valkyrie.

– En effet, répondit Skully en franchissant la porte par laquelle ils étaient entrés.

Il réapparut quelques secondes plus tard en poussant Larsouille devant lui.

– Hé, doucement ! protesta ce dernier. C'est pas facile de marcher avec ces fers aux pieds, je vous signale !

– Vous n'êtes pas allé bien loin, fit remarquer Valkyrie.

Larsouille regarda les corps inanimés.

– Oh, bravo, dit-il sans enthousiasme excessif. Vous les avez eus.

– C'était bien essayé.

Il haussa les épaules.

– J'avais oublié que ce pub appartenait à Traquenard, ma parole.

– Où est la cave ? demanda Skully.

– Derrière le bar, grommela Larsouille.

Valkyrie alla jeter un coup d'œil par-dessus le comptoir et découvrit la trappe. Elle adressa un signe de tête à Skully.

Celui-ci attacha Larsouille à un tuyau qui courait

le long du mur pour l'empêcher de filer en douce encore une fois. Valkyrie souleva la trappe et le squelette passa le premier, en dégainant son revolver. Valkyrie le suivit dans l'escalier en bois et referma le panneau derrière elle.

Il faisait sombre et froid dans la cave. L'escalier les conduisit dans un couloir aux murs tapissés de papier peint, n'importe comment. La moquette usée ressemblait à un chemin en forêt. Une porte se découpait sur leur droite et une autre, un peu plus loin, sur leur gauche. Un petit tableau était accroché de travers. Il représentait un bateau dans un port. Il n'était pas très réussi. Au bout du couloir, il y avait un salon. On entendait de la musique. *La Fin du monde*, par les Carpenters. Tenant son arme à deux mains, Skully ouvrit la marche.

La première pièce était meublée d'un lit d'une personne et d'une commode. Skully y entra et s'approcha du lit pour regarder en dessous. Ayant vérifié que la chambre était vide, il rejoignit Valkyrie dans le couloir. La deuxième pièce abritait un w-c, un lavabo et une baignoire. Aucun de ces trois éléments n'était très propre et ils n'offraient aucune cachette. Ils se dirigèrent donc vers le salon.

À l'intérieur, une lampe était allumée, mais l'ampoule donnait des signes de faiblesse. Plus ils avançaient, plus Valkyrie distinguait les détails. Elle constata ainsi que la moquette n'était pas assortie au papier peint et que les rideaux, sans doute installés pour des raisons esthétiques étant donné qu'il n'y avait aucune fenêtre, n'étaient assortis à rien du tout.

Skully, le dos collé au mur du couloir, glissait sans bruit. Valkyrie l'imita, contre le mur opposé, ce qui lui permettait d'apercevoir la pièce sous un autre angle. Elle découvrit deux vieux appareils de chauffage, éteints, et un autre tableau, représentant celui-ci un bateau sur une mer déchaînée. Sous le tableau, il y avait un fauteuil et, à côté du fauteuil, une petite table. Mais aucune trace du Tourment. Ils se figèrent. Valkyrie se tourna vers Skully et secoua la tête. Le squelette acquiesça et entra en balayant la pièce d'un coin à l'autre avec son revolver. Il regarda derrière le fauteuil. Rien.

Valkyrie le suivit à l'intérieur. De l'autre côté de la pièce se trouvaient une radio, un téléviseur à l'écran fêlé et l'électrophone d'où sortaient les Carpenters. Prudemment, elle écarta les rideaux, qui donnaient sur un mur. Elle retourna vers Skully pour lui dire que, à son avis, Larsouille avait dû prévenir le Tourment d'une manière quelconque. C'est alors qu'elle aperçut un vieil homme suspendu au plafond qui lui jetait un regard noir !

Ses cheveux et sa barbe étaient aussi longs que sales. Accroché aux poutres, il se laissa tomber sur Skully, qui se retrouva au tapis. Son revolver lui échappa et le vieil homme s'en saisit. Valkyrie eut le réflexe de se jeter sur le côté où moment où il faisait feu. La balle atteignit l'électrophone et la musique s'arrêta brutalement. Skully roula sur lui-même et poussa l'air avec sa main, mais son agresseur cavalait déjà dans le couloir. Skully se releva précipitamment, mais dut faire un écart lorsque le vieillard ouvrit le feu de nouveau, à deux reprises. Après avoir risqué un coup d'œil dans le couloir pour vérifier que la voie était désormais libre, le détective s'élança à sa poursuite.

Valkyrie n'était pas sûre que sa tenue blindée puisse arrêter une balle. Et sa tête, alors ? Pour la première fois, elle regrettait de ne pas avoir une capuche. Malgré tout, elle emboîta le pas à Skully, juste au moment où celui-ci s'engouffrait dans la chambre. Arrivée sur le seuil, elle haussa les sourcils en découvrant que le mur d'en face s'était ouvert pour laisser apparaître un couloir de pierre. Elle plongea par l'ouverture. Droit devant, elle apercevait la silhouette de Skully qui courait dans l'obscurité. Soudain, elle vit une lumière et l'ombre chinoise du squelette qui lançait une boule de feu.

Valkyrie continua à courir, en sentant le sol s'élever sous ses pieds. Elle commençait à fatiguer. Ses pas résonnaient sur les pierres. Elle ne voyait plus rien maintenant. Il faisait nuit noire. Elle se concentra sur l'énergie qui était en elle, claqua des doigts et saisit l'étincelle qui en jaillit. La flamme grandit et vacilla dans sa paume ; elle la tint à bout de bras pour s'éclairer. Elle savait bien que cette lumière faisait d'elle une cible parfaite, mais elle n'aimait pas davantage la perspective de tomber dans une fosse remplie de pieux métalliques ou d'une chose tout aussi désagréable. Finalement, elle atteignit un croisement.

– Oh, non, j'y crois pas, marmonna-t-elle, tout en essayant de reprendre son souffle.

Elle pouvait continuer tout droit, tourner à droite ou à gauche. Elle ignorait quelle direction avait prise Skully. Elle s'efforça de chasser de son esprit les images de pièges mortels, d'un labyrinthe de couloirs où elle errerait jusqu'à sa mort, dans l'obscurité et le froid.

Elle poussa un juron. Il fallait qu'elle fasse demi-tour. Elle décida de remonter à la surface et de sillonner la ville pour essayer de découvrir où débouchaient ces galeries. C'était mieux que de rester là, inutilement, se dit-elle.

C'est à ce moment précis qu'elle entendit un grondement.

Le passage conduisant à la cave était en train de se refermer derrière elle. Les parois se rapprochaient. À droite, à gauche ou tout droit. Elle choisit la dernière option et détala.

13

Roarhaven

Les murs se rapprochaient, de plus en plus vite. Valkyrie jeta un coup d'œil par-dessus son épaule, juste au moment où le croisement se refermait. Si par malheur elle trébuchait, si elle tombait, les parois de pierre qui l'enserraient se rejoindraient dans un vacarme effroyable et la transformeraient en bouillie.

Elle avait les poumons en feu, comme quand elle nageait au large de la plage de Haggard. Elle aimait nager. C'était bien plus agréable que de se faire écrabouiller. Soudain, une lumière apparut devant elle : une flamme qui tremblotait dans la main de Skully Fourbery. Il s'adressa à elle et sa voix couvrit le grondement des pierres :

– Il me paraît superflu de t'inciter à presser le pas, n'est-ce pas ?

La jeune fille laissa s'éteindre le feu qui brûlait dans sa paume pour se concentrer sur sa course.

– Fais ce que tu veux, ajouta-t-il, mais ne tombe

pas, surtout. Je pense que ce serait une très mauvaise idée, vu le contexte.

Elle était tout près maintenant, tout près de Skully, près de ce grand espace dégagé où il l'attendait. Les murs devant elle tremblèrent, grondèrent et commencèrent à se rapprocher eux aussi. Elle plongea dans l'interstice, roula sur le sol et se releva, au moment où la galerie se refermait derrière elle. Le grondement cessa. Elle se laissa tomber à genoux et inspira à fond.

– C'était juste, commenta joyeusement Skully.

– Je... vous... dit-elle d'une voix entrecoupée.

– Oui ?

– Je... vous... hais.

– Respire bien, le manque d'oxygène te fait délirer.

Valkyrie se leva, mais demeura pliée en deux, le temps de retrouver son souffle.

– Il faut être prudents, conseilla-t-il. Le Tourment a beau être âgé, il est agile, et il a conservé mon arme.

– Où... sommes-nous ?

– Parmi les événements désagréables qui ont marqué le passé de Roarhaven, riche en vicissitudes, figure une tentative, il y a quelques années, pour renverser le Conseil des Aînés et établir un nouveau Sanctuaire, ici même. Nous nous trouvons dans ce qui devait devenir le bâtiment principal.

Valkyrie avisa un interrupteur sur le mur et l'abaissa. Quelques lumières clignotèrent au-dessus de leurs têtes. La plupart des ampoules restèrent éteintes. Skully laissa mourir la flamme dans sa main. Ils suivirent la galerie, tournèrent à droite et continuèrent à avancer. Ils traversèrent de petites zones de lumière et de plus grandes zones d'obscurité. Le sol était couvert de poussière. Le détective tourna légèrement la tête. Valkyrie le connaissait suffisamment bien maintenant pour savoir quand quelque chose n'allait pas.

– Qu'y a-t-il ? demanda-t-elle.

– Continue à avancer, murmura-t-il. Nous ne sommes pas seuls.

Valkyrie sentit sa gorge se nouer. Elle essaya de déchiffrer l'air, comme le faisait le squelette en ce moment, mais, même les jours fastes, elle ne dépassait pas deux ou trois mètres, dans toutes les directions. Finalement, elle renonça et résista à la tentation de regarder autour d'elle.

– Où est-il ? souffla-t-elle.

– Ce n'est pas lui. Je ne sais pas de qui il s'agit, mais ils sont des dizaines, relativement petits, et ils se déplacent en meutes.

– Des chatons, peut-être, dit-elle, pleine d'espoir.

– Ils nous épient.

– Ils sont peut-être timides.

– Je ne pense pas que ce soit des chatons, Valkyrie.

– Des chiots, alors ?

Quelque chose les frôla à toute allure dans le noir.

– Continue à avancer, répéta Skully.

Ça remuait derrière eux maintenant.

– Regarde droit devant.

Soudain, elles émergèrent de l'obscurité, en pleine lumière : des araignées, noires et velues, bouffies, aussi grosses que des rats, avec des griffes au bout des pattes.

– OK, dit Skully. Je crois qu'on peut s'arrêter.

Les araignées sortaient des fissures dans les murs et couraient au plafond ; elles avançaient en produisant des claquements. Dos à dos, Skully et Valkyrie les regardaient approcher. Elles avaient trois yeux, immenses et avides, fixes.

– Je compte jusqu'à trois, murmura le détective, et on court. D'accord ?

– D'accord.

Les araignées continuaient à se rapprocher, en les encerclant, et les claquements devenaient assourdissants.

– Pas le temps de compter jusqu'à trois. On court ! s'écria Skully.

Valkyrie s'élança au moment où les bestioles attaquaient.

Elle sauta par-dessus celles qui se trouvaient devant elle, retomba sur le sol et chassa d'un coup de pied l'une d'elles qui se trouvait trop près à son goût. Elle sentit l'impact à travers sa botte, mais ne s'attarda pas pour constater les dégâts éventuels. Elle courut ventre à terre, pendant que Skully lançait des boules de feu. Ils bifurquèrent brusquement lorsque la galerie, devant eux, se retrouva envahie de créatures boursouflées et velues, et ils s'engouffrèrent dans une salle au centre de laquelle trônait une grande table de réunion, tandis que la masse grouillante ne cessait de grossir derrière eux.

Une araignée grimpa sur la table et se jeta sur Valkyrie au moment où celle-ci passait à sa hauteur. Elle s'accrocha à son dos, en essayant de transpercer son costume avec ses griffes. Valkyrie poussa un cri et se retourna vivement, mais elle trébucha, tomba et roula sur le sol en sentant l'araignée sous elle. Quand elle se redressa, la bestiole, toujours accrochée à elle, monta à toute vitesse sur son épaule, en direction du visage, et la jeune fille aperçut ses crochets. Alors, elle se saisit de l'arachnide, l'obligea à lâcher prise et la lança, le plus loin possible. Skully l'aida à se remettre debout et elle reprit sa course folle.

Ils fonçaient vers la porte à double battant, droit devant. Le squelette tendit la main, l'air se mit à onduler et la porte fut arrachée de ses gonds. Ils la franchirent sans ralentir et pénétrèrent dans une autre pièce qui devait être le vestibule autrefois. Skully lança encore quelques boules de feu, pendant que Valkyrie atteignait la porte d'entrée ; elle l'enfonça d'un coup d'épaule et émergea dans la douce chaleur du soleil. La lumière l'aveugla pendant un instant. Elle sentit à ses côtés Skully qui la tirait par la manche, alors elle le suivit. Elle y voyait bien désormais, elle voyait le lac sombre devant elle et le ciel bleu au-dessus.

Ils arrêtèrent de courir. Ils entendaient encore les araignées, les *clic-clic* frénétiques de leurs griffes sur le seuil, mais elles répugnaient à quitter l'obscurité pour s'aventurer en plein jour, et les bruits de pattes finirent par s'estomper. Au bout d'un moment, Valkyrie parvint à retrouver son souffle ; elle remarqua alors que Skully regardait fixement un point derrière son épaule gauche.

– Quoi ? demanda-t-elle, mais il ne répondit pas.

Elle se retourna. Le Tourment était là, avec ses longs cheveux gris qui se mêlaient à sa longue barbe de la même couleur, et il pointait le revolver du détective sur elle.

– Qui êtes-vous pour oser venir me chercher ici ? demanda le vieillard, d'une voix qui n'avait pas servi depuis des années. Pour oser me déranger, après tout ce temps ?

– Nous sommes ici au nom du Sanctuaire, répondit Skully. Nous sommes des détectives.

– C'est une gamine, rétorqua le Tourment. Et vous, vous êtes un macchabée.

– Techniquement parlant, vous avez sans doute raison, mais, en ce qui nous concerne, ne vous fiez pas aux apparences. Nous pensons que vous détenez des informations susceptibles de nous aider dans notre enquête.

– À vous entendre, je suis obligé de vous aider, répondit le vieillard. (La main qui tenait le revolver ne tremblait pas.) Qu'est-ce que j'en ai à faire, moi, de votre enquête ? Je m'en fiche pas mal de cette histoire et du Sanctuaire. Je déteste le Sanctuaire et le Conseil des Aînés, et je hais tout ce qu'ils représentent. Nous sommes des sorciers. Nous ne devrions pas être obligés de nous cacher pour échapper aux mortels, nous devrions les diriger !

– Il faut qu'on trouve le moyen d'arrêter la Grotesquerie, expliqua Valkyrie. Si elle ouvre le portail et laisse revenir les Sans-Visage, tout le monde en pâtira, pas uniquement...

– Cette enfant s'adresse à moi, dit le Tourment. Dites-lui d'arrêter.

Valkyrie fronça les sourcils, mais se tut.

Skully intervint :

– Ce qu'elle dit est vrai. Vous n'aviez aucune tendresse pour Mevolent de son vivant, et je suis certain que vous ne souhaitez pas voir revenir les Sans-Visage. Si vous nous aidez, nous pourrons peut-être faire quelque chose pour vous.

Le Tourment éclata de rire.

– Un échange de bons procédés, c'est ça ?

– Si ça peut vous inciter à nous aider, oui.

Le vieillard plissa le front et se tourna vers Valkyrie.

– Toi, la gamine, du sang souillé coule dans tes veines. Je le sens d'ici.

Valkyrie demeura muette.

– Tu es liée à eux, n'est-ce pas ? Aux Anciens ? Je méprise les Anciens autant que je méprise les Sans-

Visage, figure-toi. Si l'une ou l'autre de ces races revenaient, elles prendraient le pouvoir.

– Les Anciens étaient les gentils, dit Valkyrie.

Le Tourment la foudroya du regard.

– Le pouvoir, c'est le pouvoir. Les sorciers ont le pouvoir de gouverner le monde ; si ce n'est pas le cas, c'est uniquement à cause de la faiblesse de nos dirigeants. Mais si les Anciens revenaient, crois-tu vraiment qu'ils referaient la même erreur ? Des êtres aussi puissants n'ont pas leur place sur cette terre. J'espérais que le dernier représentant de ton espèce était mort.

– Désolée de vous décevoir.

Le Tourment reporta son attention sur Skully.

– Ce renseignement doit valoir cher à vos yeux, le macchabée. Cette faveur que vous me promettez, est-elle aussi importante ?

– Je pense que oui.

Le Tourment sourit : ce n'était pas beau à voir.

– Que voulez-vous savoir ? demanda-t-il.

– Où le Baron Vengeous cachait la Grotesquerie pendant son emprisonnement. Nous aimerions également savoir de quelle manière il compte la ressusciter.

– J'ai les renseignements que vous cherchez.

– Que demandez-vous en échange ?

– Mes exigences sont modestes. Je vous demande juste de tuer la gamine.

14
Jack rebondit

Jack ne pouvait pas bondir. Même si sa cellule, avec son lit étroit, son w-c et son lavabo, avait été assez grande, il n'aurait pas pu bondir. Car elle était entourée d'un sort qui annihilait ses pouvoirs.

Assis sur le lit, Jack A. Ressort imaginait une vie sans bondir. Il imaginait une vie sans meurtres (cette pensée lui nouait l'estomac), une vie sans ses plats préférés, sans escapades sur les toits, sans tout ce qu'il aimait. Ils allaient jeter la clé de sa cellule, il le savait. Pour une fois qu'ils avaient la possibilité de se débarrasser de lui, ils ne feraient pas preuve de clémence. Son procès serait expédié en un clin d'œil et il écoperait d'une peine de cent ans de prison.

Jack s'allongea, en posant son bras sur ses yeux pour faire obstacle à l'épouvantable lumière artificielle. Il pouvait dire adieu à l'immensité du ciel. Aux étoiles. À la lune.

– Tu es plus laid que dans mon souvenir.

Jack se leva d'un bond. Il y avait un homme dans sa cellule ! Adossé au mur, avec un large sourire.

– Sanguin ! s'exclama Jack avec un rictus. Tu viens pour fanfaronner ? J'aimerais pouvoir dire que je suis surpris, mais non. Je ne m'attendais pas à autre chose de ta part.

– Jack, mon vieil ami, tes paroles me blessent.

– Tu n'es pas mon ami.

Sanguin haussa les épaules.

– Nous avons peut-être eu quelques désaccords au fil des ans, mais en ce qui me concerne, c'est de l'histoire ancienne. Je viens pour t'aider. Je vais te faire sortir d'ici.

Il tapota le mur lézardé. Des morceaux de pierre s'en détachèrent et tombèrent en entraînant des coulées de poussière.

Jack fronça les sourcils.

– En échange de quoi ?

– Je veux juste que tu me rendes un petit service, c'est tout.

– Je n'aime pas trop l'idée de devoir te rendre un service.

– Tu préfères croupir dans cette cellule jusqu'à la fin de tes jours ?

Jack ne répondit pas.

– Juste un petit service. D'ailleurs, je suis sûr que tu y prendras plaisir. Je veux que tu exerces ton talent.

– Pour quelle raison ?

– Peu importe. Tu crois que tu peux m'aider ?

– Ça dépend. Que dois-je faire ?

– Oh, pas grand-chose. Je veux juste que tu tues des gens.

Jack ne put s'en empêcher : il sourit.

– Ah oui ?

– Un jeu d'enfant pour quelqu'un de ton acabit. Si tu acceptes, je t'emmène avec moi sur-le-champ et on fiche le camp d'ici.

– Tuer des gens, tu dis ?

– Beaucoup.

– C'est tout ? Une fois que je l'aurai fait, on sera quittes ? Je sais pour qui tu as travaillé dans le passé, Tex, et je veux pas être au service des Sans-Visage ou un truc comme ça.

– T'ai-je parlé des Sans-Visage ? Non.

– Ça n'a rien à voir avec eux ?

– Croix de bois, croix de fer, si je meurs je vais en enfer. Alors, tu es partant ?

Jack enfila son manteau et récupéra son haut-de-forme cabossé.

– Allons-y, dit-il.

15

À bout portant

Prenant appui sur le mur avec sa main gauche et agrippant la chaîne dans sa main droite, Larsouille tira de toutes ses forces. Le tuyau commençait à céder. Il le sentait. Il l'entendait. Tous les autres tuyaux de ce bâtiment se seraient brisés depuis longtemps ; il était bien placé pour le savoir, il les avait lui-même installés. C'était bien sa veine, tiens ! Ce satané squelette l'avait attaché au seul tuyau solide !

Il serra les dents, le visage rougi par l'effort ; il fallait vraiment qu'il recommence à respirer très vite. Soudain, le tuyau céda et Larsouille se trouva projeté en arrière. Son cri de triomphe s'arrêta net quand sa tête heurta le sol. Il resta étendu un moment, en essayant de ne pas pleurer. Enfin libre ! Il se releva, la chaîne pendait à son poignet. Pour les fers qui lui entravaient les chevilles, il ne pouvait rien faire, alors il se précipita vers la porte en traînant les pieds.

Après s'être assuré que le squelette et la fille

n'étaient pas dans les parages, il s'aventura à l'extérieur. Obligé de faire des pas ridiculement petits, il devait ressembler à un pingouin fou, alors qu'il s'éloignait du pub. Il trouverait bien quelqu'un pour l'aider, quelqu'un qui lui ôterait ces fichus fers. Toute la population de Roarhaven ne pouvait quand même pas souhaiter sa mort.

En débouchant au coin d'une rue, près du Sanctuaire de Roarhaven, il se figea. Pendant un instant, la stupéfaction l'empêcha de sourire. Mais la joie finit par s'imposer face à ce spectacle qui lui mettait du baume au cœur : le Tourment pointait un revolver sur Fourbery et Caïne !

Larsouille s'approcha, toujours à petits pas, en gloussant. Le crâne du squelette était aussi inexpressif qu'à son habitude, mais la fille regardait le Tourment comme si elle n'en croyait pas ses yeux ni ses oreilles. Nul ne prêta attention au nouvel arrivant.

– Vous plaisantez ? s'exclama Caïne.

Larsouille adorait la manière dont le Tourment ignorait cette sale morveuse, ne s'adressant qu'au squelette.

– Tuez la gamine, lui disait-il. Vous pouvez l'abattre d'un coup de revolver si vous voulez. La faire brûler. Ou l'étrangler. Je m'en fiche.

S'il avait pu, Larsouille se serait mis à danser.

– Je ne tuerai pas Valkyrie, répondit Fourbery.

– Allons, le macchabée. Qu'est-ce qu'une vie comparée à des milliards d'autres vies ? Car si les Sans-

Visage reviennent, des milliards de gens mourront. Vous le savez.

– Peut-être, mais je ne la tuerai pas.

– Ce sont mes conditions.

– Trouvez autre chose, dit le squelette. Un souhait raisonnable que je pourrais exaucer.

– Je vais vous faciliter la tâche.

Le Tourment lui lança son revolver. Le squelette le saisit au vol et le pointa entre les yeux du Tourment. Le sourire de Larsouille s'envola. La situation s'était brusquement dégradée.

– Personne ne mourra aujourd'hui, dit Fourbery. Sauf vous, peut-être. Où est la Grotesquerie ?

– Je suis le Tourment, le macchabée. Croyez-vous que j'aie peur de la mort ?

Le revolver resta pointé sur lui pendant quelques instants, puis le squelette laissa retomber son bras. Larsouille pouvait respirer à nouveau et le Tourment hocha la tête d'un air approbateur.

– Vous avez besoin de mon aide, dit-il. Vous connaissez mes conditions. Tuez cette gamine.

– Vous ne pouvez pas…

– Le temps presse.

– Écoutez-moi ! C'est de la folie ! Elle n'a rien fait…

– *Tic*… fit le Tourment. *Tac*…

Le squelette se tourna vers la fille, et Larsouille vit le doute dans le regard de cette dernière. Elle pointa le doigt sur le Tourment.

– Tabassez-le, bon sang ! Tabassez-le ou… faites quelque chose ! Tirez-lui dans le pied.

Le squelette secoua la tête.

– Les menaces sont inutiles, dit-il.

– Les menaces en l'air sont inutiles, en effet, mais si vous lui tirez dans le pied pour de bon…

– Non, Valkyrie. J'ai déjà eu affaire à ce genre d'individus. Tout le monde a son point faible, certes, mais le temps nous manque. (Fourbery reporta son attention sur le Tourment.) Qu'est-ce qui me prouve que vous détenez le renseignement que je cherche ?

– Je vous le dis, c'est tout. Et vous ne pouvez vous permettre de mettre ma parole en doute. À l'heure qu'il est, le Baron Vengeous a récupéré l'armure de Lord Vile. Le temps qu'il vous reste est comme une poignée de sable qui glisse entre vos doigts. Alors, acceptez-vous de tuer cette gamine ?

– Jamais de la vie ! s'exclama Caïne d'un ton de défi. Dites-le-lui, Skully !

La joie faillit faire exploser le cœur de Larsouille quand Fourbery resta muet.

Caïne regardait le squelette d'un air hébété. Elle recula d'un pas.

– Vous n'envisagez tout de même pas de lui obéir ? dit-elle.

– Tu as ton téléphone ?

– Hein ?

– Il faut que tu appelles tes parents. Pour leur faire tes adieux.

Caïne pivota et s'enfuit à toutes jambes, mais Fourbery était trop rapide pour elle. Il la saisit par le poignet et lui tordit le bras ; elle tomba à genoux en grimaçant de douleur.

– Sois courageuse, lui dit-il.

– Lâchez-moi !

Fourbery se tourna alors vers le Tourment.

– Accordez-nous une minute.

– Une minute, dit le vieillard. Pas une seconde de plus.

Larsouille regarda le squelette tirer Caïne par le bras pour l'obliger à se relever, puis l'entraîner à l'écart. Il lui parla à voix basse ; la fille secoua la tête et essaya de se libérer. Ils atteignirent le coin du Sanctuaire de Roarhaven et la fille finit par hocher la tête. Elle sortit son téléphone.

– Magnifique ! lança Larsouille au Tourment.

Ce dernier se retourna vers lui en fronçant les sourcils.

– Qui es-tu, toi ?

– Je... Quoi ? C'est moi, Vaurien ! Vaurien Larsouille ! Je... C'est moi qui ai aménagé la cave pour vous.

– Oh, fit le Tourment. C'est *toi*. Pourquoi es-tu revenu ? Je te croyais mort. J'aurais préféré que ce soit le cas.

Bien qu'il n'ait jamais entendu dire que le Tourment était du genre à plaisanter, Larsouille préféra croire qu'il s'agissait d'une plaisanterie et il rit.

– Magnifique, répéta-t-il. L'obliger à tuer Caïne. C'est tout bonnement magnifique ! Génial ! Je n'y aurais jamais pensé.

– Je sais.

– Puis-je vous demander d'où vous viennent toutes ces idées ? Vous les trouvez dans vos rêves ou bien est-ce instinctif ? Personnellement, je tiens une sorte de journal dans lequel je note mes idées et mes pensées et…

Le Tourment le regarda fixement et Larsouille se tut.

– Tu m'agaces.

– Désolé.

Le Tourment lui tourna le dos.

– Hé, le macchabée ! lança-t-il. La minute est écoulée.

Fourbery posa les mains sur les épaules de Caïne. Il lui dit encore quelques mots, puis l'étreignit. Elle se dégagea brutalement et le repoussa. Pendant quelques secondes, elle fut masquée mais, quand le squelette s'écarta, Larsouille vit qu'elle pleurait. Fourbery lui prit le bras et ils revinrent.

– Alors, vous allez la tuer ou pas ? interrogea le Tourment.

Fourbery sembla s'affaisser.

– Oui.

Larsouille observait Caïne. Elle ne disait rien, elle se tenait aussi droite que possible, essayant de lutter contre la peur, malgré ses larmes.

– Alors, faites-le, nom d'un chien ! s'emporta le Tourment.

Fourbery hésita encore un instant, puis il sortit son revolver de sa poche.

– Je suis navré, Valkyrie, murmura-t-il.

– Ne me parlez pas, dit Caïne. Faites ce que vous avez à faire.

Le Tourment intervint :

– J'ai l'impression qu'elle porte une tenue protectrice. Prenez bien soin de viser une partie dénudée. Vous ne voudriez pas que je puisse croire que vous avez triché, hein ?

Caïne ouvrit sa veste et Larsouille sourit. Il aurait aimé que cette scène soit filmée pour pouvoir se la repasser plus tard, en boucle. Le moment où Skully Fourbery tuait Valkyrie Caïne !

– Pardonne-moi, je t'en prie, dit le squelette en pointant l'arme sur la jeune fille.

Il appuya sur la détente.

La détonation brisa les tympans de Larsouille. Le corps de Caïne tressauta, ses yeux s'écarquillèrent. Elle recula d'un pas et tomba lourdement à genoux en portant sa main à sa blessure. Le sang coula entre ses doigts.

Puis elle bascula vers l'avant et son visage heurta le sol.

Fourbery la toisa.

– C'était une pauvre gamine innocente, commenta-t-il.

– Elle avait du sang d'Anciens dans les veines, dit le Tourment. C'était le juste prix à payer pour le renseignement que vous cherchez. La Grotesquerie est cachée dans un château en ruine, sur la colline de Bancrook. Détective ? Vous m'entendez ?

Fourbery leva lentement la tête.

– Je me demande si vous pourrez l'atteindre avant Vengeous, reprit le vieillard. À votre avis ?

– Si vous mentez…

– Pourquoi mentirais-je ? Je vous ai demandé de tuer la gamine et vous l'avez fait. Je tiens parole.

Fourbery s'approcha du cadavre de Valkyrie Caïne. Il se pencha pour le soulever dans ses bras.

– Larsouille, dit-il. Va dans la voiture.

Celui-ci éclata de rire.

– Hein ? Vous me prenez pour un cinglé ? Je reste ici.

– Non. Je te ramène.

Larsouille se tourna vers le Tourment, avec un grand sourire.

– Pourquoi me regardes-tu ? demanda le vieillard.

Le sourire de Larsouille s'évanouit.

– Hein ?

– Tu n'es pas concerné par notre marché.

– Mais… je ne peux pas repartir avec lui ! Il va me jeter en prison !

– Crois-tu que ça m'importe ?

– Larsouille, dit Fourbery d'une voix dénuée de toute émotion humaine. Va dans la voiture. Tout de suite.

Larsouille jeta des regards désespérés autour de lui. Il n'y avait personne pour voler à son secours. Alors, il s'éloigna à petits pas, en essayant de ne pas pleurer.

– J'aimerais vous remercier, détective, dit le Tourment. Quand je regarde ce monde, ce qu'il est devenu, quand je regarde mes collègues sorciers tapis dans l'ombre, je m'aperçois que j'attendais un signe. Comprenez-vous ? J'attendais une raison de revivre, de sortir de ma cave humide et sordide. Cette raison, je l'ai maintenant. J'ai un but. Pendant des années, j'ai dormi. Mais désormais, je suis réveillé. Vous m'avez arraché au sommeil. Nous nous reverrons.

– Vous pouvez en être certain, répondit Fourbery.

Le Tourment sourit, lui tourna le dos et s'en alla.

Larsouille se sentait trahi. Abandonné. Délaissé. Fourbery le rejoignit, portant la fille dans ses bras. Larsouille n'était pas sûr d'arriver vivant au Sanctuaire. Il avait entendu parler de la redoutable fureur du détective squelette et il n'y avait personne d'autre pour en subir toute la violence. Il n'avait aucune chance de le raisonner, il ne pouvait pas non plus marchander avec lui. Il n'y avait plus le moindre espoir.

Quand ils atteignirent la voiture, Fourbery déposa soigneusement le corps dans le coffre, puis il se retourna. Le Tourment avait disparu et, alors que la nuit tombait, la ville semblait déserte.

– Voilà, c'est fait, dit Fourbery.

Curieusement, il semblait soulagé.

Larsouille fronça les sourcils, mais il ne souffla mot.

– En définitive, c'était plutôt une bonne journée, jusqu'à présent, ajouta le squelette. Maintenant je sais où est cachée la Grotesquerie et j'ai été forcé de tuer Valkyrie, ce qui, je dois l'avouer, me démangeait depuis que je la connais. Elle était parfois affreusement horripilante. Tu avais remarqué ?

– Euh…

– Impossible de l'obliger à se taire. Je faisais semblant d'être ami avec elle mais, sincèrement, elle m'inspirait de la pitié, c'est tout. Elle n'était pas très futée.

– Vous êtes vraiment un sale type ! lança une voix derrière eux.

Larsouille se retourna brusquement et poussa un petit cri en voyant approcher Valkyrie Caïne, les mains dans les poches, avec un grand sourire.

16

La substitution

Valkyrie savait que c'était du bluff ; elle en était convaincue. Elle en eut la confirmation quand Skully prononça les mots codés : « Sois courageuse. »

Il la tenait fermement par le bras. Elle avait mal aux genoux à cause de sa chute. Un numéro très impressionnant, elle devait le reconnaître. Et tout aussi convaincant, espérait-elle.

– Lâchez-moi ! cria-t-elle.

Skully regarda le Tourment par-dessus son épaule. À ses côtés, Larsouille savourait chaque instant de la scène à laquelle il croyait assister.

– Accordez-nous une minute, demanda Skully.

– Une minute, répondit le Tourment. Pas une seconde de plus.

Valkyrie laissa le squelette la relever de force pour l'emmener.

– Continue à secouer la tête, lui murmura-t-il.

– Qu'est-ce qu'on va faire ? Si vous voulez qu'il

vous dise ce qu'il sait, il n'y a qu'une seule solution : vous devez me tuer.

– Je ne te tuerai pas.

– Ah, tant mieux.

– Je vais tuer ton reflet.

– Hein ? De quelle façon ?

– Où est-il ?

– C'est demi-journée à l'école ; il devrait donc être chez moi.

– Appelle-le et dis-lui de retourner dans le miroir.

Pour continuer à donner le change, Valkyrie essaya de se libérer.

Quand Skully la ramena brutalement vers lui, elle demanda :

– Si vous tuez mon reflet, que va-t-il se passer ? Est-ce qu'il va véritablement *mourir* ?

– Il n'est pas vivant, lui rappela Skully, il ne peut donc pas mourir. En revanche, il *semblera* mort. Je pense que si on le remet dans le miroir ensuite, ça devrait aller.

– Vous *pensez* ?

– C'est une première. Personne ne s'est jamais donné cette peine, tout simplement parce que les sorciers savent faire la différence avec une vraie personne, très aisément. Cette ruse ne fonctionnera que si le Tourment manque d'exercice, comme on peut l'espérer.

Ils atteignirent le coin du Sanctuaire de Roarhaven et Valkyrie sortit son téléphone.

Skully s'accroupit derrière le mur pour se cacher. À mains nues, il entreprit de creuser un trou.

Valkyrie composa le numéro de chez elle ; quelqu'un décrocha après deux sonneries.

– Allô ? fit sa propre voix.

– Tu es seul ? chuchota la jeune fille.

– Oui, répondit son reflet. Tes parents ne sont pas encore rentrés du travail. Je suis dans ta chambre, en train de faire tes devoirs.

– Il faut que tu retournes dans le miroir, d'accord ? On va tenter quelque chose.

– OK.

– Laisse un mot pour maman. Dis-lui que je passe la nuit chez une amie.

– Quelle amie ?

– J'en sais rien ! s'impatienta Valkyrie. Choisis !

– Mais tu n'as pas d'amies.

Valkyrie enrageait.

– Dis-lui que je couche chez Hannah Foley.

– Hannah Foley ne t'aime pas.

– Fais ce que je te dis ! brailla Valkyrie et elle raccrocha.

De son côté, Skully continuait à déblayer des poignées de terre pour creuser un trou d'environ un mètre de diamètre.

Valkyrie eut un moment d'hésitation

– Tout ira bien, hein ? Une fois qu'on l'aura remis dans le miroir, il ressuscitera, hein ? Je sais que le terme est inapproprié, mais…

– Valkyrie, quand je tirerai sur ton reflet, ce sera comme si je déchirais une photo de toi. Il n'y a absolument aucune différence.

Elle hocha la tête.

– Oui, d'accord. Je sais. OK.

Il aplanit le fond du trou et, avec son doigt, il traça un large cercle dans la terre et, à l'intérieur de ce cercle, il dessina un œil, traversé par une ligne ondulée.

– Ils nous observent ? demanda-t-il.

Valkyrie porta sa main à son visage comme si elle pleurait et en profita pour jeter un coup d'œil discret en arrière.

– Non. Ils discutent. Le Tourment semble énervé.

Skully se leva et tendit la main. Autour de lui, l'air devint humide et des gouttelettes de condensation commencèrent à se former. Un arc-en-ciel apparut dans cette brume, et disparut subitement lorsque Skully la rassembla pour constituer un nuage qu'il laissa tomber dans le trou, sous forme de pluie.

Il récita ces paroles :

– Surface parle, surface sent, surface pense, surface réelle.

Puis il replia les doigts. La flaque d'eau se transforma en minuscule tourbillon qui effaça le dessin tracé au fond. Skully apaisa la surface de l'eau et adressa un signe de tête à Valkyrie.

Cette dernière, perchée au bord du trou, trempa un orteil dans l'eau. La flaque se rida. Soudain, une main en jaillit. Ils virent alors le reflet, vêtu du même costume noir que Valkyrie, émerger lentement de la petite mare. *Non*, se dit Valkyrie, il ne sortait pas de la mare car elle apercevait encore le fond du trou. En fait, son reflet sortait de la *surface* de l'eau et l'image en deux dimensions se transformait sous ses yeux en une personne en trois dimensions.

Skully lui prit la main pour l'aider à apparaître totalement, et le reflet resta planté là, sans rien dire. Il ne cherchait même pas à savoir pourquoi on l'avait fait venir.

– On va te tuer, lui annonça Valkyrie.

Il hocha la tête.

– Bien.

– Tu sais pleurer ?

Le reflet versa quelques larmes. Le changement était aussi soudain que stupéfiant.

– Hé, le macchabée ! lança le Tourment. La minute est écoulée.

Skully prit Valkyrie par les épaules.

– Repousse-moi, lui souffla-t-il.

Il s'avança pour la prendre dans ses bras, si bien qu'il la dissimula momentanément aux yeux du Tourment. Elle le repoussa et effectua rapidement la substitution avec son reflet. Plaquée contre le mur du bâtiment, elle ne bougea plus, craignant d'entendre de grands cris. Mais rien ne vint. Ils n'avaient pas remarqué le tour de passe-passe.

Skully et le reflet retournèrent vers le Tourment,

pendant que Valkyrie filait se cacher sous les arbres, en se déplaçant sans faire de bruit, pliée en deux. Elle ne se retourna pas une seule fois. Elle se disait qu'elle ne voulait pas risquer d'être découverte, mais elle savait que ce n'était pas la vraie raison.

En vérité, elle ne voulait pas assister à son exécution.

Le coup de feu la fit tressaillir. Elle en eut la chair de poule. Elle se frictionna les bras à travers ses manches.

Quelques minutes plus tard, elle entendit Skully et Larsouille approcher. Ils se dirigeaient vers la Bentley. Le squelette déposa la dépouille du reflet dans le coffre. Il semblait tout mou. Valkyrie inspira à fond. C'était comme déchirer une photo, se dit-elle. Rien de plus. Rien de plus.

Le Tourment avait disparu dans la ville ; tout cela ne l'intéressait déjà plus. Larsouille s'attendait certainement à ce que Skully le mette en pièces, mais celui-ci était trop occupé à se moquer d'elle. Sortant de sa cachette, elle marcha vers eux en sentant disparaître son appréhension. Si Skully plaisantait, ça voulait dire que le plan avait fonctionné.

– Impossible de l'obliger à se taire. Je faisais semblant d'être ami avec elle mais, sincèrement, elle m'inspirait de la pitié, c'est tout. Elle n'était pas très futée.

– Vous êtes vraiment un sale type ! lança Valkyrie et un sourire apparut sur son visage.

Larsouille se retourna et poussa un cri. Elle l'ignora.

– Alors, demanda-t-elle, on a obtenu ce qu'on voulait ?

– Bancrook, dit Skully. Vengeous détient sans doute l'armure de Vile à l'heure qu'il est, mais la Grotesquerie doit encore se trouver à Bancrook. Oui, on a obtenu ce qu'on voulait.

– Tu... tu es morte, dit Larsouille d'une toute petite voix. Ton... ton corps est dans le coffre.

– Désolée de vous décevoir, c'est mon *reflet* qui est dans le coffre.

– Non, non ! J'en ai vu, des reflets, ça se remarque quand c'est un reflet...

– Pas celui-ci, expliqua Skully. Elle s'en sert quasiment chaque jour. Depuis un an, il a... grandi, dirais-je. À ta place, je n'aurais pas honte de m'être fait rouler. Par contre, si j'étais toi, il y a un tas d'autres choses dont j'aurais honte.

– Vous auriez pu ficher le camp, par exemple, ajouta Valkyrie. Au lieu de revenir pour fanfaronner.

– J'aurais pu être libre ?

– Libre comme l'air.

– Et... maintenant ?

– Maintenant, on va à Bancrook, déclara Skully. Mais avant cela, on va te déposer dans une cellule, en chemin.

– Je vais retourner en prison ?

– Exact.

Larsouille s'affaissa lamentablement.

– J'aime pas la prison.

Skully referma les fers autour de ses poignets.

– Tu as bien mal choisi ton jour pour jouer les méchants.

17
Pillage de tombe

Les ruines du château de Bancrook se dressaient au sommet d'une petite colline. Valkyrie franchit à la suite de Skully le trou béant dans le mur qui faisait office de porte d'entrée. Le château était sombre et silencieux. La plus grande partie du toit s'était effondrée. Au-dessus de leurs têtes, le soleil couchant répandait dans le ciel des traînées orange saisissantes.

Ils n'avaient pas eu le temps de s'arrêter à Haggard après avoir déposé Larsouille au Sanctuaire et, donc, le cadavre du reflet était encore dans le coffre de la Bentley. Ça donnait la chair de poule de le voir allongé ainsi, froid et inerte. Valkyrie s'attendait à ce qu'il respire ou batte des paupières, comme s'il dormait tout simplement. Mais non, c'était bien un cadavre qui gisait dans le coffre, un corps qui avait son visage.

Skully leva la main pour déchiffrer l'air, puis hocha la tête d'un air satisfait.

– Personne n'est venu dans ces ruines depuis longtemps. Ça veut dire que la Grotesquerie est encore ici, quelque part.

Ils s'enfoncèrent dans les vestiges du château, en claquant des doigts pour faire jaillir des flammes dans leurs mains. La lumière dansait sur les pierres couvertes de mousse qui constituaient les murs. Ils empruntèrent l'escalier menant au sous-sol. L'air était froid et humide. Valkyrie resserra les pans de sa veste.

Pendant que Skully s'accroupissait pour examiner le sol, à la recherche d'un signe indiquant que la Grotesquerie était enfouie sous terre, Valkyrie s'approcha d'une portion du mur pour gratter la mousse.

– Tu as repéré quelque chose de suspect ? lui demanda le squelette.

– Ça dépend. Est-ce que des murs ordinaires sont considérés comme suspects ?

– Non, pas vraiment.

– Dans ce cas, je n'ai rien repéré.

Elle s'arrêta de gratter la mousse pour consulter sa montre. Chez elle, ils étaient en train de dîner. Bon sang, elle mourait de faim. Elle pensa à son reflet, à toutes les fois où il s'était assis à table comme s'il faisait partie de la famille, mangeant le repas de Valkyrie et parlant avec sa voix. Elle se demandait si ses parents n'avaient pas fini par aimer son reflet plus qu'elle. Elle se demandait si un jour viendrait où elle serait une étrangère sous son propre toit.

Elle secoua la tête. Elle n'aimait pas songer à ces

choses-là. Ces pensées étaient des visiteurs indésirables qui venaient régulièrement dans son esprit, y restaient trop longtemps et semaient la pagaille. Elle se concentra sur les points positifs : elle menait une vie faite d'aventures, celle dont elle avait toujours rêvé. Il était parfaitement normal que, parfois, elle regrette les petits plaisirs simples qu'elle n'avait plus l'occasion de savourer.

Le front plissé, elle se tourna vers Skully.

– Quand on commence à considérer ses parents comme de petits plaisirs vaguement distrayants, c'est mauvais signe, non ?

– Oui, on peut le penser. (Il leva les orbites vers elle.) Tu aimerais assister à cette réunion de famille, c'est ça ?

– Hein ? Oh, non, pitié !

– Tu y as pensé ?

– Je n'ai pas vraiment eu le temps, étant donné que le monde est en danger.

– Oui, c'est compréhensible. Malgré tout, ce sont des choses qui comptent. Tu devrais essayer de profiter de cette occasion pour rétablir le contact avec les gens auxquels tu tiens.

Valkyrie faillit éclater de rire.

– Est-ce qu'on parle bien de la même famille ? ironisa-t-elle.

– La famille, c'est important, dit Skully.

– Répondez-moi franchement : avez-vous eu une tante aussi horrible que Beryl ?

– Euh, non. Mais j'ai eu un cousin cannibale.

– C'est vrai ?

– Oui. Quand ils l'ont arrêté, il s'est mangé pour faire disparaître les pièces à conviction.

– Il n'a pas pu se manger, c'est impossible.

– Il ne s'est pas mangé entièrement, de toute évidence. Il a laissé la bouche.

– Oh, bon sang, taisez-vous donc, vous êtes… Une voiture !

– Je suis une voiture ?

– Non, murmura-t-elle en soufflant sa flamme. Il y a une voiture qui approche !

Skully éteignit sa flamme lui aussi et prit la jeune fille par la main. Ils se précipitèrent vers l'escalier, en se baissant lorsque les phares balayèrent le château. Une deuxième volée de marches menait au sommet des ruines, à travers la toiture effondrée. Les marches, tapissées de mousse, étaient glissantes, mais cela semblait laisser Skully indifférent.

Ils émergèrent dans la pénombre du soir, au moment où le soleil se fondait dans l'horizon. Plaqués contre les restes des remparts, ils risquèrent un coup d'œil en bas. Une jeep noire stationnait juste en dessous. Ils virent une fourgonnette blanche s'approcher, puis s'arrêter. Sept personnes en descendirent, portant des vêtements tachés de sang. Les Infectés !

Le Baron Vengeous et Dusk apparurent à leur tour. Vengeous avait encore son sabre d'abordage, glissé dans sa ceinture, mais, s'il avait récupéré l'armure de Lord Vile, il ne la portait pas.

Dusk s'adressa à Vengeous, puis il lança des ordres aux Infectés, qui sortirent une longue caisse en bois de la fourgonnette blanche. Tout ce petit monde, à l'exception de Dusk, suivit le Baron dans les ruines.

Valkyrie se déplaça discrètement pour observer l'intérieur du château, du haut de l'escalier qui s'effritait. Vengeous s'approcha du seul mur encore intact et elle l'entendit parler, sans toutefois comprendre ce qu'il disait. Soudain, de la poussière s'échappa du mur et celui-ci se mit à trembler sur sa base. Les pierres du haut se descellèrent et tombèrent. En quelques secondes, tout le mur s'écroula ; les pierres dégringolaient les unes sur les autres et roulaient dans l'obscurité. Derrière apparut une petite salle. Valkyrie était trop haut pour apercevoir l'intérieur, mais elle savait ce que contenait cette pièce. Vengeous y envoya les Infectés.

Elle se pencha alors par-dessus les remparts pour observer Dusk qui faisait le guet, adossé à la jeep. Elle se tourna ensuite vers Skully.

– Sanguin n'est pas là, murmura-t-elle.

– Non, pas encore.

– Je vous en prie, supplia-t-elle, dites-moi que le moment est venu d'appeler des renforts.

– Le moment est venu d'appeler des renforts.

– À la bonne heure !

Elle sortit son téléphone de sa poche, composa un

numéro et attendit. Lorsque l'Administrateur du Sanctuaire décrocha, Valkyrie l'informa de la situation, à voix basse. Elle raccrocha, adressa un hochement de tête à Skully et lui montra ses deux mains, doigts écartés. Les Fendoirs seraient là dans dix minutes.

Les Infectés réapparurent en transportant une sorte de momie enveloppée de bandages crasseux. Elle était gigantesque et très lourde à en juger par le mal qu'ils avaient à la soulever. Ils l'emportèrent jusqu'à la caisse, maintenant ouverte. Un des Infectés lâcha prise et la Grotesquerie faillit tomber. Fou de rage, Vengeous projeta à terre l'Infecté fautif en le foudroyant du regard. Ses yeux brillèrent d'un éclat jaune pendant une poignée de secondes. L'Infecté tenta de se relever, mais quelque chose n'allait pas, visiblement. Son corps fut saisi de soubresauts. Même à cette distance, Valkyrie voyait l'affolement sur son visage.

Et brusquement, il explosa dans une gerbe de sang et de morceaux de chair !

– Oh, bon sang ! murmura-t-elle.

– Reste où tu es, lui ordonna Skully en s'éloignant.

Elle fronça les sourcils.

– Où allez-vous ?

– Il faut que je les retienne jusqu'à l'arrivée des Fendoirs. On ne peut pas se permettre de les perdre de vue. Surtout pas maintenant.

– Je vous accompagne.

– Non, pas question. Tu sembles avoir beaucoup d'importance aux yeux de Vengeous. Tant qu'on ne sait pas pourquoi, tu dois rester cachée.

– Dans ce cas, je vais rester ici et… leur lancer des pierres, par exemple. Et quand vous aurez terminé, je descendrai pour vous aider.

– J'en aurai fini une fois que j'aurai terrassé six Infectés, Dusk et Vengeous lui-même.

– Oui. Et alors ?

– Les Infectés, ça ne pose pas de problème.

Valkyrie grimaça.

– Et Vengeous ? Vous êtes capable de le battre, non ?

– Euh… je peux essayer, dit Skully. Et essayer, c'est déjà faire la moitié du travail.

– Et l'autre moitié ?

Le squelette haussa les épaules.

– Je devrai lui asséner plus de coups qu'il ne m'en assènera. (Il s'approcha des remparts.) Si jamais ça se passe mal, je les éloignerai d'ici. Une fois la voie libre, retourne à la voiture. Si je ne suis pas revenu au bout de cinq minutes, c'est que j'aurai connu une mort courageuse et héroïque. Oh, une dernière chose : ne touche pas à la radio, surtout. Je l'ai programmée sur la station qui me plaît, je ne veux pas que tu dérègles tout.

Sur ce, Skully prit appui sur le haut des remparts, sauta par-dessus et disparut.

18

Vieux ennemis

Valkyrie s'approcha des remparts et se pencha pour regarder en bas, au moment où Skully atterrissait en douceur. Dusk tourna la tête comme s'il avait entendu quelque chose, puis il regarda de l'autre côté. Skully s'approcha de lui sans bruit, passa son bras autour de sa gorge et serra. Dusk se débattit et tenta de desserrer cet étau, mais le squelette empêchait l'oxygène de parvenir au cerveau et Valkyrie savait que c'en serait fini dans une poignée de secondes. Dès que Dusk devint tout mou dans ses bras, Skully l'allongea sur le sol. Toute cette scène s'était déroulée en silence.

Skully se dirigea ensuite vers l'entrée du château en ruine, à pas feutrés, tandis que Valkyrie se couchait à plat ventre au bord du toit effondré pour jeter un coup d'œil en bas. Les Infectés avaient réussi à déposer la créature momifiée dans la caisse sans la faire tomber. Valkyrie les vit froncer les sourcils quand Skully marcha vers eux. Vengeous lui tournait encore le dos.

– Bonsoir, Baron ! lança le squelette.

Vengeous se raidit légèrement, puis fit volte-face.

– Évidemment, dit-il. Qui envoient-ils pour essayer de m'éliminer ? Pas même un homme ! Pas même un monstre ! Non, ils t'envoient, toi !

Skully haussa les épaules.

– Comment ça va, Baron ?

– Tu me souilles, cracha Vengeous d'un ton rempli de dégoût. Le simple fait d'être en ta présence me souille. Je le sens dans l'air. Ces Infectés eux-mêmes, ces espèces de morts vivants, sont plus dignes de mon intérêt que toi.

– Tu t'es marié ou quoi ? demanda Skully. Il me semble qu'on attend un heureux événement.

– Je vais te détruire !

– Tu es encore en colère à cause de la fois où je t'ai fait exploser, hein ? Je le vois bien.

– Tu n'arrêtes jamais de parler, hein ?

– Je ne suis pas obligé de parler, dit Skully. Je sais aussi me taire.

Un instant s'écoula.

– Alors, qui as-tu mis dans cette caisse ? S'agit-il du corps ratatiné et inanimé de ce patchwork baptisé Grotesquerie ? C'est bien cela ? Dans ce cas, je crains de ne pas pouvoir te laisser l'emporter. Je pourrais éventuellement t'accorder un gros orteil, ou un truc comme ça, en souvenir, mais c'est tout.

– Tes paroles sont blasphématoires, squelette.

– C'est toi qui as exhumé ton propre dieu.

Vengeous s'avança en dégainant son sabre d'abordage.

– Je regrette de devoir te tuer sur-le-champ. J'aurais aimé voir sa fureur se déverser sur toi pour te punir de ton blasphème !

– Tu es conscient que tu ne peux pas me trouer la peau, hein ?

Vengeous continua d'avancer, en souriant.

– Ce sabre est forgé dans le même métal que les faux des Fendoirs. La lame n'aura aucun mal à te découper les os.

– Ah, fit Skully en reculant.

Vengeous était presque arrivé sur lui.

– Alors, quoi ? railla-t-il. Pas de plaisanteries ? Pas de sarcasmes ? Montre-moi ta belle assurance, espèce d'abomination.

La main de Skully glissa sous sa veste et réapparut en tenant le revolver. Il pointa le canon sur le visage de Vengeous. Celui-ci se figea.

– En fait, répondit le squelette après un instant de réflexion, je n'ai rien perdu de mon assurance.

– Tu vas me tuer, c'est ça ? ricana le Baron. J'avoue que ça ne m'étonne pas. Qu'est-ce qu'une créature comme toi connaît à l'honneur ? Seul un mécréant ose sortir une arme à feu lors d'un duel à l'épée.

– Seul un crétin peut venir avec son épée pour un duel aux pistolets.

Vengeous prit un air renfrogné.

– Ainsi que tu peux le constater, dit-il, tu es largement en infériorité numérique.

– Comme toujours.

– Prépare-toi à être assailli par ces infâmes créatures et démantibulé dans un maelström de souffrance et de fureur.

– Tiens, fit Skully, je ne la connaissais pas, celle-là.

– Tuez-le ! aboya Vengeous.

Les Infectés se lancèrent à l'attaque. De son perchoir, Valkyrie vit Skully agiter le bras et, aussitôt, une bourrasque souleva un nuage de poussière qui lui masqua la vue. Elle put quand même entrevoir Vengeous qui reculait en se protégeant les yeux. Des coups de feu retentirent, des étincelles jaillirent, accompagnés de grognements gutturaux, et les Infectés se retrouvèrent projetés en arrière, dans les airs. Quand la poussière retomba, seuls Skully et Vengeous étaient encore debout.

– Six coups, dit le Baron. Je les ai comptés. Ton arme est vide.

– Tu supposes donc que je ne l'ai pas rechargée durant toute cette confusion ?

– Tu l'as fait ?

Skully hésita.

– Non, avoua-t-il et il jeta son revolver.

Vengeous prit le temps de regarder autour de lui.

– La fille, dit-il. Caïne. Où est-elle ?

– Elle a dû rester chez elle, malheureusement. Demain matin, il y a école, alors…

– Quel dommage. J'aurais aimé qu'elle me voie en train de te tuer.

Vengeous déposa son sabre sur le sol.

– Et pour ce faire, je n'aurai pas besoin d'une épée.

Il s'avança vers Skully, qui l'arrêta d'un geste.

– Puisque tu ne t'en sers pas, je peux te l'emprunter ?

Vengeous faillit en rire. Il décocha un direct du droit et Skully se baissa, en se penchant sur le côté, mais le Baron s'attendait à cette esquive et son poing s'abattit sur l'omoplate du squelette. Celui-ci essaya alors d'avancer pour exécuter une prise de judo, mais Vengeous déplaça légèrement le poids de son corps, tout en tendant le pied, et Skully trébucha. Sa jambe heurta la caisse et il bascula sur la Grotesquerie.

Vengeous rugit et se saisit de Skully pour le sortir de la caisse. Son crochet du droit s'écrasa bruyamment sur la mâchoire du squelette. Il enchaîna avec un uppercut du gauche, mais Skully parvint à lever le bras pour se défendre. Le contre se transforma en coup porté à la gorge, aussi vif et sauvage qu'un serpent. Vengeous toussa et recula en titubant ; Skully en profita pour lui donner un coup de pied à l'intérieur de la cuisse.

Vengeous conservait une garde serrée pour se protéger la tête. Mais il l'abaissa quand Skully visa ses côtes avec son pied. Cette attaque était une feinte :

Skully changea d'appuis et décocha un direct, mais Vengeous saisit son poignet dans sa main gauche. Il se redressa, son coude droit heurta l'épaule droite du squelette avec la violence d'une balle. Le Baron exécuta une rotation, souleva Skully de terre et le projeta au tapis, avant d'atterrir lourdement sur lui.

La main gauche de Skully se tendit vers le visage de son adversaire, doigts repliés, mais Vengeous la repoussa d'un geste brusque avant que le squelette puisse créer un souffle d'air. Et il le roua de coups de poing, encore et encore, avec un sourire jusqu'aux oreilles.

– Je n'aimerais pas être à ta place, ironisa-t-il. Un squelette qui éprouve de la douleur. Aucun des avantages d'un corps de chair et de sang, et toutes les faiblesses. Celui qui t'a ressuscité aurait mieux fait de te laisser là où tu étais.

Skully gémit. Certains des Infectés s'étaient relevés et ils le regardaient, gisant à terre. Vengeous se leva, épousseta ses vêtements et ramassa son sabre.

– Je vais te découper en tout petits morceaux. Ensuite, je prendrai une partie de ton crâne pour en faire des dés. Le reste de ton corps, j'en ferai des touches de piano. Je me demande si tu seras toujours vivant à ce moment-là. Seras-tu encore conscient quand tu ne seras plus qu'un jeu de dés ou un clavier de piano ?

– J'ai toujours rêvé d'une vie d'artiste, marmonna Skully.

Valkyrie ne pouvait en supporter davantage. Elle se remit debout.

– Hé ! cria-t-elle.

Vengeous leva la tête vers le toit effondré et la vit.

– Il paraît que vous me cherchez ? lança-t-elle.

– Miss Caïne, dit le Baron avec un sourire. Vous êtes donc là.

– Cette fille refuse d'obéir, murmura Skully.

– Vous voulez m'attraper, Baron ? Venez donc me chercher !

Elle recula et Vengeous s'élança. Elle courut vers les remparts et se jeta dans le vide.

19
La fuite

C'est complètement idiot, se disait Valkyrie en courant. Son pied heurta une pierre et elle faillit tomber. Elle ignorait où elle allait ainsi et ce qu'elle pouvait bien faire. Elle n'avait pas le moindre plan.

Ignorant le chemin, elle s'enfonça dans l'obscurité. Elle entendait ses poursuivants maintenant, les ordres lancés aux Infectés d'une voix puissante. Lui parvenait également le bruit de la fourgonnette et, quand elle jeta un coup d'œil par-dessus son épaule, elle aperçut les phares qui tressautaient furieusement sur le sol accidenté.

C'est alors que le monde disparut sous ses pieds. Elle se sentit tomber.

Elle rebondit sur le flanc de la colline et roula sur elle-même. Enfin, le sol s'aplanit. Elle percuta alors un bosquet de bruyère qui tenta de la lacérer à travers ses vêtements. Voyant les phares surgir à la sortie d'un virage, elle se jeta à plat ventre. La bruyère en profita pour lui tirer les cheveux et lui griffer les mains. Elle rampa au milieu des plantes, tandis que les phares se rapprochaient à toute allure.

La fourgonnette passa dans un rugissement, à quelques centimètres seulement de sa main. Valkyrie demeura couchée un instant, le temps de reprendre son souffle, puis elle repoussa les branches et se leva. Des cris retentirent de tous côtés. Les Infectés l'avaient quasiment encerclée et, si elle était encore libre, c'était uniquement parce qu'ils ne s'en étaient pas aperçus. Elle repartit, en boitant légèrement. Devant elle se trouvait une route. Si elle parvenait à atteindre la nuit profonde qui s'étendait au-delà, elle avait peut-être une chance de s'échapper.

Mais voilà que surgirent d'autres phares. C'était la jeep noire. Valkyrie devait traverser la route avant que le véhicule lui barre le chemin. Soudain, elle vit quelqu'un se dresser devant elle.

Dusk la saisit. Elle voulut le frapper, mais il la jeta à terre.

– Ah, enfin, dit-il comme s'il était lassé d'un jeu.

Il allait ajouter quelque chose lorsque Valkyrie vit son visage se crisper. Il porta sa main à son ventre. L'autre glissa à l'intérieur de sa veste et ressortit en tenant la seringue.

Valkyrie se dit qu'elle ne pouvait pas gâcher cette chance.

Repoussant la peur et la panique, elle écarta les doigts. L'air miroita, la seringue échappa à Dusk et disparut dans l'obscurité. Il poussa un juron, essaya de lui courir après, perdit l'équilibre et s'affala par terre. Valkyrie s'était déjà relevée ; elle fonçait dans la direction opposée.

Elle l'entendit murmurer :

– Tu as commis une erreur. Ce sérum était la seule chose capable de me contrôler…

Elle se retourna, au moment où Dusk empoignait son enveloppe humaine et la déchirait, tel un serpent qui se débarrasse de sa peau. Le vampire qui se cachait sous la chair et les vêtements, la créature tapie à l'intérieur de l'homme, était chauve et d'une blancheur d'albâtre, avec des yeux noirs et des crocs acérés. Valkyrie comprit alors que Dusk n'avait pas menti : elle avait commis une erreur. Elle se remit à courir et le vampire s'élança à ses trousses.

Les Infectés l'encerclaient. Les phares de la jeep noire l'avaient repérée dans le noir. Le Baron Vengeous la voyait très nettement, mais elle s'en fichait. Il la garderait en vie jusqu'à ce qu'il estime que le moment était venu de la tuer. Le vampire, en revanche, la réduirait en bouillie sur-le-champ.

Il progressait en sautillant et gagnait du terrain. Encore un bond et il serait sur elle. Elle ne pouvait pas se permettre d'essayer quoi que ce soit, elle ne pouvait pas utiliser ses pouvoirs. À cause de l'adrénaline qui courait dans ses veines, ils ne fonctionneraient sans doute pas.

Alors, elle sortit de sa poche le coupe-chou de Billy-Ray Sanguin et le déplia, sans cesser de courir.

Malgré le bruit de la jeep qui approchait, elle entendit la voix de Vengeous qui tentait de rappeler le vampire, mais elle savait que la créature ne l'écouterait pas. Une fois débarrassé de sa peau humaine, un vampire n'avait plus aucun maître. Skully les avait qualifiés de « tueurs les plus redoutables au monde ». Un vampire ne pensait qu'à une seule chose : le sang.

Dans son dos, la course bondissante s'arrêta ; Valkyrie le sentit dans l'air, une présence s'abattit sur elle ; elle se retourna et lança son attaque. Le rasoir entailla le visage du vampire en plein vol, tandis qu'elle basculait à la renverse. La créature poussa un rugissement de douleur, retomba sur le sol et se jeta de nouveau sur elle, avant même qu'elle ait eu le temps de rouler sur le côté pour se relever.

Pendant ce temps, la jeep continuait d'avancer, sans ralentir. Elle fit une embardée, exécuta un demi-tour dans un nuage de poussière et percuta de plein fouet le vampire, qui fut projeté en arrière. La portière du passager s'ouvrit.

– Monte ! hurla Skully.

Valkyrie sauta à bord et la jeep repartit comme un boulet de canon.

– Ta ceinture, dit le squelette.

La jeune fille se retourna pour la prendre, au moment où il donnait un grand coup de volant et sa tête heurta la vitre.

– Ouille !

– Désolé. Tu devrais mettre ta ceinture.

La fourgonnette se trouvait juste derrière eux ; ses phares inondaient l'intérieur de la jeep d'une lumière jaune aveuglante. Skully freina, braqua et accéléra à fond. La lumière jaune disparut subitement : la fourgonnette avait manqué le virage masqué. Ils l'abandonnèrent dans leur sillage de poussière et empruntèrent un chemin à travers les collines.

Valkyrie dut tirer plusieurs fois sur sa ceinture pour réussir à la décoincer. Elle se renfonça dans son siège et la boucla enfin… au moment où Skully arrêtait la jeep.

– Terminus, dit-il.

Il ouvrit sa portière, descendit et se précipita vers la Bentley. Valkyrie le suivit en le maudissant.

Le silence de la nuit avait quelque chose d'irréel et d'inquiétant. Soudain, le sol se fendilla devant eux et s'effrita. Skully dégaina son revolver, juste avant que Billy-Ray Sanguin crève la surface.

– Ça alors ! s'exclama-t-il avec un sourire. Le grand Détective Squelette… en chair et en os, si je puis dire.

Skully l'observa d'un œil méfiant.

– Sanguin. J'ai beaucoup entendu parler de toi.

– Ah oui ?

– Tu es un vrai petit psychopathe, n'est-ce pas ?

– Je m'y efforce.

– Alors, explique-moi une chose : pourquoi avoir attendu quatre-vingts ans avant d'aider ton patron à s'échapper ? Pourquoi ne pas l'avoir fait sortir le lendemain même de son arrestation ?

Sanguin haussa les épaules.

– Disons que j'ai eu ce qu'on pourrait appeler une crise de foi et que je l'ai perdue. Ces quatre-vingts années passées à agir seul ont été agréables, mais il manquait quelque chose, vois-tu ?

– Tu es en état d'arrestation.

– En parlant de ça, je ne voudrais pas paraître impoli, mais je suis revenu exprès pour emmener la petite chérie que voici. Je ne cherche pas à avoir ta peau, si je puis m'exprimer ainsi encore une fois.

Le visage déformé par un grand sourire, il s'enfonça dans le sol.

– Ça alors ! s'exclama Valkyrie.

Skully tendit la main vers elle, mais trop tard. Le sol explosa aux pieds de Valkyrie et Sanguin s'empara de la jeune fille. Elle n'eut même pas le temps de pousser un cri avant qu'il l'entraîne avec lui sous terre.

20

Sous terre

Valkyrie suffoquait. Elle se sentait entraînée dans les ténèbres. La terre mouvante lui éraflait le dos et s'effritait sous ses pieds. Des grains lui rentraient dans les yeux et un bruit d'éboulis grondait dans ses oreilles. Elle s'accrochait à Sanguin, alors qu'ils poursuivaient leur plongée.

– Tu as peur ? lui glissa-t-il. Et si je te… lâchais ?

Il était juste devant elle ; elle sentait son haleine sur sa joue. Mais elle ne le voyait pas. Il faisait incroyablement sombre. Les galeries qu'il creusait se remplissaient au fur et à mesure de leur progression. L'authentique terreur brute qui se répandait en elle lui nouait l'estomac.

– Je vais vous calciner, dit-elle, mais le vacarme des éboulis couvrit sa voix frêle. *Je vais vous calciner !* hurla-t-elle.

Elle l'entendit rire.

– Supposons que tu me tues, que ferais-tu ensuite ?

Tu te retrouverais coincée ici, enterrée vive, avec mon cadavre pour seul réconfort.

Ils ralentirent, le grondement des pierres s'atténua et, finalement, ils s'arrêtèrent. Valkyrie tremblait comme une feuille. Elle était trempée de sueur. La panique la prenait à la gorge.

– Je te vois, tu sais, dit Sanguin. On m'a pris mes yeux, mais j'ai conservé la vue. Et ici, dans le noir, je vois mieux que quiconque. Je vois la peur sur ton visage. Tu ne peux pas me la cacher. Alors, voici ce qui va se passer : je vais attacher de jolis bracelets en fer autour de tes poignets et nous allons rendre visite au Baron Vengeous. Ça me semble être une chouette façon de passer le restant de tes jours, non ?

Valkyrie avait un goût de terre dans la bouche. Elle ne répondit pas. Il faisait trop sombre. Elle sentait le poids de la roche autour d'elle. Malgré le dégoût que lui inspirait Sanguin, elle s'aperçut qu'elle s'accrochait à lui de toutes ses forces, terrorisée à l'idée qu'il la lâche et l'abandonne ici. Soudain, elle le sentit bouger, elle entendit la terre se déplacer et un objet froid et métallique se referma autour de ses poignets.

– Ah, encore une chose, dit-il. Mon rasoir. Où est-il ?

– Dans ma poche, murmura-t-elle.

Il y plongea la main et en ressortit le coupe-chou.

– Ah, quelle joie de le retrouver. Il fait partie de moi, vois-tu. C'est un peu une partie de mon âme…

Puisqu'il voyait dans l'obscurité, Valkyrie fit en sorte qu'il voie le mépris sur son visage.

– On va aller dans un endroit particulier ou bien vous allez me garder ici pour me faire mourir d'ennui ?

Sanguin s'esclaffa, la roche se déplaça et ils repartirent, à toute allure. Valkyrie essayait de comprendre comment il faisait : on aurait dit que le sol s'ouvrait devant lui et se refermait juste après son passage. Impossible de déterminer dans quelle direction ils allaient, ni même s'ils montaient ou descendaient. Soudain, la terre céda et leur élan les projeta dans l'air frais.

La lune ronde et basse dans le ciel obscur. Des arbres, des haies et de l'herbe. Valkyrie tomba à genoux en crachant de la terre et en essayant de reprendre son souffle. La pellicule de sueur qui enveloppait son corps la fit frissonner mais, au moins, le sol était solide et l'insupportable vrombissement avait quitté ses oreilles. Elle leva la tête et regarda derrière elle.

– Votre char vous attend, madame, dit Sanguin en ouvrant la portière de la voiture garée à cet endroit.

Valkyrie tira sur ses bracelets métalliques : ils étaient solides. Elle claqua des doigts, mais aucune étincelle ne jaillit. Ses pouvoirs étaient jugulés.

Sanguin la saisit par la peau du cou pour la pousser à bord de la voiture. Même si elle parvenait à s'échapper, elle n'avait aucun endroit où aller. De tous les côtés, il n'y avait que des prés. Il referma la portière, fit le tour de la voiture et s'installa au volant.

– C'est amusant ? demanda-t-il de but en blanc. Ce boulot de détective ? J'ai toujours rêvé d'être détective. Je l'ai été d'ailleurs, pendant environ un an. J'aimais le côté romantique de la chose. Les costumes, les chapeaux, les ruelles obscures, les femmes fatales, la façon de parler… Hélas, je ne pouvais pas m'empêcher de *tuer* les gens ! Ils m'engageaient, j'essayais de résoudre leurs affaires mais, au bout d'un moment, je finissais par m'ennuyer et je les tuais. Affaire classée. En une année, je n'ai résolu qu'un seul meurtre. Mais je crois que ça ne compte pas, étant donné que c'était moi le meurtrier. C'est un peu de la triche, non ?

– Pourquoi faites-vous ça ? demanda Valkyrie. Pourquoi le Baron continue à s'intéresser à moi ? Skully ne va pas renoncer uniquement parce que Vengeous me retient prisonnière.

Sanguin ouvrit de grands yeux.

– Tu parles sérieusement ? dit-il en riant. Ma petite chérie, tu n'es pas un otage, tu ne l'as jamais été !

– Hein ?

– Toute cette histoire, tout ce qui se passe, c'est à cause de toi !

– Qu'est-ce que vous racontez ?

– Tu as entendu parler de l'ingrédient manquant, non ? Celui que Vengeous n'a pas réussi à récupérer pendant quatre-vingts ans. Tu en as entendu parler ?

– Évidemment. Quel rapport avec moi ?

– C'est *toi*, ma jolie. Tu es l'ingrédient manquant.

Le sourire de Sanguin s'élargit en voyant l'air hébété de Valkyrie.

– Tu es une descendante directe des Anciens, pas vrai ? Quoi ? Tu pensais que ce petit renseignement allait rester secret ? Quand j'ai appris la nouvelle, j'ai compris que le moment était venu de libérer le Baron.

– Vous mentez.

– Parole de scout ! La seule chose qui lui manquait, c'était du sang possédant un certain pouvoir. Vu qu'il avait peu de chances d'obtenir le sang d'un autre Sans-Visage avant un bail, ce qui s'en rapproche le plus, c'est le sang d'une personne ayant réussi à *tuer* un Sans-Visage. L'ultime ingrédient du cocktail qu'il préparait pour mettre fin au monde que nous avons connu. Tu dois te sentir rudement fière, hein ?

Valkyrie était incapable de répondre. Elle sentit son visage devenir exsangue.

– Très bien, commenta Sanguin, visiblement aux anges, en faisant rugir le moteur. Excellent !

21

Une enveloppe des ténèbres

Le moment était venu.

Vengeous sentait le pouvoir, il le sentait transpercer sa peau et envelopper ses entrailles. Même s'il avait voulu renoncer, même s'il changeait d'avis maintenant, c'était trop tard. Cette force l'attirait. Comment Vile avait-il pu être vaincu avec une telle force en lui ?

Les Infectés avaient disposé l'armure sur une table, dans une petite pièce située au fond de l'église. Après de si modestes débuts, pensa Vengeous, et cela le fit sourire.

Il approcha de la table, tendit les bras, puis s'immobilisa, ses mains suspendues au-dessus des gantelets. Il caressa l'air, autour du plastron et des bottes. La première partie de l'armure qu'il toucha fut le masque. Il le prit délicatement, le tint à bout de bras et le sentit se transformer, bouger, sous ses doigts.

Les vêtements qu'il portait – noirs et sobres – avaient été spécialement tissés pour assurer la réussite du transfert. Quand il endosserait l'armure de Lord Vile, son corps serait ainsi protégé du pouvoir brut qu'elle renfermait, un pouvoir qui pouvait lui brûler la peau et faire bouillonner son sang.

À cette heure, Billy-Ray Sanguin avait dû localiser la dénommée Caïne ; il la conduirait jusqu'ici. Le Baron lui-même avait assujetti Dusk et lui avait injecté le sérum. En se débarrassant de sa peau, Dusk l'avait trahi, il avait failli tout gâcher. Vengeous le punirait plus tard. Dans l'immédiat, tous ses rêves étaient sur le point de se réaliser.

Lorsqu'il enfila l'armure, des ombres s'en échappèrent, tels des nuages de vapeur.

22
Sang et ombres

Ils s'enfoncèrent dans la campagne, là où les routes devenaient plus étroites et sinueuses, comme des serpents. Enfin, ils s'arrêtèrent devant une vieille église aux murs sombres et Sanguin descendit de voiture. Il en fit le tour pour ouvrir la portière de Valkyrie et l'obligea à en sortir. Sans lui lâcher le bras, il l'entraîna sur un chemin accidenté et envahi par la végétation. Du lierre grimpant s'accrochait à la façade de l'édifice et les petits vitraux disparaissaient sous une épaisse croûte de crasse.

Il poussa la vieille porte à double battant et conduisit la jeune fille à l'intérieur de l'église froide et humide. Il y avait encore quelques bancs qui n'avaient pas été totalement rongés par la pourriture et des centaines de bougies allumées projetaient sur les murs des ombres qui dansaient et exécutaient des pirouettes. L'autel avait été pillé, puis détruit, pour être remplacé par une large et épaisse dalle de pierre, sur laquelle reposait le corps massif, enveloppé de bandelettes, de la Grotesquerie.

Le Baron Vengeous les attendait, vêtu de l'armure noire de Lord Vile. Elle ne ressemblait pas à l'idée que s'en faisait Valkyrie. L'armure ne produisait aucun bruit de ferraille, ni le moindre éclat. Comme si elle était vivante, elle semblait se transformer de manière subtile devant ses yeux.

D'autres individus étaient présents dans l'église : des Infectés, des deux sexes, transformés eux aussi, à chaque instant, par le virus vampire qui circulait dans leurs corps. Ils veillaient à rester le plus possible dans l'obscurité.

Valkyrie apercevait Dusk maintenant. Il avait retrouvé sa forme humaine, mais la cicatrice qui barrait son visage n'avait pas disparu ; elle était toujours aussi profonde et repoussante. Il foudroyait Valkyrie du regard, avec toute la haine dont son âme damnée était capable.

– Valkyrie Caïne, dit Vengeous, d'une voix que le masque réduisait à un murmure rauque. Comme c'est gentil de te joindre à nous en cette nuit mémorable. La créature couchée sur cette table ouvrira le passage à ses frères et ce monde sera enfin purifié. Les êtres indignes seront décimés et nous accéderons à un nouveau paradis, tout cela grâce à toi.

Sanguin saisit Valkyrie par le coude pour l'entraîner vers le premier banc, sur lequel il l'obligea à s'asseoir à côté de lui, et, ensemble, ils regardèrent Vengeous baisser la tête, les mains levées au-dessus du corps couché sur la dalle de pierre. Des ombres se mirent à danser autour de Vengeous. Les flammes des bougies tremblotaient comme si un vent violent soufflait, alors qu'un calme sépulcral régnait dans l'église.

– La Grotesquerie va se nourrir de toi, chuchota Sanguin, d'un ton presque désinvolte. Cette chère vieille chose est dans les vapes, elle a besoin de ton sang dans ses veines. Elle va s'offrir un festin de roi. Ça ne t'embête pas si je prends des photos ? J'ai apporté mon appareil.

– Éclatez-vous.

– Merci.

– Je parlais au sens propre. Foncez dans le mur la tête la première pour vous fendre le crâne car, je vous préviens, vous feriez mieux d'être inconscient quand Skully va débarquer.

Sanguin sourit et se rassit.

– Ne t'inquiète pas pour ça, je suis de taille à maîtriser M. Sac d'Os. Maintenant, sois bien attentive, ma jolie, c'est là que ça devient intéressant.

Valkyrie tourna la tête vers l'autel, juste au moment où les ombres s'amoncelaient derrière Vengeous et le recouvraient tel un linceul. Son corps se raidit et fut pris de soubresauts, comme s'il était parcouru de décharges électriques. Les ombres glissaient maintenant entre ses doigts et traversaient le drap noir.

– Monsieur Sanguin, murmura Vengeous.

Sanguin obligea Valkyrie à se lever et l'entraîna vers la dalle de pierre. Le sourire aux lèvres, il lui montra son coupe-chou et lui saisit le poignet. Elle se débattit, mais il était beaucoup trop fort pour elle et elle poussa un cri lorsque la lame glacée entailla la paume de sa main droite. Curieusement, au lieu de couler et de goutter sur le drap, son sang fut happé par le tourbillon d'ombres, auquel il se mélangea, avant de venir nourrir le corps de la Grotesquerie.

C'est à ce moment-là que la grande porte s'ouvrit à la volée et Skully Fourbery fit son entrée dans l'église, d'un pas nonchalant.

Les Infectés grognèrent et Valkyrie en profita pour libérer sa main de l'étau de Sanguin. Vengeous leva les yeux de sa sinistre tâche et son armure se hérissa de piquants, tandis que Skully remontait l'allée centrale pour venir s'asseoir au premier rang, sur le banc. Il croisa les jambes, s'installa confortablement et esquissa un petit geste dans le vide.

– Je ne veux pas déranger, surtout, dit-il.

Valkyrie grimaça. Ce n'était pas du tout le sauvetage qu'elle espérait.

Les Infectés s'avancèrent dans la lumière en convergeant vers Skully, qui se comportait comme s'il était juste venu pour bavarder un instant. Vengeous fit entrer les dernières volutes d'ombre à l'intérieur de la Grotesquerie, puis recula. Valkyrie le vit s'affaisser légèrement.

Il porta les mains à sa tête et défit les attaches du

masque pour pouvoir l'ôter. Son visage était livide, luisant de sueur. Ses yeux plissés et froids.

– L'abomination ! Tu es venu seul ? Sans Fendoirs ? Mr Bliss n'est pas avec toi ?

– Tu me connais, Baron, j'aime régler les problèmes moi-même. En outre, quand tu m'as tabassé, tu as cassé mon téléphone, alors…

Un sourire déforma les lèvres de Vengeous.

– Es-tu venu assister au commencement de ta fin ?

– Non, pas vraiment. À vrai dire, je suis juste venu faire ceci…

Skully glissa la main à l'intérieur de sa veste, en sortit un petit sac noir, qu'il lança en cloche sur la dalle de pierre. Le sac atterrit sur le drap qui couvrait la poitrine bandée de la Grotesquerie. Vengeous le regarda fixement, puis il tendit la main…

– À ta place, je n'y toucherais pas, dit Skully en brandissant une sorte de boîtier. Il me suffit d'appuyer sur ce bouton et les murs de cette ravissante église seront décorés avec des morceaux de ton dieu.

– Une bombe ? s'exclama Vengeous.

La colère montait dans sa voix, tandis que son armure grossissait et s'épaississait pour le protéger.

– Tu crois qu'un Sans-Visage est sensible aux explosifs ? lança-t-il.

– Il ne s'agit pas d'un Sans-Visage, si je ne m'abuse. Du moins, *pas entièrement*. En fait, je pense qu'il est même un peu fragile, après tout ce temps passé enfermé dans un mur. Et je parie que tout ce cérémonial a également sapé tes forces. À elle seule, cette petite bombe pourrait vous détruire tous les deux, en même temps. Enfin, je dis « petite », mais elle est quinze fois plus puissante que la dernière que j'ai utilisée contre toi. Et tu te souviens comme c'était douloureux.

Sanguin poussa Valkyrie vers la dalle.

– Tu la tueras elle aussi, en même temps que nous.

– Rien ne m'y oblige, répondit Skully sans se départir de son calme. Soit j'appuie sur ce bouton et je mets fin à votre plan insidieux, en tuant mon amie par la même occasion ; soit je m'abstiens et tout le monde s'en va tranquillement. Vous n'aurez qu'à attendre la prochaine éclipse de lune dans trois ans. À toi de décider, Baron.

Vengeous l'observa.

– Emmène-la.

Dusk intervint :

– Cette fille doit mourir !

– Silence ! rugit Vengeous.

Il soutint le regard de Dusk jusqu'à ce que le vampire fasse marche arrière. La lumière dansante des bougies faisait trembler sa cicatrice.

Vengeous reporta son attention sur le squelette.

– Prends la fille, lui dit-il en ricanant. Tu n'iras pas bien loin.

– Suffisamment. Valkyrie ?

Celle-ci tendit les mains en direction de Sanguin.

Celui-ci la foudroya du regard, puis posa son rasoir

sur la dalle de pierre en grommelant. Il lui ôta ses fers et recula. Valkyrie s'empressa de rejoindre Skully qui s'engageait déjà dans l'allée, mais elle prit quand même le temps de confisquer le coupe-chou.

– Hé ! protesta Sanguin.

– Silence ! ordonna Vengeous.

– Elle m'a piqué mon arme !

– *Silence, j'ai dit !*

Sanguin se tut. Valkyrie replia la lame à l'intérieur du manche et fourra le rasoir dans sa poche. Elle marchait à reculons, aux côtés de Skully. Les Infectés leur emboîtèrent le pas.

– Tu ne fais que retarder l'inévitable ! lança Vengeous. Avec cette armure, je suis l'être humain le plus puissant sur terre !

– Mais es-tu *heureux* ? demanda Skully en claquant des doigts de sa main libre pour faire apparaître une flamme.

Il lança la boule de feu derrière eux, par terre, près de la porte. Les Infectés reculèrent devant les flammes, en crachant. Vengeous ne s'était toujours pas approché du sac d'explosifs.

– Je te réduirai en miettes, espèce d'abomination !

– J'ai hâte de voir ça, répondit Skully. En attendant, je vous déconseille de faire le moindre mouvement brusque avant que nous ayons atteint la route. Si jamais vous faites trembler l'air autour de ce charmant sac d'explosifs, je le saurai !

– Faites tout sauter, lui souffla Valkyrie.

– Je ne peux pas, répondit le squelette dans un murmure.

Il fit un geste et aussitôt les flammes qui bloquaient la sortie s'écartèrent ; ils les franchirent, toujours à reculons, avant d'émerger dans la nuit.

– Pourquoi donc ? demanda Valkyrie.

– Ce n'est pas une bombe, expliqua-t-il à voix basse. En fait, ce sac contient un cric pliant pour changer les roues.

– Et le boîtier ?

– C'est la télécommande de ma porte de garage. Ne leur dis pas, mais il n'y a même pas de piles dedans.

Il agita la main et les flammes se rassemblèrent à nouveau pour condamner la sortie. Ils continuèrent à reculer en direction de la Bentley, sans quitter des yeux les Infectés, à travers les flammes, pour s'assurer qu'aucun ne trichait en se ruant dehors prématurément.

– On a un plan ? demanda Valkyrie, alors qu'ils s'éloignaient de l'église.

– Il faut reprendre la Grotesquerie aux méchants. On va donc devoir se séparer. Moi, je m'en vais, pendant que toi tu te caches sous la fourgonnette. Tu attends qu'ils aient chargé la Grotesquerie à bord, tu prends le volant et tu files avec la cargaison, sous leur nez.

– *Quoi ?*

– Ce sera très amusant, crois-moi.

– Skully, j'ai treize ans ! Je ne sais pas conduire.

Il la regarda d'un air hébété.

– Comment ça, tu ne sais pas conduire ?

– Je parle en langage codé ou quoi ? *Je ne sais pas conduire !*

– Mais tu as déjà vu des gens conduire, non ? Tu m'as vu conduire. Je pense même que tu as vu tes parents conduire. Donc, tu connais les fondamentaux.

Ce fut au tour de Valkyrie de le regarder avec des yeux comme des soucoupes.

– Je sais que le gros truc rond qui dépasse du tableau de bord sert à faire tourner les roues. C'est suffisant comme fondamentaux à votre avis ?

– Cette fourgonnette possède une boîte automatique. Tu mets le levier sur « drive » et tu roules. Quand tu appuies sur une pédale, tu accélères ; quand tu appuies sur l'autre, tu t'arrêtes. Facile.

Elle n'en croyait pas ses oreilles.

– Oh, bon sang, marmonna-t-elle.

Elle courut jusqu'à la fourgonnette et se glissa dessous, pendant que Skully sautait dans sa Bentley.

Le moteur rugit, les pneus crissèrent et la voiture partit en trombe, tandis qu'une vague noire jaillissait de la porte de l'église et éteignait les flammes. Dusk conduisait la meute d'Infectés qui se déversa dans la nuit, suivie du Baron Vengeous entouré de filaments d'ombre qui s'enroulaient autour de lui tels des serpents furieux. D'un geste rageur, il lança le sac par terre et le cric rebondit dans l'herbe. Maniant l'obscurité à la manière d'un fouet, il frappa une Infectée qui se retrouva arrachée du sol et projetée dans les airs.

Cachée sous la fourgonnette, Valkyrie demeura très très silencieuse. Elle vit approcher Billy-Ray Sanguin.

– Elle m'a pris mon rasoir, dit-il. *Une fois de plus !*

– Je me contrefiche de ton rasoir ! aboya Vengeous. (Il se tourna vers les Infectés.) Vous ! Chargez la Grotesquerie dans la fourgonnette. Cet endroit va bientôt grouiller de Fendoirs et je ne veux surtout pas qu'ils l'endommagent.

Les Infectés s'empressèrent de retourner à l'intérieur de l'église ; ils en ressortirent avec la caisse. Avec le plus grand soin, ils la chargèrent dans la fourgonnette. Cela étant fait, ils revinrent se poster devant l'église pour attendre d'autres ordres. Valkyrie en profita pour sortir de sa cachette. De l'autre côté du véhicule, elle entendait Vengeous qui distribuait des instructions. Elle inspira à fond et posa la main sur la poignée de la portière.

Celle-ci s'ouvrit avec un léger *clic*. Pliée en deux, Valkyrie se faufila à bord. La clé était sur le contact. Elle risqua un coup d'œil autour d'elle pour se repérer, puis tourna la clé. Le moteur vrombit. Alerté par le bruit, Vengeous tourna la tête et fronça les sourcils ; il se déplaça afin de voir qui était au volant.

Valkyrie mit le levier de vitesses en position « drive », comme le lui avait dit Skully, et enfonça l'accélérateur. Elle poussa un cri lorsque la fourgonnette fit un bond en avant et elle lutta pour garder le contrôle. Ce n'était pas amusant du tout. Elle donna un grand coup de volant à droite pour éviter un arbre et fit de son mieux pour maintenir le véhicule sur la route étroite. Elle vit les Infectés courir derrière elle, mais elle ne pouvait pas leur accorder trop d'attention. Il faisait totalement nuit et elle ne savait pas comment on allumait les phares.

Elle décolla une main du volant, le temps d'actionner une commande… et les essuie-glaces balayèrent le pare-brise sec en crissant. La fourgonnette roula sur une pierre et Valkyrie sauta sur son siège. Elle essaya une autre commande : le clignotant s'alluma. Tout en maudissant Skully, elle actionna le levier de haut en bas, sur les côtés, elle essaya même de le tordre et, soudain, miracle, les phares éclairèrent la route ! Juste à temps pour qu'elle puisse pousser un hurlement lorsque la fourgonnette effectua une embardée, quitta la route et dévala la colline.

Valkyrie était ballottée sur son siège. Tenant fermement le volant d'une main, elle s'empara de la ceinture de sécurité et tira dessus, tout en cherchant la fente dans laquelle il fallait l'introduire. La pente de la colline rejoignit la route en contrebas et Valkyrie essaya de redresser la course de la fourgonnette, mais celle-ci continua tout droit et plongea de nouveau dans la pente.

Valkyrie n'avait pas lâché la ceinture de sécurité

et, cette fois, elle trouva la fente. Après l'avoir bouclée, elle put se concentrer sur la conduite, au moment où le véhicule heurtait un obstacle rocheux qui le fit chavirer et se retourner. Sa tête heurta la vitre, tandis qu'au-dehors le monde tournoyait. Elle entendit des bruits de verre brisé et de métal froissé. Elle eut le réflexe de protéger sa tête en se sentant projetée vers l'avant et ses bras s'écrasèrent contre le volant, ce qui déclencha le klaxon. La fourgonnette effectua encore un tonneau avant de retomber sur ses quatre roues.

– Oooooh, gémit Valkyrie.

Elle regarda le pare-brise étoilé. Des phares surgirent dans la nuit. Une voiture et une moto approchaient, à toute allure.

Valkyrie tira sur la poignée et dut donner un coup d'épaule dans la portière pour l'ouvrir. Elle essaya de sortir, mais la ceinture de sécurité l'en empêchait. À tâtons, elle parvint à appuyer sur le bouton orange et la ceinture se rétracta. Valkyrie bascula hors du véhicule au moment où la moto de Tanith s'arrêtait dans un crissement.

La Bentley pila et Skully en jaillit ; il courut vers elle et la retint juste avant que ses jambes se dérobent. Quelques paroles furent échangées, mais la jeune fille n'en comprit pas la moitié. Ça bourdonnait dans sa tête, pendant que le squelette la transportait jusqu'à la Bentley. Son bras l'élançait. En ouvrant les yeux, elle vit Tanith charger sa moto à l'arrière de la fourgonnette blanche, à côté de la caisse, avant de s'installer au volant.

Skully dit encore quelque chose, d'une voix lointaine, et Valkyrie tenta de lui répondre, mais sa langue pesait des tonnes et ses dernières forces quittèrent son corps.

23

Des éléphants et des petits lapins

Tapalœil lui palpa le bras.

– Ça fait mal ?

– Non, dit Valkyrie.

Il hocha la tête et griffonna quelque chose dans son carnet.

– Tu as mangé ?

– Un de vos assistants m'a apporté un hamburger pour le petit-déjeuner.

Le vieux professeur soupira.

– Je voulais savoir si tu avais mangé *raisonnablement*.

– Oh, j'ai été très raisonnable. Je n'en ai pas mis partout.

Il continua à l'ausculter.

– Et là ? Ça fait mal ?

– Ouille !

– Je considère que c'est une réponse affirmative. Avec un peu de chance, la douleur t'apprendra qu'il ne faut pas ôter ta ceinture au moment où ton véhicule a un accident.

Pendant que Tapalœil notait autre chose, Valkyrie regarda autour d'elle. Il n'y avait aucune fenêtre dans cette pièce mais, pourtant, elle sentait que ce devait être le matin. Dehors, le ciel était bleu et ensoleillée, il faisait doux.

Tapalœil referma son carnet et hocha la tête.

– Tu te rétablis très vite, déclara-t-il. Dans une heure, l'os sera guéri.

– Merci.

– De rien.

– Je voulais vous dire... Je suis désolée pour hier, au sujet de l'eau salée et des vampires...

Tapalœil gloussa.

– Ne t'inquiète pas pour moi, Valkyrie. Je suis plus coriace qu'il y paraît. La nuit dernière, mes cauchemars n'ont pas été si terribles. Je me souviens d'en avoir fait de bien plus affreux. Maintenant, repose-toi et attends que cette cochonnerie fasse son effet.

Accablée par un sentiment de culpabilité plus fort que jamais, Valkyrie se rallongea sur le lit. Le mélange qui enveloppait la totalité de son bras droit était froid et visqueux. Il fallait en appliquer une nouvelle couche toutes les vingt minutes car la peau absorbait ses propriétés magiques.

Elle entendit Skully faire son entrée dans le service médical. Son combat contre Vengeous lui avait valu une clavicule brisée et quelques côtes fêlées. Elle se tourna vers lui et éclata de rire.

Le squelette lui lança un regard noir. Il portait une

chemise de nuit d'hôpital rose fluo, décorée d'éléphants et de petits lapins. Elle pendait sur lui comme un drap sur un porte-chapeaux.

– Pourquoi elle a droit à une chemise de nuit *bleue*, elle ? demanda-t-il à Tapalœil.

– Hmmm ? fit le professeur.

Skully pencha la tête sur le côté, l'air mauvais.

– Vous disiez qu'il ne restait plus que des roses avec des lapins, et je vois que Valkyrie porte une chemise de nuit bleue tout à fait présentable.

– Où voulez-vous en venir ?

– Pourquoi suis-je affublé de cette tenue ridicule ?

– Parce que ça m'amuse.

Sur ce, Tapalœil sortit de la pièce et Skully reporta son attention sur Valkyrie.

– L'important, dit-il, c'est que je puisse porter cette chemise de nuit tout en conservant ma dignité.

– Exactement.

– Tu peux arrêter de sourire, s'il te plaît ?

– J'essaye, je vous le jure.

Il s'approcha d'elle et, d'une voix légèrement différente, chargée d'inquiétude, il demanda :

– Tu te sens bien ?

– Oui.

– Tu es sûre ?

– Oui... non... je ne sais pas. Quoi qu'il arrive avec la Grotesquerie maintenant, ce sera ma faute.

– N'importe quoi !

– C'était moi l'ingrédient manquant.

– Tu n'es pas fautive pour autant. Toutefois, si tu tiens absolument à assumer la responsabilité d'une chose qui t'échappe totalement, cela peut t'aider à devenir plus forte. Et tu auras besoin de toutes les forces que tu peux rassembler, surtout quand Dusk t'aura retrouvée.

La jeune fille fronça les sourcils.

– Pourquoi Dusk ?

– Oh, oui, pardon. Je devrais peut-être te le signaler : Dusk n'a plus qu'une seule idée en tête : te tuer. Les vendettas, c'est son truc. Quand il en veut à quelqu'un, il ne renonce pas avant d'avoir fait couler le sang.

– Tout ça parce que je lui ai entaillé le visage ?

– Tu lui as entaillé le visage avec le rasoir de Sanguin et la cicatrice ne guérira jamais.

– Ah… De quoi le rendre sacrément furieux, non ?

– Oui. Je me suis dit que tu aimerais le savoir.

– Qu'est-ce qu'on va faire au sujet de Guild ? Étant donné qu'il est de mèche avec les méchants et tout ça ?

– Nous n'en savons rien. Ce n'est pas un fait établi. (Skully demeura muet un instant.) Néanmoins, reprit-il, il serait stupide de ne pas prendre de précautions. Nous ferons notre rapport à Guild le moment venu, si ça s'impose. Mais en aucun cas nous ne lui dirons ce que nous projetons de faire, où nous allons, ni sur qui nous aimerions bien cogner. D'accord ?

– D'accord. J'en déduis que Guild ne sait pas que nous sommes en possession de la Grotesquerie ?

– Il se peut que j'aie oublié de le lui dire. Par contre, je me souviens d'en avoir parlé à Mr Bliss, et il a chargé trois Fendoirs d'assurer la sécurité. Plus, cela risquerait d'attirer l'attention du Grand Mage.

– Vous êtes conscient, j'espère, qu'après Sagacious Tome et maintenant Guild, je ne suis pas près de faire confiance à une personne exerçant une autorité quelconque.

Skully pencha la tête sur le côté.

– Tu ne me considères pas comme une figure d'autorité ?

Elle rit. Puis s'arrêta brusquement.

– Oh, pardon. Vous parliez sérieusement ?

– Charmant, commenta-t-il, au moment où Tapalœil revenait dans le service.

– Détective, dit celui-ci, vous serez sans doute heureux d'apprendre que mes assistants sont en train de transférer la Grotesquerie dans ma morgue privée flambant neuve, qu'elle va encombrer, alors que j'avais enfin réussi à tout ranger.

Valkyrie grimaça.

– Pourquoi avez-vous besoin d'une morgue privée ?

– Pour mes expériences. Des expériences si étranges et contre nature qu'elles vous feraient certainement vomir.

– Professeur Râleux, dit Skully, nous vous avons apporté la Grotesquerie parce que vos installations sont plus performantes que celles du Sanctuaire, mais aussi parce que vous êtes un éminent spécialiste des sciences de la magie.

– Hmmm, grommela Tapalœil. C'est exact.

– Vous devez nous aider. Nous avons enfin la possibilité de démantibuler la Grotesquerie et de cacher les morceaux dans le monde entier pour qu'elle ne puisse jamais être reconstituée. Mais pour cela, nous avons besoin de vous.

– Soit, répondit le professeur. Mais toi, Valkyrie, tu dois te reposer. Et vous, détective, je vous interdis de la mettre en danger pendant au moins… une heure, disons. Marché conclu ?

– Je me reposerai, promit Valkyrie.

– Une heure, c'est faisable, dit Skully.

– Très bien, dit Tapalœil. Maintenant, si vous voulez bien m'excuser, j'ai un monstre à découper.

24
Argus

On pouvait encore sentir dans le vieil hôpital qu'il avait été le théâtre de terreurs sans nom et de larmes amères. Combien de gens avaient rendu ici leur dernier soupir, couchés sur ces lits étroits ? Combien avaient passé leur dernière nuit dans ces pièces exiguës, dans un sommeil haché, alors que leurs cauchemars saccageaient leurs paysages mentaux ? Quand il parcourait ces couloirs, le Baron Vengeous avait l'impression de pouvoir compter chacun de ces malades.

Le service de psychiatrie était son préféré. Même sans l'hypersensibilité que lui procurait sa nouvelle armure, il percevait les échos de la peur, de la folie et du désespoir. Mais, grâce à l'armure, ces ondes pénétraient en lui et le rendaient plus fort. Il sentait son armure renaître après des années d'abandon dans cette caverne.

C'était l'endroit idéal pour permettre à la Grotesquerie de briser les frontières entre les réalités, d'ouvrir le portail et de convier les Sans-Visage à revenir. Il ne lui manquait plus que la Grotesquerie elle-même, mais cela ne poserait pas de problème. Car, en dépit de ses éclats de colère et de son tempérament effrayant, Vengeous était avant tout un militaire. Certes, il avait subi un revers, mais il avait déjà conçu un plan pour rectifier la situation.

Un des Infectés était posté au bout du couloir ; il ouvrit la porte en voyant approcher le Baron. Celui-ci devinait, à ses yeux, qu'il était sur le point de devenir un véritable vampire. Ordre avait déjà été donné à Dusk de les tuer tous avant que la transformation définitive se produise. Grâce au sérum qu'il s'injectait, Dusk était capable de contrôler la part de vampire en lui, mais les Infectés seraient beaucoup trop imprévisibles, il fallait donc s'en débarrasser.

Vengeous se concentra sur l'armure ; il la ramena vers lui. Il l'avait laissée se contorsionner de plaisir devant la souffrance rassemblée dans ce vieil édifice, mais il était temps de passer aux choses sérieuses.

Billy-Ray Sanguin l'attendait. Un homme était enchaîné à une table d'opération, et, quand Vengeous entra dans la pièce, l'homme ouvrit de grands yeux.

– Non, c'est impossible, dit-il d'une voix étranglée. Vous êtes mort. Vous… Ça ne peut pas être vous, vous êtes mort !

Vengeous comprit alors qu'à cause du casque qui masquait son visage l'homme le prenait pour Lord Vile, ressuscité pour accomplir une terrible vengeance. Il ne dit rien.

– C'est une ruse ! cria l'homme en tirant sur ses chaînes. Je ne sais pas ce que vous cherchez à faire, mais vous avez commis une grosse erreur ! Savez-vous seulement qui je suis ?

– Évidemment qu'on le sait, répondit Sanguin avec son accent traînant. Tu es un sorcier couard qui a réussi à rester en vie jusqu'à maintenant en fuyant devant toute forme de combat. Pourquoi crois-tu qu'on t'a choisi ?

– Choisi ? répéta l'homme. Choisi pour quoi ?

– Pour avoir une réponse rapide, répondit Vengeous, conscient qu'à travers le casque sa voix elle aussi ressemblait à celle de Lord Vile.

L'homme blêmit. Il transpirait déjà à grosses gouttes.

– Qu'est-ce… qu'est-ce que vous voulez savoir ?

– Comme tu t'en es sans doute aperçu, dit Sanguin, je ne suis pas d'ici. Et ce monsieur qui te fait souiller ton pantalon présentement est resté absent un certain temps. On a donc besoin de toi pour savoir où est susceptible d'aller quelqu'un qui détient le corps inerte d'un demi-dieu afin de… je ne sais pas… le détruire, disons.

L'homme se passa la langue sur ses lèvres.

– Et ensuite, vous me relâcherez ?

– Oui. Pourquoi pas ?

Vengeous sentit son armure s'enrouler sur elle-même. La peur de cet homme était trop grande pour être ignorée. Vengeous plissa les yeux ; il contrôlait l'armure grâce à sa seule volonté.

– Il irait au Sanctuaire, répondit l'homme.

– C'est pas ce qu'on cherche, dit Sanguin. On a des

gars qui surveillent le Sanctuaire et ils n'ont vu personne. On cherche un endroit un peu plus... spécialisé, vois-tu?

L'homme fronça les sourcils.

– Dans ce cas... votre type est peut-être allé voir Râleux.

– Tapalœil Râleux? dit Vengeous.

– Oui. Il travaille pour le Sanctuaire. Ils lui apportent tous les trucs bizarres.

– Où?

– Dans un vieux cinéma qui a fermé ses portes, le Hibernia. Alors, je peux partir maintenant?

Sanguin regarda Vengeous, qui regarda leur prisonnier.

– Qu'as-tu fait durant la guerre? demanda Vengeous.

– Euh... pas grand-chose.

– Je te connais, Argus.

– Non. Je veux dire... on ne s'est jamais rencontrés. J'ai fait quelques petites choses pour le Baron Vengeous, mais...

– Tu as fourni au Baron Vengeous l'adresse d'une cachette à un moment où il avait besoin de disparaître pendant quelques jours.

– Je... Oui... Mais comment avez-vous...

– Skully Fourbery a suivi sa trace jusqu'à cette cachette, Argus. Les informations que tu as fournies ont mené directement à sa capture.

– J'y suis pour rien! Je... C'était pas ma faute!

– Nos ennemis connaissaient cette cachette mais, à cause de ta bêtise, tu ne t'en es pas aperçu.

– D'accord, concéda Argus, j'ai commis une erreur et Vengeous a été arrêté. Mais quel rapport avec vous, Lord Vile ?

– Je ne suis pas Lord Vile.

Vengeous ôta son casque, qui se fondit dans ses gants et se répandit dans toute son armure.

– Oh, non, gémit Argus en découvrant le visage du Baron. Je vous supplie, non...

Vengeous le foudroya du regard et Argus fut pris de tremblements incontrôlables ; on aurait dit que son corps n'était plus capable de demeurer d'une seule pièce. De fait, son torse explosa et ses membres furent projetés dans tous les sens. Sa tête sauta comme un bouchon et ses viscères dégoulinèrent le long des murs.

Vengeous se tourna ensuite vers Sanguin.

– Le cinéma Hibernia. On part immédiatement.

Le Texan ôta un morceau du cerveau d'Argus collé sur sa veste.

– Et si par hasard, en chemin, on tombe sur des jeunes filles brunes ? demanda-t-il.

– Je t'autorise à tuer qui tu jugeras bon.

Billy-Ray Sanguin sourit.

– Très bien, monsieur. Merci, monsieur.

25

Une petite poignée de massacres

New York. 7 h 37

Un homme invisible quitta le confort de l'obscurité pour s'élancer dans le sillage des trois hommes d'affaires. Il traversa Bleecker Street, les suivit le long de l'Hudson, en prenant soin de rester quelques pas derrière eux, et à aucun moment ils ne remarquèrent sa présence. Ils parlaient des activités du Sanctuaire, en adoptant un langage codé chaque fois qu'un « civil » passait à portée de voix. Car ces trois hommes d'affaires étaient en réalité des sorciers, et pas n'importe lesquels.

L'homme que nul ne voyait les suivit jusqu'au parking de la 13e Rue et, au moment opportun, il passa à l'attaque. Les faux hommes d'affaires virent alors l'air s'écarter comme un rideau et une silhouette floue surgir, mais il était trop tard pour donner l'alerte, trop tard surtout pour envisager la moindre défense.

Bologne. 10 h 51

Ils étaient cinq : jeunes, puissants et impatients de faire leurs preuves. Ils portaient des vêtements noirs, des manteaux en cuir et des lunettes de soleil. Leurs cheveux étaient dressés sur leur tête et leur peau percée d'anneaux. Ils aimaient se considérer comme des gothiques-punks. Personne n'osait les contredire. Ou plutôt, personne ne vivait assez longtemps ensuite pour s'en vanter.

L'Italie au mois d'avril : douceur et soleil. Les gothiques-punks attendaient autour de la statue de Poséidon et chassaient l'ennui en terrorisant les quelques passants.

Une fille de la bande, le crâne rasé et les yeux exorbités, repéra leur cible au moment où celle-ci traversait la place. Ils s'avancèrent vers elle telle une meute, en souriant par avance.

En les voyant arriver, l'homme fronça les sourcils. Il battit en retraite. Il travaillait pour le Sanctuaire à Venise, mais ses adversaires savaient qu'il hésiterait à utiliser ses pouvoirs en public.

L'homme se mit à courir. Ils se lancèrent à ses trousses. L'excitation de la chasse les faisait rire.

Tokyo. 19 h 18

La femme en tailleur à fines rayures, assise dans le hall de l'hôtel, lisait le journal. Le tailleur était bleu marine et la jupe s'arrêtait juste en dessous du genou.

Sous la veste, elle portait un chemisier couleur crème. Ses chaussures étaient assorties à son ensemble ; son vernis à ongles était assorti à son rouge à lèvres. C'était une femme très élégante, très maniaque.

Son téléphone portable, incroyablement fin et élégant, sonna, une seule fois, pour lui indiquer l'heure. Alors, elle plia son journal et le déposa sur son fauteuil en se levant.

Deux hommes, un vieux et un jeune, entrèrent dans le hall de l'hôtel. La femme aimait la ponctualité.

Elle les rejoignit devant l'ascenseur. Les deux hommes ne se parlaient pas. Alors que tous trois attendaient, un jeune couple d'étrangers, venu passer quelques jours de vacances au Japon sans doute, s'approcha. La femme s'en fichait, cela ne modifiait en rien ses plans.

L'ascenseur arriva, la porte s'ouvrit et tout le monde entra dans la cabine. L'un des jeunes étrangers appuya sur le bouton du huitième. L'homme âgé appuya sur celui de la terrasse. La femme, elle, n'appuya sur aucun bouton.

La porte se referma, l'ascenseur s'ébranla, les ongles de la femme s'allongèrent et ses dents s'aiguisèrent. Elle tua tous les occupants et peignit les parois en rouge avec leur sang.

Londres. 9 h 56

Jack A. Ressort observa l'homme qu'il s'apprêtait à tuer et, pour la première fois de sa vie, il se demanda : *pourquoi ?*

Non pas qu'il soit frappé soudainement par l'horreur de ses péchés. Non pas qu'il soit victime d'une crise de conscience subite, ni rien d'aussi prosaïque. Il n'était pas sujet à ce genre de révélations. C'était juste une voix, tout simplement, une voix au fond de son esprit, qui l'incitait à demander quelque chose. Mais quoi donc ? Il n'avait jamais éprouvé le besoin de demander quoi que ce soit à ses victimes. Il ne savait pas par quoi commencer. Devait-il engager la conversation ?

– Salut, dit-il, d'un ton aussi agréable que possible.

L'homme était un sorcier, mais un piètre adversaire. Il gisait dans la ruelle, recroquevillé, le regard rempli de terreur. Jack se sentait mal à l'aise. C'était une situation inédite et il n'aimait pas les situations inédites. Ce qu'il aimait, c'était tuer les gens. Et les tourner en ridicule, évidemment. En lançant parfois une remarque caustique, éventuellement. Mais de là à leur… *parler*, à leur *demander* quelque chose…

Il rejetait la faute sur Billy-Ray Sanguin. Sanguin l'avait fait sortir de sa cellule, il lui avait fait traverser le mur, puis le sol, jusqu'à l'air libre. Il lui avait parlé, un peu, il avait mentionné un hôpital en Irlande, Clearwater ou quelque chose dans ce goût-là, puis il n'avait plus ouvert la bouche ; il donnait l'impression d'en avoir trop dit. Sur le moment, Jack n'y avait pas prêté attention. Il était libre et, en échange de sa liberté retrouvée, il lui suffisait de tuer quelqu'un. Pourtant, cette pensée continuait à le tourmenter : *pourquoi* ? Pourquoi Sanguin souhaitait-il la mort de ce type ?

Jack s'efforça de prendre un air détaché.

– Supposons que quelqu'un veuille que tu meures, ce serait pour quelle raison, à ton avis ?

– Par pitié, ne me tuez pas, murmura l'homme.

– Je ne vais pas te tuer, mentit Jack, avec un petit rire qui se voulait rassurant. Qu'est-ce qui te fait croire que je vais te tuer ?

– Vous m'avez attaqué. Et vous m'avez entraîné dans cette ruelle. Et puis, vous avez dit que vous alliez me tuer.

Jack étouffa un juron. Ce type avait de la mémoire.

– Ne pense plus à ça, dit-il. Quelqu'un veut que tu meures. J'aimerais bien savoir pourquoi. Qui es-tu ?

– Je m'appelle…

– Je connais ton nom, mon pote. Qu'est-ce que tu fais dans la vie ? Pourquoi as-tu autant d'importance ?

– Je n'ai aucune importance, absolument aucune. Je travaille pour le Conseil des Aînés, ici à Londres. J'aide simplement à tout coordonner, c'est tout.

– Quoi, par exemple ? Qu'est-ce que tu coordonnes en ce moment ?

– On… on envoie des renforts en Irlande. Le Baron Vengeous s'est échappé de…

– Bon sang !

L'homme poussa un cri strident et eut un mouvement de recul, mais Jack était trop occupé à contenir sa fureur pour s'en prendre à lui. Ainsi Sanguin était encore de mèche avec ce cinglé de Vengeous ; il exécutait ses ordres. Mais, cette fois, il avait tenté de lui refiler une partie du sale boulot.

– Je me suis fait berner, dit-il. (Il toisa l'homme.) Si Vengeous est dans le coup, ça signifie que cette histoire concerne les Sans-Visage, pas vrai ?

– Euh… oui.

– Je me suis fait berner. C'est un manque de professionnalisme, voilà tout.

– Vous allez me relâcher, alors ?

Jack s'accroupit.

– J'aimerais bien, mon pote. Sincèrement. Mais, vois-tu, on m'a sorti de prison et je paye toujours mes dettes.

– Mais… en me tuant, vous les aidez !

– Il faudra que je trouve un autre moyen de me venger, dans ce cas. Allez, sans rancune.

La conversation se conclut tout naturellement par de nouvelles supplications, puis Jack tua le type, ce qui mit fin également aux supplications.

Jack redressa son haut-de-forme sur sa tête et s'en alla. Il avait encore quelques amis, des amis qui pourraient le conduire où il le souhaitait.

Et cela faisait si longtemps qu'il n'avait pas mis les pieds en Irlande.

26
Meurtre à la nouvelle morgue

Stentor et Civette en bavaient pour transporter la Grotesquerie de la civière à la table d'opération. La créature était énorme, lourde et encombrante. Ils avaient tout juste réussi à déplacer la partie supérieure lorsque la civière grinça et se déplaça… La Grotesquerie bascula ! Civette tenta alors de la retenir, mais il s'affaissa sous le poids de la créature qui tomba lentement sur lui.

– À l'aide !

Le professeur Râleux se précipita.

– À quoi jouez-vous, nom d'une pipe ?

– Elle… elle est tombée, bafouilla Stentor, au garde-à-vous.

– Je le vois bien ! aboya Râleux. Ce spécimen nous offre une occasion rare d'étudier une forme hybride, espèce d'imbécile ! Je ne veux pas qu'elle soit endommagée.

– Bien, professeur. Désolé.

– Pourquoi avez-vous essayé de la déplacer tout seul ? Où est Civette ?

Ce dernier parvint à lever la main.

– Je suis là, professeur.

– Et qu'est-ce que vous fichez là, Civette ?

– J'essaye de respirer, monsieur.

– Debout !

– Je voudrais bien, monsieur, mais c'est très lourd. Peut-être que si vous preniez un bras…

– Je suis un vieil homme, idiot. Vous croyez que je vais réussir à soulever cette horreur ?

– Tout seul, peut-être pas, mais si Stentor vous donnait un coup de main, je pourrais me dégager en me tortillant. Franchement, je commence à avoir du mal à respirer là-dessous. Je crois que j'ai les poumons écrasés.

Râleux adressa un geste à Stentor.

– Aidez-moi.

– Bien, professeur.

À eux deux, ils repoussèrent la Grotesquerie, juste assez pour permettre à Civette de se libérer.

– Jamais je n'ai lâché un spécimen, déclara Râleux, pendant qu'ils haletaient et peinaient. Je n'ai jamais été cloué au sol par un corps, non plus. Souvenez-vous-en, Civette.

– Oui, monsieur, répondit celui-ci en réussissant enfin à s'extirper de sous la créature.

Râleux s'accroupit près de la Grotesquerie avec une paire de ciseaux et entreprit de découper soigneusement quelques bandelettes, faisant ainsi apparaître la chair couturée.

– Étonnant, murmura-t-il. Tant de morceaux de créatures différentes, réunis pour former un seul être. Un être né d'horreurs innommables.

Stentor approuva d'un hochement de tête.

– Ce serait encore plus impressionnant, dit-il, si ça fonctionnait.

– Au lieu de bavarder, vous feriez mieux de soulever, dit Râleux d'un ton cassant. Hissez-la sur la table. Sans lui infliger de nouveaux dégâts, c'est compris ? Ah, Stentor, vous avez de la chance que je sois du genre coulant. Pliez les genoux quand vous soulevez une charge, imbécile !

– Désolé, monsieur.

Ployant sous le poids, ils soulevèrent la créature mais, soudain, Civette lâcha prise et fit un bond en arrière. Stentor s'accrocha à la Grotesquerie, à moitié sur la table, à moitié en dehors.

– Quoi, encore ? pesta Râleux.

– Professeur, dit Civette nerveusement, vous êtes sûr que cette chose est bien morte ?

– Ce n'est pas une chose, c'est un spécimen.

– Pardon, monsieur. Êtes-vous sûr que ce spécimen est bien mort ? Je… je crois qu'il a bougé.

– Évidemment ! C'est vous qui l'avez bougé !

– Non, non, monsieur. Je veux dire qu'il a bougé tout seul !

– Je ne vois pas comment ce serait possible. Le

rituel destiné à le ressusciter a été interrompu, seule une petite portion du sang de Valkyrie Caïne a été transfusée.

Civette hésita avant d'agripper un bras massif pour aider Stentor à faire glisser le reste du corps sur la table.

Il s'écarta brusquement.

– Alors, là ! s'écria-t-il. Cette fois, je l'ai bien senti bouger, j'en suis sûr !

– On lui a insufflé une grande dose d'énergie, expliqua le professeur, le front plissé. Il s'agit sans doute d'un spasme résiduel. Peut-être que les muscles réagissent aux stimuli, tout simplement.

– Non, non, c'était pas un spasme, dit Civette. Juré !

Râleux examina le corps entouré de bandelettes. Il était gigantesque, froid et inerte.

– Très bien, dit-il. Combien de Fendoirs sont en poste ici ?

– Trois.

– OK. Les gars, vous allez monter et dire aux Fendoirs de descendre. Expliquez-leur que nous avons peut-être un…

À cet instant, la Grotesquerie se redressa. Civette hurla et fit un bond en arrière, mais Stentor fut trop lent : la créature lui coinça la tête entre ses grosses mains et la broya comme un œuf fraîchement pondu.

27
La Grotesquerie s'éveille

Valkyrie ouvrit les yeux. Était-ce un hurlement qu'elle avait entendu ? Elle se redressa dans son lit et regarda dans le couloir. Les lumières tremblotaient. Il y eut un bruit de cavalcade. Puis, plus rien. Il se passait quelque chose. Quelque chose de grave.

Elle se leva, malgré les protestations de ses membres et de son dos endoloris. Ses pieds nus se posèrent sur le sol froid. À pas feutrés, elle marcha jusqu'à la petite penderie encastrée dans le mur, où elle trouva ses chaussettes et ses bottes. Elle s'empressa de les enfiler dans la pièce sombre et, au moment où elle mettait sa veste, elle entendit quelqu'un appeler au secours. Un grand bruit sourd se produisit et les appels cessèrent.

Valkyrie passa la tête à l'extérieur de la pièce et regarda en direction de la morgue. Elle vit alors une silhouette traverser le couloir obscur, semblable à une sorte de marionnette dont la moitié des fils aurait été coupée. La chose se déplaçait de manière saccadée, avec raideur, mais, sous les yeux de Valkyrie, elle sembla gagner de l'assurance, comme si elle s'habituait à son corps. Elle pénétra dans une flaque de lumière.

La Grotesquerie ! Elle était vivante.

Valkyrie vit les bandelettes qui avaient servi à la maintenir entière, si vieilles qu'elles risquaient de tomber en poussière d'une seconde à l'autre. Elle aperçut des morceaux de peau entre les bandages, les cicatrices et les coutures. On aurait dit que la cage thoracique avait été fendue et ouverte, si bien que chacune des côtes transperçait le torse.

Sur son poignet gauche poussait une sorte d'énorme furoncle. Et dessous, la peau formait une épaisse cicatrice boursouflée. Le bras droit était volumineux, les muscles s'enroulaient les uns autour des autres de manière invraisemblable, de l'épaule jusqu'à la main massive. Les gros doigts s'achevaient par des griffes. Les bandelettes couvraient totalement le visage ; il n'y avait même pas d'espace pour les yeux. Ici et là, des taches de sang noir avaient traversé la gaze.

Pourquoi personne ne donnait l'alerte ? La Grotesquerie était vivante, mais nul ne réagissait. Valkyrie recula, s'empara d'une chaise et monta dessus. Elle claqua des doigts, mais rien ne se produisit. Elle plissa les yeux. Concentrée au maximum, elle recommença, jusqu'à ce que jaillisse une étincelle ; elle la transforma en flamme et l'approcha des détecteurs de fumée. Au bout de quelques secondes, l'extincteur automatique se mit en marche et l'alarme pulvérisa le silence.

Cela étant fait, elle revint vers la porte à toute vitesse, au moment où trois Fendoirs accouraient. C'est seulement quand ils arrivèrent à proximité de la Grotesquerie qu'elle découvrit à quel point ce monstre était gigantesque. Il dépassait de plusieurs têtes le plus grand des trois Fendoirs. Ceux-ci étaient habitués à affronter de graves menaces, mais ils n'avaient jamais rien vu de semblable.

La Grotesquerie chassa d'un revers de la main un coup de faux et saisit le premier Fendoir à la gorge. Elle le souleva au-dessus de sa tête, tandis que, d'un geste, elle expédiait le deuxième Fendoir dans le mur. Le troisième balança sa faux et la créature riposta en le bombardant avec le corps de son collègue. Valkyrie entendit des bruits d'os brisés.

Trois secondes. La Grotesquerie avait tué trois Fendoirs en trois secondes.

La jeune fille battit en retraite dans sa chambre. Elle était trempée comme une soupe à cause des extincteurs. Elle pouvait s'enfuir. Ressortir de la pièce, tourner à droite, sprinter dans le couloir jusqu'à la zone de recherches, puis atteindre l'escalier. Elle franchirait l'écran et quitterait le cinéma à toutes jambes sans que la Grotesquerie ait le temps de l'apercevoir. Et même si ce monstre la voyait, il ne pourrait pas la rattraper, il était encore trop lent. Elle pouvait y arriver. Alors, pourquoi ne courrait-elle pas ?

Valkyrie recula au fond de la chambre. Par la porte restée ouverte, elle voyait l'ombre qui se rapprochait sur le mur du couloir. Ses jambes tremblotaient et son bras continuait à l'élancer. La peur nichée au creux de son ventre s'était mise à gesticuler. Elle plaqua son dos contre le mur. L'obscurité de la pièce ne lui paraissait pas assez profonde. La créature la verrait. Non, elle n'avait pas besoin de la voir. Elle n'avait pas d'yeux.

Trop tard pour fuir désormais : la Grotesquerie passait devant la porte, le corps encore ruisselant de l'eau des extincteurs. Valkyrie sentit son odeur : un mélange de formol et de moisissure. Elle retint son souffle et ne bougea plus.

La Grotesquerie s'arrêta. Valkyrie se prépara. Si jamais la créature se tournait vers elle, elle s'élancerait et la percuterait de toutes ses forces ; elle la bombarderait à coups de boule de feu, jusqu'à ce que ces bandelettes s'embrasent. Comme si c'était suffisant pour l'arrêter. Comme si c'était suffisant pour lui sauver la mise.

Le monstre tourna légèrement la tête, mais pas dans la direction de la jeune fille ; on aurait dit qu'il écoutait quelque chose, derrière le hurlement de l'alarme. Valkyrie pensa subitement à un radar qui lui permettrait de sentir sa présence, mais un radar resté inactif pendant si longtemps qu'il n'était plus aussi précis qu'avant.

Elle sentit ses muscles se ramollir et le froid se répandre dans son esprit. La terreur sapait toutes ses forces. L'idée qu'elle ne pourrait bientôt plus bouger s'insinua en elle. Toutes les choses qu'elle avait apprises ne servaient à rien. Malgré ses dons, ses pouvoirs, la magie… face à ce monstre elle serait encore plus impuissante que les Fendoirs qu'il venait d'assassiner. Elle ne représentait même pas une menace. Elle était moins dangereuse qu'un insecte.

Mais, contre toute attente, la chose s'éloigna ! Elle fit un pas en avant, puis un autre, et elle disparut dans le couloir. Valkyrie sentit les larmes se mêler à l'eau qui coulait sur son visage. Elle les chassa d'un battement de paupières. Elle ne mourrait pas, finalement. Pas aujourd'hui.

Elle se décolla du mur et assura son équilibre sur ses jambes tremblantes. Après avoir attendu quelques secondes, elle avança. Ses pieds produisaient de petits clapotis sur le sol mouillé. Arrivée à la porte, elle risqua un coup d'œil à l'extérieur… et une main se referma sur sa gorge. Elle fut aspirée dans le couloir, arrachée du sol, suffoquant et crachant, à moitié étranglée.

La Grotesquerie la tenait à bout de bras, la tête levée pour la regarder par en dessous, sans yeux. Valkyrie serrait à deux mains son énorme poignet ; elle essayait de tirer sur les doigts pour les obliger à lâcher prise.

Moins dangereuse qu'un insecte.

Elle battit des jambes dans le vide ; ses bottes frappèrent la chose. Ses poings martelèrent l'avant-bras. Sans le moindre effet. Elle sentait son cœur palpiter dans ses oreilles. L'obscurité envahit son champ de vision. Elle n'arrivait plus à respirer. Il fallait qu'elle avale de l'air. Elle allait mourir…

En claquant des doigts, elle parvint à faire jaillir une flamme qu'elle écrasa contre les bandelettes de la Grotesquerie. Elles s'enflammèrent instantanément… et s'éteignirent aussi vite. Valkyrie était à court de tours. Elle était fichue.

C'est alors qu'elle perçut un mouvement dans le dos de la créature : Skully et Tanith venaient à la rescousse. La Grotesquerie n'eut pas besoin de se retourner. Quand ils furent juste derrière elle, elle balança son poing gauche en arrière. Skully l'esquiva en se baissant, pendant que Tanith sautait au plafond ; son épée étincela et Valkyrie se sentit tomber. Skully se précipita pour la rattraper dans ses bras et poursuivit sa course. Tanith les suivit.

La Grotesquerie observa sa main entaillée avec une expression qui ressemblait à de la curiosité. Les trois fuyards s'arrêtèrent et se retournèrent. Ils purent ainsi voir la chair se refermer et cicatriser.

Quelque chose bougea dans l'encadrement de la porte et Tapalœil sortit dans le couloir en boitant.

– Restez derrière nous, lui ordonna Skully.

– C'était bien mon intention, grommela le savant.

La pression de l'air se modifia tout à coup et Valkyrie sentit ses oreilles se déboucher.

– Que se passe-t-il ? cria-t-elle pour couvrir le vacarme de l'alarme.

– La Grotesquerie retrouve son pouvoir, expliqua Tapalœil d'un ton sinistre.

Skully sortit son revolver de sous sa veste.

– C'est notre dernière chance de la mettre hors d'état de nuire avant qu'elle devienne invincible.

Il marcha droit sur la Grotesquerie en ouvrant le feu à six reprises et six petits geysers de sang noir jaillirent de la poitrine de la créature, qui vacilla à peine. Skully jeta son arme, claqua des doigts et libéra deux jets de flamme ininterrompus qui transformèrent en vapeur l'espace entre lui et sa cible. Les flammes atteignirent la Grotesquerie, sans qu'elle s'embrase.

Skully repoussa alors, des deux mains, la masse de l'air qui ondoya, forçant la chose à reculer. Le squelette recommença et la Grotesquerie tenta de résister. Skully répéta l'opération. Cette fois, la momie tendit son énorme bras droit et celui-ci... se dénoua ! De longues bandes de chair terminées par des griffes lacérèrent l'air autour du squelette, qui poussa un hurlement et recula. Les bandes se rétractèrent et s'entortillèrent pour reconstituer le bras. La Grotesquerie décocha alors une grande claque à Skully, qui se retrouva projeté dans les airs.

Tanith s'élança, les cheveux plaqués sur le crâne, épée en avant. La Grotesquerie tenta de l'attraper, mais elle était trop rapide. Elle roula au sol, lui entailla la jambe, se releva d'un bond et lui ouvrit le bras. Les deux plaies se refermèrent aussitôt.

Le bras droit de la créature s'effilocha de nouveau ;

cette fois, Tanith eut le réflexe de se baisser. Elle bondit, exécuta une cabriole et se retrouva au plafond, la tête en bas. Elle avança vers la Grotesquerie qui recula et leva son bras gauche.

Tapalœil poussa un cri de mise en garde, mais la sirène d'alarme couvrit sa voix. La protubérance sur le poignet gauche du monstre, ce que Valkyrie avait pris pour un énorme furoncle, se contracta et un liquide jaune en jaillit. Tanith dut se jeter sur le côté pour l'éviter et elle s'écrasa au sol. Le liquide frappa le plafond, dans lequel elle creusa un trou béant.

Skully se précipita vers Tanith ; elle se releva. Même si le « furoncle » était vide, la Grotesquerie continuait à tendre son bras gauche. Skully voulut retenir Tanith, mais il avait une seconde de retard.

Une épine sortit du bourrelet de chair situé sous le poignet de la créature et s'enfonça dans le flanc de Tanith. Celle-ci poussa un cri, pendant que le dard se rétractait dans sa gaine. Skully rattrapa Tanith au moment où elle s'évanouissait. Il battit en retraite.

La Grotesquerie regarda ses mains en remuant les doigts ; on aurait dit qu'elle découvrait avec étonnement ce dont elle était capable.

Valkyrie et Tapalœil accoururent. Tanith avait perdu connaissance. On apercevait ses veines à travers sa peau ; elles étaient d'un vert écœurant.

– Elle est infectée, commenta le savant. Du venin d'Hélaquin. Il lui reste peut-être vingt minutes avant de mourir.

– Comment faire pour la guérir ? demanda Skully.

La sirène d'alarme poussa un ultime ululement, avant de se taire. Les extincteurs s'arrêtèrent eux aussi.

– Je n'ai pas vu ce venin depuis cinquante ans, dit Tapalœil. Je n'ai pas d'antidote ici. Mais il y en a au Sanctuaire, si on arrive à temps.

– Je vais éloigner la Grotesquerie, déclara Valkyrie. Rendez-vous à la voiture.

Skully leva brusquement la tête.

– Hein ? Non ! Tu emmènes Tanith…

– Ne lui répétez pas, répondit Valkyrie, mais elle est trop lourde pour que je la porte.

Et elle s'enfuit avant que le squelette puisse l'arrêter.

– Valkyrie ! rugit-il.

Elle courait à toute vitesse. Ses bottes produisaient de grands *floc !* sur le sol mouillé. Face à elle, la Grotesquerie écarta les bras, comme pour l'accueillir. Impossible de passer d'un côté ou de l'autre et, contrairement à Tanith, elle ne possédait pas le don de marcher au plafond. Par conséquent, quand la créature voulut l'attraper, Valkyrie se jeta à terre et glissa à plat ventre sur le sol, entre ses jambes. Une fois l'obstacle franchi, elle se releva précipitamment et se remit à courir. Elle jeta un coup d'œil par-dessus son épaule. La Grotesquerie se retournait pour la suivre.

Ça a marché ! Et maintenant, je fais quoi ?

Au moment où elle tournait au coin du couloir, Skully lui cria quelque chose, « l'ennui sans lui », ou un truc dans ce genre. Elle continua à courir. Elle passa devant les ascenseurs, hors service à cause de l'alerte au feu, et prit la direction de l'escalier. La Grotesquerie n'était même pas encore arrivée au coin. Valkyrie ralentit pour reprendre son souffle, en gardant les yeux fixés sur le coude du couloir. « L'ennui sans lui » ? Qu'avait donc voulu dire Skully ?

Soudain, la Grotesquerie surgit. L'escalier de service, celui qui rejoignait l'escalier principal situé derrière l'écran se trouvait juste dans son dos. Elle se tint prête à courir si jamais ce monstrueux patchwork lui réservait de nouvelles surprises.

Mais, soudain, il disparut, comme s'il avait été avalé par le vide qui l'entourait. Valkyrie demeura bouche bée. Encore un de ses dons d'hybride, à l'instar du dard empoisonné, de l'acide et du bras qui s'effilochait : la téléportation.

Skully n'avait pas dit : « l'ennui sans lui », il avait dit : *La nuit s'enfuit*. C'était le titre d'un des premiers best-sellers de Gordon. Le roman décrivait une créature, un Shibbach, capable d'apparaître n'importe où, de commettre un meurtre effroyable, décrit avec un excès de détails, puis de disparaître pour ressurgir cent kilomètres plus loin. Valkyrie repensa alors à Gordon, au Gordon de la Pierre d'Écho qui lui avait parlé des morceaux de Shibbach utilisés par Vengeous pour son sinistre assemblage.

Elle n'eut même pas besoin de se retourner pour savoir que la Grotesquerie était derrière elle. Elle voulut s'enfuir, mais sa botte glissa sur le sol mouillé, juste au moment où la main droite de la créature allait se refermer sur son bras. Elle bascula sur le côté, entrevit la tête bandée de la Grotesquerie et dégringola dans l'escalier. L'arrivée fut douloureuse. Elle agrippa la rampe pour se relever. Au moins, elle avait atteint l'escalier principal. Elle dévala les marches deux par deux, au risque de se briser le cou.

Une fois en bas, elle fonça vers l'écran, le traversa et sauta au pied de la scène. Elle se précipita vers la sortie, poussa la porte d'un coup d'épaule et le soleil de la mi-journée lui fit l'effet d'un coup de poing au visage.

– Valkyrie ! cria Skully.

La Bentley était droit devant, moteur allumé. Un peu plus loin, sur la chaussée, le Baron Vengeous marchait à grands pas vers eux, suivi de Sanguin, de Dusk et de sa meute d'Infectés.

La Grotesquerie surgit de nulle part, avec un petit bruit sourd. Valkyrie l'esquiva et s'élança, alors que la Bentley démarrait. Elle sauta vers la vitre baissée. Tapalœil la saisit par les épaules pour la tirer à l'intérieur, pendant que Skully écrasait l'accélérateur. Tanith était allongée sur le siège arrière, toujours évanouie. Après s'être redressée, Valkyrie se retourna et vit le Baron Vengeous s'approcher de la Grotesquerie.

Celle-ci tourna la tête. Son regard sans yeux resta fixé sur la voiture.

– Ta ceinture, ordonna Skully.

28
Les gentils se rassemblent

Flanqué des Fendoirs, Bliss attendait à l'arrière du Sanctuaire. La Bentley pila et Bliss ouvrit la portière d'un geste brusque. Il prit Tanith dans ses bras pour la sortir de la voiture. Elle respirait à peine et ses veines ressemblaient à des toiles d'araignée jaunâtres qui s'étendaient sous sa peau cireuse.

– Dégagez ! Dégagez ! grommela Tapalœil en écartant tous ceux qui se trouvaient sur son chemin.

Bliss déposa Tanith par terre et remit au vieux savant trois feuilles d'arbre de couleurs différentes. Tapalœil les enroula les unes autour des autres, bien serrées, et les coinça entre ses paumes jointes, en fermant les yeux. Une lumière apparut, si puissante que ses mains devinrent presque translucides. Valkyrie apercevait les os de ses doigts.

La lumière décrut. Bliss tendit alors une sorte d'éprouvette et Tapalœil entrouvrit les mains. Une fine poudre multicolore coula dans le tube. Bliss y ajouta quelques gouttes d'un liquide carmin qui dégageait une vague odeur de soufre. Tapalœil prit le tube et l'agita pour bien mélanger le contenu. Bliss lui tendit ensuite un pistolet seringue, dans lequel le vieux savant introduisit le tube.

– Tenez-la, ordonna-t-il.

Bliss appuya sur les épaules de Tanith, Skully lui tint un bras et Valkyrie immobilisa l'autre. Les Fendoirs lui bloquèrent les jambes. Tapalœil appliqua le canon de la seringue dans le cou de Tanith ; il se produisit un sifflement d'air comprimé. Le mélange se répandit dans son sang.

Tanith se débattit. Valkyrie laissa échapper le bras ; elle le reprit, lutta pour tenter de le plaquer au sol et, finalement, elle dut s'agenouiller dessus. Tanith se cabrait et gesticulait furieusement, tandis que l'antidote circulait dans son organisme. Ses veines jaunes se gonflèrent et rougirent, ses muscles se raidirent.

– Veillez à ce qu'elle n'avale pas sa langue, dit Tapalœil.

Finalement, tout le corps de Tanith se relâcha et ses veines disparurent sous la peau. Son visage retrouva des couleurs.

– Elle va s'en tirer ? demanda Valkyrie.

Tapalœil haussa un sourcil.

– Suis-je un génie des sciences de la magie ?

– Oui.

– Alors, évidemment qu'elle va s'en tirer. Hélas, je ne peux pas en dire autant de mes deux assistants.

Savez-vous comme il est difficile de trouver de bons assistants de nos jours ? Certes, ils n'étaient pas très doués ni l'un ni l'autre, je vous l'accorde, mais… c'étaient de charmants garçons. Ils ne méritaient pas de mourir de cette façon. (Il se tourna vers Skully.) Vous allez mettre fin à tout ça, hein ?

– Comptez sur nous.

Tapalœil se releva.

– Très bien. Transportons-la à l'intérieur.

Valkyrie avait mal partout. Son bras était ankylosé et son corps couvert d'ecchymoses. Elle s'était fendu la lèvre sans s'en apercevoir et, pour une raison quelconque, l'accident de voiture certainement, ou bien sa chute dans l'escalier, elle avait un œil au beurre noir.

Tanith était assise à côté d'elle, la mine boudeuse. Tanith boudait toujours quand elle perdait un combat. Après avoir affronté le Fendoir blanc l'année précédente, elle avait passé presque toute sa convalescence à regarder par la fenêtre en broyant du noir.

L'antidote avait neutralisé les effets du venin d'Hélaquin et la plaie ouverte par le dard, recousue, commençait à cicatriser. Dès qu'elle avait retrouvé des forces, elle était allée affûter son épée. Celle-ci reposait maintenant sur la table devant eux, dans son fourreau noir.

Ils se trouvaient dans la salle de réunion du Sanctuaire. Mr Bliss était assis en bout de table et Skully était adossé au mur, les bras croisés. La porte s'ouvrit. Guild entra d'un air hautain.

– Qui dois-je tenir pour responsable ? gronda-t-il. Je vous écoute. Qui ? La Grotesquerie était entre nos mains, paraît-il ? Nous la détenions et je n'en ai pas été informé ?

– J'assume l'entière responsabilité, déclara Skully.

– Vraiment ? Voilà qui ne manquerait pas de noblesse, si je ne vous tenais pas pour responsable de toute manière ! Vous avez agi dans mon dos, détective. Vous avez requis les services de trois Fendoirs pour monter la garde et vous n'avez pas suivi la procédure. Où sont les Fendoirs à l'heure qu'il est ?

Skully hésita.

– Ils ont été tués, avoua-t-il.

– Oh, voilà une excellente nouvelle, n'est-ce pas ? ironisa Guild. Dites-moi un peu : y a-t-il dans cette opération un seul élément que vous n'avez pas salopé ?

– Elle n'est pas encore terminée.

Guild le foudroya du regard.

– Estimez-vous heureux que je vous laisse entrer ici, détective. J'ignore comment Eachan Meritorious exerçait sa fonction, mais sachez que le nouveau Conseil ne tolérera pas votre conduite inconsciente !

– Le Conseil d'une seule personne, marmonna Tanith.

Guild se retourna vivement.

– Pardon ? Je n'ai pas bien entendu. Pouvez-vous répéter ce que vous avez dit afin qu'on en profite tous ?

Tanith soutint son regard.

– Certainement. J'ai dit : « Le Conseil d'une seule personne », pour souligner le fait que le Conseil n'est pas digne de ce nom tant qu'il n'est pas composé de trois membres.

Le Vieux Mage se hérissa.

– Votre opinion ne compte pas dans ce pays, Miss Low. Vous travaillez pour le Sanctuaire de Londres, vous ne devriez même pas être ici.

– En vérité, je suis free-lance, rétorqua Tanith.

– Et c'est moi qui ai sollicité son aide, déclara Skully. Il me semble que nous pourrions en avoir besoin. N'avez-vous pas dit qu'il faudrait faire appel à des renforts ?

Le visage de Guild vira au cramoisi, mais Bliss intervint avant qu'il se remette à brailler :

– Toutes les propositions d'aide internationale ont été retirées. Au cours des dernières heures, diverses personnes liées à quasiment tous les Sanctuaires à travers le monde ont été victimes d'agressions mortelles.

– Une manœuvre de diversion, destinée à monopoliser toutes nos forces, expliqua Skully. Nous nous retrouvons isolés.

– En effet.

– Qui est assez puissant pour organiser tout ça ? demanda Valkyrie. Vengeous ?

– Ces attaques ont nécessité une longue préparation, dit Skully. Vengeous n'avait pas assez de temps.

– Concentrons-nous plutôt sur l'autre problème, déclara Guild d'un ton cassant. Nous devons retrouver la Grotesquerie et la neutraliser. Voilà quelle doit être notre seule et unique préoccupation.

– L'éclipse de lune va avoir lieu cette nuit à minuit dix, dit Bliss. Cela nous laisse donc neuf heures avant que la Grotesquerie soit suffisamment puissante pour ouvrir le portail.

Guild posa les mains à plat sur la table.

– Et alors, qu'avons-nous décidé ? demanda-t-il. Je vous en supplie, ne me dites pas que nous allons rester assis là, à attendre qu'il se passe quelque chose !

– Nous avons placé tous les médiums et les voyants que nous connaissons en état d'alerte, dit Skully.

– Et s'ils ne trouvent rien, squelette ?

Skully, toujours adossé au mur, les bras croisés, renversa la tête et regarda le Grand Mage.

– Dans ce cas, dit-il, je suggère que l'on mène l'enquête.

– Qu'est-ce que ça veut dire ? s'emporta Guild. Nous sommes confrontés à une menace généralisée qui pourrait déboucher sur la fin du monde et vous parlez de *mener l'enquête* ?

– Je suis détective. Je mène des enquêtes.

– Vous n'avez guère fait de prouesses dans ce domaine, n'est-ce pas ?

Cette fois, Skully se redressa, les mains le long du corps.

– Raisonnons à l'envers, dit-il, sans perdre son

calme. Une ou plusieurs personnes, inconnues, ont fait en sorte de nous isoler, juste au moment où nous avions besoin de renforts pour neutraliser la Grotesquerie. Celle-ci fait des siennes car Vengeous a fini par se procurer les ingrédients dont il avait besoin. Il est sorti de sa prison secrète car Billy-Ray Sanguin s'est introduit dans sa cellule pour le libérer. Billy-Ray Sanguin savait où était située cette prison secrète car un individu haut placé lui a transmis cette information.

– Vous recommencez à vous éloigner du sujet, commenta Guild.

– Un individu haut placé, poursuivit Skully, lui a transmis cette information en échange, sans doute, d'une forte récompense. C'est à partir de là que je spécule. Il est possible que ce même individu se soit hissé à ce poste élevé en promettant, une fois en place, de découvrir et de divulguer l'emplacement de cette prison secrète. Cet individu a conclu un accord avec une ou plusieurs personnes inconnues, probablement celle ou celles qui nous ont isolés de la communauté internationale. Mais il est fort probable qu'il ignorait *qui* ces mystérieux bienfaiteurs voulaient faire sortir de cette prison, et *pourquoi*.

Guild plissa les yeux.

– J'espère que vous n'êtes pas en train de suggérer ce que je crois.

D'un mouvement de tête, Skully montra un fin dossier posé sur la table.

– Voici la liste de toutes vos rencontres avec les autres Conseils dans le monde entier depuis que vous avez été élu Grand Mage. En gros, vous avez eu deux fois plus de contacts avec le Conseil russe qu'avec n'importe quel autre.

– Il s'agit là d'affaires officielles relatives au Sanctuaire, qui ne vous regardent absolument pas !

Les veines saillaient dans le cou de Guild.

– Trois de ces rencontres concernaient des questions de sécurité relatives aux activités de Serpine. Au cours de ces réunions, vous avez eu connaissance d'informations confidentielles parmi lesquelles, entre autres, les emplacements de diverses prisons secrètes situées en territoire russe.

Guild marcha vers Skully d'un pas décidé et, l'espace d'un instant, Valkyrie crut qu'il allait le frapper. Le squelette ne bougea pas d'un centimètre.

– M'accusez-vous d'avoir facilité une évasion ?

– Comme je le disais, répondit Skully, ce sont des spéculations. Mais, si je devais vous accuser de quelque chose, je pencherais plutôt pour la trahison.

– Vous êtes renvoyé !

Skully pencha la tête sur le côté.

– Vous ne pouvez pas vous permettre de me perdre.

– Oh, que si ! ricana Guild en se dirigeant vers la porte.

– J'ai un travail à accomplir, dit Skully, et j'ai bien l'intention d'aller jusqu'au bout. Vous êtes peut-être un traître, Guild, mais pas plus que moi vous n'avez envie de voir revenir les Sans-Visage.

Arrivé à la porte, le Grand Mage se retourna, la bouche déformée par un rictus.

– Dans ce cas, faites votre travail, détective. Capturez la Grotesquerie. Et une fois que ce sera fait, ne remettez plus jamais les pieds ici.

Sur ce, il quitta la pièce et tout le monde resta muet pendant un moment. Finalement, Skully hocha la tête.

– Je crois sincèrement qu'il commence à m'apprécier.

29
Une piste

Ils quittèrent le Sanctuaire et parcoururent les rues étroites de Dublin. Skully gara la Bentley une fois qu'ils eurent atteint le secteur de Temple Bar et ils finirent le chemin à pied. Malgré son déguisement, il attirait, comme toujours, les regards des gens qui entraient et sortaient des nombreux pubs et restaurants.

Ils traversèrent la place et zigzaguèrent au milieu de la centaine d'étudiants affalés sur les marches. Valkyrie aimait Temple Bar ; c'était un quartier plein de vie, rempli de musique et de rires, d'individus qui bavardaient. Mais s'ils ne parvenaient pas à neutraliser la Grotesquerie avant que cette nuit s'achève, tout cela ne serait plus que ruines, poussière et hurlements.

Ils arrivèrent devant une boutique dont la façade s'ornait d'une fresque aux couleurs éclatantes. Skully frappa à la porte. Des voix leur parvinrent de l'intérieur et, quelques secondes plus tard, la porte s'ouvrit dans un bruit de ferraille. Un homme d'une vingtaine d'années apparut. Ses sourcils, son nez, ses oreilles, ses lèvres et sa langue étaient percés et il portait un vieux jean, un T-shirt de Thin Lizzy et un collier de chien.

– Salut, Finbar, dit Skully. Je viens chercher mes affaires.

– Squelettos ? fit le dénommé Finbar d'un ton qui suggérait que cette hébétude était son état naturel. C'est toi ? C'est quoi, ces tifs et ces lunettes géantes, mec ?

– Un déguisement.

– Oh, OK. Pigé. Chouette. Ça fait un bail, non ?

– Depuis la dernière fois qu'on s'est parlés.

– Ouais. Des années, au moins.

– C'était le mois dernier, Finbar.

– Ah ? Bon, OK. C'est qui que t'as avec toi ?

– Je m'appelle Valkyrie Caïne, dit la jeune fille en lui serrant la main.

Il portait des bagues à chaque doigt.

– Valkyrie Caïne, répéta Finbar en faisant rouler ce nom dans sa bouche. Cool. Moi, je m'appelle Finbar Wrong. Je suis un vieil ami de Squelettos, pas vrai ?

– Pas exactement.

Finbar secoua la tête.

– C'est juste, je dirais pas qu'on est *amis*. Associés, plutôt ou… ou… non, pas collègues… Bref, on se connaît, quoi, mais…

– Je suis obligé de te presser un peu, dit Skully. Je t'ai confié une petite mallette pour que tu la gardes et j'ai besoin de la récupérer.

– Une mallette ?

– Noire. Je t'ai expliqué que je devais planquer des fournitures quelque part, en cas d'urgence.

– Y a une urgence ?

– J'en ai peur.

Finbar ouvrit de grands yeux et ses anneaux brillèrent dans l'éclat du soleil.

– Oh, mec ! Je vais pas mourir, dis !

– J'espère que non.

– Moi aussi, mec. Moi aussi. J'ai encore un tas de trucs à vivre. Hé, je t'ai dit que Sharon et moi, on allait se marier ? Enfin !

– Finbar, j'ignore qui est cette Sharon et j'ai absolument besoin de cette mallette.

– OK, mec. Je vais voir si je la retrouve. Elle est forcément quelque part, pas vrai ?

– C'est ce que suggèrent les lois de la probabilité.

Finbar disparut dans la boutique et Valkyrie se tourna vers Skully.

– Qu'y a-t-il dans cette mallette ? demanda-t-elle.

– Ma deuxième arme, quelques balles, diverses petites choses, une bombe à pointes, un vieux livre de poche que je n'ai jamais lu, un jeu de cartes…

– Une ?

– Hein ? Oui.

– C'est quoi, une bombe à pointes ?

– Une bombe avec des pointes à l'intérieur.

– Vous avez confié une bombe à ce type ? C'est pas dangereux ?

– Il s'agit d'une bombe, Valkyrie ! Évidemment que c'est dangereux. La mallette, en revanche, est parfaitement sûre. Qu'il s'en soit servi comme table basse, comme tabouret ou qu'il ait passé ces dernières années à la lancer dans l'escalier, son contenu sera toujours intact. À condition qu'il la retrouve.

Finbar réapparut.

– Je chauffe, mec, je le sens. Elle n'est pas devant, alors je me dis qu'elle doit être au fond. Je vais aller jeter un œil. Vous voulez entrer ?

– On est bien dehors, répondit poliment Valkyrie.

– OK, cool. Z'êtes sûrs ? Squelettos ? Sharon est là, mec. Pourquoi tu viens pas lui dire bonjour ?

– Parce que je ne la connais pas, Finbar.

– Bon, d'accord, OK.

Sur ce, Finbar repartit.

Valkyrie consulta l'horloge de son téléphone portable. Si elle avait été chez elle à cet instant, si elle avait mené une existence normale, elle serait sans doute en train de choisir une tenue pour la réunion de famille. Ce serait vite fait. Dans sa penderie, elle n'avait qu'une seule robe, qu'elle portait rarement, et toujours à contrecœur. Les Jumelles Toxiques avaient certainement commencé leur programme beauté à cette heure, en appliquant quatre-vingt-quatre couches de maquillage, avant de décider quel était le rouge à lèvres le plus tarte. Valkyrie se réjouissait de pouvoir envoyer son reflet à sa place.

– Oh, mince ! s'exclama-t-elle.

– Qu'y a-t-il ?

– Le reflet ! Il est resté dans le coffre de la Bentley.

Skully pencha la tête sur le côté, comme à son habitude.

– Oh, oh. Il semblerait qu'on ait oublié ce détail…

Valkyrie ferma les yeux.

– Si je ne vais pas à cette réunion, maman va piquer une crise.

– Vois les choses du bon côté : si le monde disparaît, tout cela n'aura aucune importance.

Elle réfléchit un instant, puis hocha la tête.

– C'est une maigre consolation, je le reconnais, dit Skully.

Finbar revint en traînant les pieds et en tenant une mallette noire.

– Je l'ai, mec ! Si je la trouvais pas, c'est parce qu'elle était par terre et quelqu'un dormait dessus. Il s'en servait comme oreiller. Mais bon, la voilà…

Skully lui prit la mallette.

– Merci infiniment, Finbar.

– *No problemo*, mec. Hé, cette urgence, c'est du sérieux ?

– Oui.

– Tu as besoin d'aide ? Ça fait une paye que je suis pas allé sur le terrain… ou que j'ai pas franchi cette porte, mais j'ai toujours la niaque.

– J'en suis sûr. On pourra se débrouiller sans toi.

– Bon. OK. C'est sans doute mieux. En fait, je sais pas si j'ai toujours la niaque. Je sais même pas si je l'ai eue un jour, mais… qu'est-ce qu'on disait, déjà ?

– On disait : « Félicitations pour ton futur mariage avec Sharon. »

– Oh, merci, Squelettos.

– Je suis sûr que vous serez très heureux ensemble.

– Ouais, moi aussi. Je la connais depuis trois jours seulement, mais parfois, il faut… faut se marier… avec quelqu'un… (Il s'interrompit au milieu de sa phrase, visiblement désorienté.) Enfin, je crois.

– Bien, dit Skully, merci de m'avoir gardé ça. Porte-toi bien.

– Compte sur moi. Hé, c'est qui qu'est avec toi ?

– Valkyrie. Elle s'est présentée, déjà.

– Non, pas elle, mec. Le type en noir.

Valkyrie se raidit et résista à l'envie pressante de se retourner.

– Où est-il ? demanda Skully.

– De l'autre côté de la rue. Il fait un max d'efforts pour pas se faire repérer, mais tu me connais, Squelettos. J'ai des yeux de… C'est quoi le nom de cette bestiole à plumes ?… Des yeux d'aigle.

– Il nous observe ?

– Ouais. Attends… non. C'est pas toi qu'il observe. C'est *elle*.

– À quoi il ressemble ? demanda Valkyrie.

– Il a des cheveux noirs, le teint pâle. Et une vilaine cicatrice sur le visage. On dirait un vampire.

– Tu ferais mieux de rentrer, dit Skully. Et verrouille ta porte.

– Fais-moi confiance, mon pote. Je garderai mon crucifix à portée de main.

– Les vampires n'ont pas peur des crucifix, Finbar.

– J'ai pas l'intention de lui agiter devant le nez, c'est pour l'assommer. Il est super lourd. Je parie que je peux lui défoncer le crâne avec ce truc.

Il recula et ferma sa porte.

Skully et Valkyrie traversèrent Temple Bar en sens inverse pour rejoindre la Bentley.

– Dusk nous suit toujours ? demanda Valkyrie à voix basse.

– Je suppose. Voilà l'occasion qu'on attendait. Dusk a un compte à régler avec toi. On a de la chance, en vérité.

– Oui, énormément, répondit Valkyrie d'un ton cassant. C'est une sacrée chance qu'un vampire veuille me tuer. Vous comptez l'attirer dans un piège peut-être ?

– Exactement. Mais pas ici. Il ne s'approchera pas suffisamment. Il doit croire que tu es seule.

Valkyrie plissa les yeux.

– C'est curieux, j'ai l'impression que vous allez me demander de servir d'appât…

– Tu dois assister à la réunion.

– Non, non et non.

– Tu ne peux pas rester près de moi, de Tanith ou de n'importe quel sorcier. Dusk ne courra pas le risque, sinon. Il frappera seulement quand il pensera que tu es seule. Ainsi, il pourra prendre son temps pour te tuer.

– Vous me rassurez.

– Tu iras à cette réunion.

Valkyrie soupira.

– Tanith et moi, on restera à proximité. Dès que Dusk tentera quelque chose, on interviendra.

– Mais ma famille… mes tantes, mes oncles, mes cousins et cousines, mes cousins et cousines issus de germain…

– On les protégera.

– Quoi ? Oh, non, je voulais dire que les gens de ma famille sont vraiment, *vraiment* insupportables. Quand ils sont ivres, ils se mettent à danser et… et c'est horrible.

– Tu vas bien t'amuser.

– Je vous déteste.

– Je sais.

30

Duel

Juché sur le toit de l'hôpital de Clearwater, Jack A. Ressort contemplait la créature ; il en admirait la beauté et la sauvagerie, la puissance pure qui s'en dégageait, même de là où il se trouvait.

– C'est quelque chose, hein ?

Jack effaça de son visage toute trace d'admiration et se retourna, alors que Sanguin marchait vers lui d'un pas tranquille.

– Tu m'as menti !

Sanguin hocha la tête.

– En effet. Comment nous as-tu retrouvés ?

– C'est toi qui m'as indiqué cet endroit, tu ne te souviens pas ?

– Ah bon ? Je ne sais pas tenir ma langue. Alors, tu as vu la bestiole en bas ? Qu'en penses-tu ?

– Tout ça, c'est lié aux Sans-Visage, dit Jack et il frappa Sanguin.

Le Texan recula en titubant. Au moment où il se relevait, Jack lui décocha un coup de pied qui l'expédia par-dessus la corniche du toit. Il sauta dans le vide, exécuta un saut périlleux et atterrit sur le sol à côté de Sanguin.

– Ouille, fit celui-ci, couché sur le dos.

Il avait perdu ses lunettes noires dans la chute et Jack voyait les trous à la place des yeux.

– Je n'aime pas qu'on se serve de moi, dit Jack.

– Si je m'étais excusé, est-ce que tu m'aurais quand même balancé du toit ?

– Probablement.

– Je m'en doutais.

La jambe de Sanguin jaillit et sa botte vint heurter le genou de Jack. Celui-ci roula sur lui-même et bondit ; il plaqua Jack contre le mur pour le rouer de coups de poing. Le chapeau de Jack tomba.

Sanguin balança un direct, mais Jack esquiva. Le poing de Sanguin s'écrasa contre le mur ; il hurla de douleur. Jack le repoussa afin d'avoir assez de place pour manœuvrer, puis il fit un bond et décocha un coup de pied en l'air. Sanguin se retrouva au tapis.

– Tu ne peux pas me battre, Yankee, grogna Jack.

– Les Yankees, c'est les gars du Nord, marmonna Sanguin en se relevant. Moi, je suis du Sud.

Il attaqua de nouveau. Jack esquiva en se jetant sur le côté. Sanguin laissa échapper un grognement de frustration. Jack lui balança une taloche, suivie d'un autre coup de pied, en pleine tête, et Sanguin s'écroula une fois de plus.

Jack le toisa.

– Alors, où est-il ? Où est Vengeous ?

– Il est pas là pour l'instant, répondit Sanguin, sans essayer de se relever.

– Il n'y a que toi et lui, c'est ça ? Toi, lui et cette chose ?

– On a des vampires aussi. Tu connais Dusk ?

– Je l'ai rencontré à Londres, un jour. Il n'avait pas compris que les toits étaient mon territoire. Il s'est ensuivi une petite bagarre, disons.

Sanguin se redressa en position assise et gémit.

– J'aimerais beaucoup vous voir vous entretuer, mais il n'est pas dans les parages, lui non plus. Il est parti se venger, il a un compte à régler avec une fille à Haggard.

– Tu t'es servi de moi, Sanguin.

Lentement, Sanguin tendit la main pour ramasser ses lunettes noires, puis se releva.

– Tu es venu jusqu'en Irlande pour me tirer les oreilles ?

– Je suis venu pour savoir ce que vous manigancez.

– Et ensuite ?

– Si ça ne me plaît pas, j'y mettrai fin.

Sanguin avait chaussé ses lunettes ; il éclata de rire.

– Cette bestiole en bas, voilà ce qu'on mijote. Tu veux intervenir ? Vas-y, je t'en prie, mon vilain petit ami.

Le sol se mit à trembler sous les pieds de Sanguin.

– Retourne à Londres, Jack. Tu ne peux rien contre nous ici. On est trop forts, mon pote. Comment pourrais-tu contrecarrer nos plans ?

Avec un large sourire, Sanguin s'enfonça dans le sol, puis disparut.

31

Réunion de famille

Après avoir vérifié que ses parents étaient partis à la réunion et que la maison était vide, Valkyrie en ressortit et agita le bras. La Bentley s'avança, Skully en descendit et ensemble ils extirpèrent du coffre le corps inanimé du reflet pour le transporter à l'intérieur, au premier étage.

Ils le placèrent devant le miroir et le laissèrent basculer lentement vers l'avant. Le reflet traversa la glace et s'écroula sur le plancher de l'image de la chambre. Après quelques secondes, il s'étira et se releva. Valkyrie dut lutter contre un sentiment de culpabilité irrationnel en songeant à ce qu'ils avaient fait subir à son reflet. Il lui semblait voir dans ses yeux une expression de reproche. Elle appuya la paume contre le miroir et les souvenirs du reflet se déversèrent dans son esprit.

Soudain, elle porta sa main à sa poitrine et recula d'un pas.

– Oh !

Skully la retint prestement.

– Ça ne va pas ? demanda-t-il.

– Je viens d'éprouver ce que ça faisait de se faire tirer dessus.

– C'était amusant ?

– Bizarrement, non.

Elle se redressa. Dans le miroir, son reflet avait retrouvé une apparence normale.

– Ça va aller, dit-elle.

– Dans ce cas, je te laisse. Tu vas devoir marcher jusqu'au club-house, j'en ai peur. Mais n'aie crainte, nous te surveillerons.

– Supposons que j'aille à la réunion et que Dusk ne tombe pas dans le panneau ? On aura perdu notre temps.

– Nous n'avons pas le choix, Valkyrie. Tu vas mettre une robe ?

– Vous êtes sûr que je ne peux pas y aller comme ça ?

– Il se méfiera déjà suffisamment. Tu dois donner l'impression de ne te douter de rien.

– Soit, grogna-t-elle. Allons-y pour une robe.

– Je parie que tu seras très jolie ! lança Skully en quittant la pièce.

Elle le rappela.

– S'ils se mettent à chanter en chœur, le monde se défendra tout seul, d'accord ?

Il était déjà dans l'escalier quand il répondit :

– Normal !

Valkyrie fronça les sourcils. Les souvenirs du reflet s'étaient mélangés aux siens, en prenant leur place comme toujours, mais il y avait quelque chose de bizarre. Un sentiment. Elle secoua la tête. Non, son reflet était incapable d'éprouver des sentiments. Ce n'était qu'un réceptacle, une enveloppe qui absorbait les expériences pour les retransmettre ensuite. Il n'y avait jamais ni sentiments ni émotions. D'ailleurs, Valkyrie n'était même pas certaine que cette chose inhabituelle soit réellement une émotion ; ça planait dans un coin de son esprit, inaccessible. Chaque fois qu'elle essayait de se concentrer dessus, ça décampait.

Non, il ne s'agissait pas d'une émotion, mais il y avait quand même un truc. Qu'elle n'arrivait pas à définir. Un point obscur dans sa mémoire. Son reflet lui avait caché quelque chose.

Ce n'est certainement pas bon signe, se dit Valkyrie.

Il y avait plus de monde qu'elle l'avait imaginé. Les convives remplissaient presque entièrement la salle de réception du club-house ; ils bavardaient, riaient, se serraient la main, s'étreignaient. Des tantes et des oncles, des cousins et des cousines de tous les degrés qui s'unissaient pour former une cacophonie qui submergea Valkyrie au moment où elle ouvrit la porte.

La plupart de ces personnes, elle ne les connaissait pas ; elle ne les avait jamais vues et ne les reverrait jamais. Et on ne pouvait pas dire que ça la chagrinait ; elle n'avait pas l'impression de passer à côté d'une chose extraordinaire.

Sa robe noire était jolie, il fallait le reconnaître. En revanche, elle ne se sentait pas très à l'aise dedans. Si Dusk tombait effectivement dans le piège et essayait de l'attaquer, elle regretterait de ne pas être en pantalon et en bottes.

– Stephanie ?

Elle se retourna. L'homme qui l'avait apostrophée avait une quarantaine d'années. Sa tentative pour masquer sa calvitie en ramenant ses cheveux sur le dessus de son crâne n'était ni discrète ni réussie.

– Stephanie, c'est bien ça ? La fille de Desmond ?

Elle plaqua un sourire sur son visage.

– Oui, c'est bien moi.

– Ah ! Formidable ! s'exclama l'homme en la serrant dans ses bras pendant deux longues et pénibles secondes.

Il la relâcha et recula. Ce mouvement brusque avait fait retomber sa longue mèche sur le côté, mais Valkyrie jugeait plus poli de ne faire aucune remarque.

– La dernière fois que je t'ai vue, tu étais haute comme trois pommes à genoux ! Tu devais avoir… quatre ans, je dirais ? Tu étais toute petite ! Et maintenant, regarde-toi ! Tu es splendide ! Je n'en reviens pas comme tu as grandi.

– En neuf ans, on pousse.

– Tu ne te souviens pas de moi, je parie ? dit-il en agitant l'index pour une raison inconnue.

– Gagné.

– Essaie de deviner.

– Aucune idée.

– Allez, creuse-toi la cervelle, essaye de te souvenir !

– Je ne sais pas, dit-elle en articulant bien au cas où il n'aurait pas compris.

– Je vais te donner un indice. Ton grand-père et mon père étaient frères.

– Vous êtes le cousin de mon père.

– Oui ! exulta-t-il. Alors, tu te souviens maintenant ?

Elle l'observa en s'interrogeant sur cette énigme : cet homme, comme la plupart des gens réunis ici ce soir, descendait directement d'une race d'Anciens aux super pouvoirs magiques et pourtant, en le regardant, on avait l'impression qu'il aurait du mal à traverser la rue tout seul.

– Il faut que j'y aille, dit-elle en montrant un point derrière l'épaule gauche du raseur.

Il se retourna et elle en profita pour filer de l'autre côté.

Valkyrie sortit son portable pour voir l'heure et se surprit à attendre avec impatience l'attaque d'une meute de vampires. Elle endurait un supplice cruel et, si cette soirée devait être la dernière de sa vie, ce n'était vraiment pas juste. Elle salua d'un signe de tête quelques personnes qu'elle reconnaissait vaguement, mais en continuant son chemin, avant qu'ils puissent lui dire combien elle avait grandi.

C'est alors que les Jumelles Toxiques lui bloquèrent le passage. Les cheveux peroxydés de Crystal étaient si raides qu'ils semblaient avoir été repassés, alors que les anglaises de Carol ressemblaient à une meute de vers s'agitant pour retrouver leur liberté.

– On se doutait bien que tu serais là, dit Crystal sans dissimuler son dégoût.

– C'est le terme « réunion de famille » qui vous a mises sur la voie ?

– Ravie de voir que tu n'as pas perdu trop de temps à t'habiller, ironisa Carol et les deux sœurs ricanèrent.

– Qu'est-ce que tu viens faire ici, d'ailleurs ? demanda Crystal. On n'a plus d'oncle riche que tu pourras dépouiller avant qu'il casse sa pipe.

– Oh, ça fait plaisir de voir que vous avez enfin tourné la page.

Les jumelles s'approchèrent et firent de leur mieux pour essayer de la toiser. Pas facile, étant donné qu'elles mesuraient quatre centimètres de moins que Valkyrie.

– Tu nous as dépouillées de notre héritage, dit Carol, la bouche déformée par un rictus peu séduisant. Cette maison que t'a léguée Gordon aurait dû être à nous. Tes parents avaient déjà eu droit à la villa en France ; il était normal que la maison nous revienne.

– Ç'aurait été plus équitable, renchérit Crystal. Mais il te l'a léguée à toi ! Tu as tout eu ! Tu crois qu'on peut oublier ça ?

– Regarde-toi ! cracha Carol avec une pichenette dans l'épaule de Valkyrie. Tu n'es qu'une gamine ! Tu n'as pas besoin d'une maison ! Nous, on a seize ans. Sais-tu ce qu'on pourrait faire si on possédait cette maison ? Les fêtes qu'on pourrait organiser ? Tu imagines comme ce serait cool ?

– Sais-tu seulement combien vaut cette baraque ? On la revendrait et on serait riches !

– Sauf qu'elle n'est pas à nous. Tu en as hérité car tu as fait de la lèche à l'oncle Gordon en jouant les petites nièces parfaites et, maintenant, tu fanfaronnes.

– Mais tu n'es qu'une sale petite gamine stupide. Tu ne connais rien, personne ne t'aime, et tu n'es même pas jolie !

Valkyrie regarda les jumelles.

– Vous savez quoi ? leur dit-elle. J'essaye de me souvenir si une fois seulement j'ai été blessée par toutes les horreurs que vous m'avez dites. Je me demande si vos menaces ont été efficaces. Et vous voulez que je vous dise ? Je crois que non.

Carol essaya de ricaner d'un air méprisant.

– Pourquoi ça ? reprit Valkyrie. Parce que je m'en fiche complètement. Je n'éprouve aucun sentiment pour vous, ni bon ni mauvais. À mes yeux… vous n'existez pas, tout simplement.

Les jumelles la foudroyèrent du regard et Valkyrie leur adressa un sourire gracieux.

– Passez une bonne soirée, dit-elle et elle les planta là.

Elle se faufila au milieu de la foule, en zigzaguant entre les tables et en évitant les grappes de gens. Elle avisa sa mère et parvint jusqu'à elle sans que quelqu'un tente de la serrer dans ses bras.

– Steph ! s'exclama sa mère d'un air radieux. Te voilà enfin ! Alors, comment s'est passée ta soirée d'hier ?

– Bien, mentit Valkyrie. Avec Hannah, on a bavardé jusque très tard. Des discussions de filles : les garçons et… le reste.

Elle s'aperçut qu'elle ne savait pas de quoi parlaient les filles de son âge.

– Et tu as mis ta robe ! dit sa mère. Elle est superbe.

– C'est pas ça qui m'aidera si jamais ça chauffe.

Sa mère l'observa.

– Parfois, tu es bizarre, Steph. Tu es là depuis longtemps ?

– Je viens d'arriver. Où est papa ?

– Oh, il traîne dans les parages. Tu connais les Edgley. Le moindre prétexte pour parler d'eux, ils sautent dessus. Tu t'amuses bien ?

Valkyrie haussa les épaules.

– Ça va. Je ne connais pas beaucoup de monde. Et toi ? Tu passes un bon moment ?

Sa mère éclata de rire et se pencha à son oreille.

– Emmène-moi loin d'ici, glissa-t-elle avec un sourire éclatant.

Valkyrie sursauta.

– Pardon ?

Sa mère hocha la tête comme si elle approuvait vigoureusement quelque chose.

– Si je reste ici une minute de plus, dit-elle, je vais exploser.

– Tu veux t'en aller ?

Sa mère salua quelqu'un d'un geste, puis reporta son attention sur Valkyrie, sans se départir de son grand sourire.

– Plus que tout au monde. Tu vois cette dame, là-bas ?

– Celle dont la tête a une drôle de forme ?

– Elle va parler de ses chiens toute la soirée. Elle en a trois. Des petits. C'est quoi, cette folie des petits chiens de nos jours ? Moi, je n'aime que les gros chiens.

– On va avoir un chien ?

– Hein ? Non. Ce que je voulais dire, c'est qu'il faut trouver un prétexte pour partir tôt.

Alors que Dusk et ses Infectés rôdaient au-dehors ? Pas question.

– On est ici pour papa, dit Valkyrie. On doit rester pour le soutenir. Lui, il le ferait pour toi.

– Oui, sans doute…

– Allons, maman, c'est juste une soirée. Après ça, tu ne seras plus obligée de voir tous ces gens.

– Je pensais que tu serais la première à foncer vers la sortie.

Valkyrie haussa les épaules.

– Oui, je sais. Mais des fois, je me dis que je ne passe pas assez de temps avec vous.

Sa mère l'observa de nouveau et son ton s'adoucit :

– Tu grandis. C'est vrai, ce serait fantastique si on pouvait passer du temps ensemble, comme autrefois, mais tu as besoin de respirer, tu as besoin d'intimité. Je comprends ça, ma chérie. Crois-moi.

– Tu regrettes notre vie d'avant ?

– Je mentirais si je disais non. Mais je profite de chaque instant au maximum. Tu passes beaucoup de temps dans ta chambre, et c'est très bien. Parfois, tu es distante, mais c'est bien aussi.

Valkyrie n'osait pas croiser son regard.

– Je ne fais pas exprès d'être distante.

Sa mère passa son bras autour de ses épaules.

– Je sais. Et tu ne l'es pas toujours. Par moments, comme maintenant, on dirait que rien n'a changé. Tu es toujours la Steph que j'ai connue.

– Mais à d'autres moments… je ne le suis plus, c'est ça ?

– Oui, sans doute, mais je t'aime quand même. Et ton papa et moi, on se réjouit de voir que tu es si raisonnable. D'autres enfants de ton âge cherchent les ennuis, ils se blessent, ils font Dieu sait quoi. Nous, au moins, on sait où tu es.

– Dans ma chambre, dit Valkyrie en essayant de sourire.

Elle pensa à son reflet, assis dans le canapé pendant que son père faisait une plaisanterie idiote ou debout dans la cuisine pendant que sa mère racontait sa journée. Mais elle arrêta d'y penser car ça lui nouait l'estomac.

Après tout, elle avait d'autres motifs de préoccupation ce soir.

32
Éclats d'ombre

China traversa très vite le parking souterrain, flanquée de ses gardes du corps. Leurs pas résonnaient dans ce vaste lieu silencieux. L'un des gardes, un dénommé Sev, s'arrêta soudain et se retourna. Il plissa les yeux.

– Y a un problème.

Sa collègue, un petit bout de femme nommée Zephyr, sortit un pistolet de sous sa veste.

– Miss Spleen, mettez-vous derrière moi.

China s'exécuta. Les deux gardes du corps pointaient leurs armes sur une zone apparemment déserte du parking. Autant que China pouvait en juger, il n'y avait là aucune menace potentielle, mais c'était justement pour cette raison qu'elle les avait engagés. Ils connaissaient leur métier. C'étaient les meilleurs.

Le Baron Vengeous avança dans la lumière. L'armure semblait faire partie de lui. Des filaments d'ombre dansaient au niveau des coutures comme s'ils cherchaient encore à s'habituer à leur nouvel occupant. Vengeous ne portait pas son casque, ce qui permettait d'admirer son sourire glacial. Son sabre d'abordage battait contre sa cuisse.

Sev et Zephyr réagirent à l'unisson. Des années passées à combattre côte à côte avaient aiguisé leurs talents et, quand ils étaient réunis, nul ne pouvait se dresser sur leur chemin.

Jusqu'à ce soir.

Zephyr voulut ouvrir le feu, mais une ombre se dressa devant elle et la frappa en pleine poitrine. Elle fut projetée en arrière, le souffle coupé. Sev parvint à tirer, mais l'obscurité le traversa de part en part ; il se raidit et s'écroula. Il était mort avant même d'atteindre le sol.

Vengeous se tourna alors vers China.

– Je t'avais dit que je reviendrais m'occuper de toi. Avant que je sois obligé de te faire du mal, dis-moi que tu as changé d'avis.

China redressa les épaules et répondit d'une voix légère qui indiquait qu'elle avait retrouvé son assurance habituelle :

– Tu veux savoir si j'ai décidé de rentrer au bercail ? J'ai peur que non. Mes raisons sont à la fois complexes et variées, mais elles peuvent se résumer assez simplement : je me suis aperçue que vous étiez tous cinglés et très horripilants. Toi, en particulier.

– Tu es courageuse de me provoquer ainsi.

– Je ne te provoque pas, mon mignon. Cette conversation me fatigue.

Sur ordre de Vengeous, les ombres s'animèrent et

China dut exécuter une pirouette pour les esquiver ; les ombres la frôlèrent à toute allure et allèrent percuter la voiture derrière elle.

Son rire s'éleva comme un chant d'oiseau.

– Si tu veux un conseil, dit-elle, laisse tomber. Enlève cette armure ridicule, abrège les souffrances de cette Grotesquerie et retourne dans la jolie petite cellule qu'ils t'ont gardée.

Zephyr tendit la main ; son arme jaillit dans sa paume et elle tira en visant la tête. Immédiatement, les ombres prirent l'apparence d'un nuage qui couvrit le visage de Vengeous, absorba les balles et les recracha. Quand le chargeur du pistolet fut vide, les ombres retombèrent.

– S'il te plaît, ironisa Vengeous, dis-moi que tu as mieux à offrir.

Zephyr se leva d'un bond et claqua des doigts. Une boule de feu fila vers le Baron, mais une vague de ténèbres se dressa et l'avala. Vengeous fit un geste et la vague alla s'écraser contre la combattante qui tituba. Quand elle tenta de repousser l'air, une ombre se referma sur son poignet et, d'un coup sec, l'envoya valdinguer. Elle heurta une voiture garée à proximité. L'ombre lui donna une chiquenaude ; elle percuta un pilier du parking et s'écroula au sol.

Vengeous se tourna alors vers China comme si Zephyr n'était qu'une vulgaire mouche embêtante qu'il avait été obligé de chasser.

– Tu te souviens des histoires qu'on nous racontait

quand on était enfants, sur le sort que les dieux mauvais réservaient aux traîtres ? Eh bien, toutes ces histoires vont devenir réalité pour toi. Tu seras le cadeau que je leur offrirai. Tu auras l'honneur d'être la première vie qu'ils dévoreront.

China ôta son blouson et le laissa tomber par terre. Elle expira. Des signes du noir le plus profond se gravèrent sur sa peau ; ils se répandirent sur ses bras nus, ses épaules et dans son cou, descendirent sur sa poitrine et s'insinuèrent sous ses vêtements. Ils s'imprimèrent sur son visage en s'entortillant pour dessiner des symboles. Elle regarda alors le Baron avec ses yeux bleus, le corps orné de ces magnifiques tatouages, et elle sourit. Vengeous lui rendit son sourire.

China croisa les bras et tapota les symboles identiques sur ses triceps. Ils se mirent à rougeoyer au moment où elle tendait les bras et une vibration bleutée visa Vengeous, qui la détourna grâce à un bouclier d'ombres. Celui-ci prit une forme effilée et glissa sur le sol à la manière d'un aileron de requin. China entrelaça les doigts et lança les paumes en avant. Les symboles qui s'y trouvaient se mélangèrent pour prendre l'apparence d'un faisceau de lumière aveuglante qui transperça l'aileron et éparpilla des éclats d'ombre.

Vengeous rassembla l'obscurité qui dansait au bout de ses doigts et en enveloppa une voiture. Puis il recula, tendit les bras et la voiture s'éleva dans les airs. China se jeta sur le côté. La voiture la frôla.

Elle avança, en utilisant les symboles disséminés sur son corps pour lancer des attaques successives, mais Vengeous les contrait toutes. À deux reprises, il envoya une vrille d'ombre, semblable à un serpent, qui faucha les jambes de China, et deux fois elle tomba, ce qui provoqua l'hilarité du Baron. Quand elle fut assez près, il décocha un bloc d'obscurité compacte qui la frappa en pleine mâchoire. Il sourit. Il continua à utiliser les ombres pour la frapper et, de nouveau, elle tituba. L'armure se métamorphosait au gré des besoins et des intentions de Vengeous.

China avait les cheveux en bataille ; son maquillage se mélangeait au sang et à la crasse ; ses vêtements étaient tachés et déchirés. Vengeous s'empara d'elle et la lança, tête la première, contre un pilier. China rebondit dessus et retomba lourdement.

Vengeous s'approcha. Il se pencha pour la pousser du bout du doigt. Elle battit des paupières, juste à temps pour voir Zephyr se relever dans le dos du Baron. À la façon dont elle se tenait le flanc, China devina qu'elle avait les côtes brisées. Malgré tout, elle ne renonçait pas. China admirait sa détermination, si insensée soit-elle.

Zephyr se jeta sur Vengeous, mais les ombres s'aiguisèrent et, au moment où elle bondissait, elles la transpercèrent de toutes parts.

La garde du corps s'immobilisa, clouée en l'air par ces tessons d'obscurité émanant de l'armure de Vengeous. China la voyait qui essayait de respirer, mais ses poumons étaient percés, découpés. Zephyr s'étouffait avec son propre sang.

– Ce n'est pas un adversaire à ma hauteur, commenta le Baron.

L'obscurité se contracta et le corps de Zephyr fut déchiqueté.

33
Le calme avant la tempête

Sur la piste de danse, un homme corpulent s'amusait à faire tournoyer sa femme avec une joyeuse insouciance ; il virevoltait, se tortillait et s'amusait énormément, pendant que sa pauvre épouse semblait terrifiée. Quand elle parvint enfin à se libérer, elle lui donna une tape sur le bras et partit comme un ouragan, mais elle avait des vertiges à force de tourner comme une toupie ; elle vacilla et percuta un autre danseur. À partir de là, ce fut comme une chute de dominos au ralenti, accompagnée de grands cris.

Enfin une raison de sourire pour Valkyrie.

Sur scène, le leader du groupe annonça, dans un braillement totalement déformé par le larsen du micro, qu'ils allaient ralentir un peu le tempo. En vérité, le groupe se composait en tout et pour tout de deux types en pantalon noir et veste bleue à paillettes. Le premier jouait du saxophone, médiocrement ; le deuxième portait des lunettes de soleil, chantait et tenait les claviers, sans exceller dans aucun de ces domaines. C'est-à-dire qu'il ne chantait et ne jouait pas particulièrement bien, et qu'il portait des lunettes noires de manière grotesque, comme quiconque porte des lunettes noires la nuit. Mais tout cela semblait laisser indifférent un public composé de gens ivres prêts à danser sur n'importe quoi du moment qu'ils croyaient reconnaître le morceau.

Une porte s'ouvrait sur une autre salle, où étaient sans doute entreposées les tables et les chaises quand elles ne servaient pas. Il y faisait noir, mais Valkyrie n'alluma pas la lumière. Elle étendit son manteau sur une table restante et sortit de sa poche un coffret de forme allongée. Elle le posa à côté de son manteau et l'ouvrit. Sur le chemin du retour, elle avait demandé à Skully de s'arrêter chez Gordon ; elle avait quelque chose à récupérer, lui avait-elle expliqué. Il n'avait pas cherché à savoir de quoi il s'agissait et elle s'en réjouissait. La Pierre d'Écho s'éclaira et le « double » de Gordon se matérialisa peu à peu.

– Nous y sommes ? murmura-t-il, tout excité.

– Sois prudent, dit Valkyrie. Si jamais quelqu'un te voit…

– Je sais, je sais, répondit Gordon l'Écho en s'approchant à petits pas de la porte. (Il risqua un œil à l'extérieur.) Regarde-les ! Cela fait des années que je n'ai pas vu tous ces gens. Je n'en connais même pas la moitié.

Valkyrie vint se placer près de lui. Il tendit le doigt.

– C'est ta maman, là ? Elle est belle. Tu le lui diras ?

– Bien sûr.

– Ah, et voici Fergus. Et ton papa. Oh, Beryl ! Elle paraît crispée. Elle nous fait une attaque ou quoi ?

– Je crois qu'elle sourit.

Gordon l'Écho secoua la tête tristement.

– Ça ne lui va pas. Bon sang, d'où sort cette musique ? (Il se déplaça légèrement pour apercevoir la scène et les deux crétins en bleu.) C'est… horrible. Ces gens sont-ils réellement en train de danser ? Affreux. Un vacarme à réveiller un mort !

Il s'interrompit, réfléchit à ce qu'il venait de dire et sourit.

Valkyrie se dirigea vers la fenêtre pour regarder dehors, mais il faisait trop nuit pour qu'on puisse voir quoi que ce soit.

– Tu as peur ? demanda Gordon l'Écho en baissant la voix.

La jeune fille haussa les épaules.

– Je n'aime pas servir d'appât à un vampire.

– Oh, c'est étonnant ! ironisa-t-il. Si tu changeais d'avis, Skully comprendrait, tu sais. Il n'y a pas de honte à avoir peur.

Elle se contenta de hocher la tête.

– Je le connais, reprit l'Écho. Il ne veut pas qu'il t'arrive malheur, et moi encore moins, Stephanie… pardon, Valkyrie, où quel que soit le nom que tu as choisi. Tu es toujours ma nièce préférée et, moi, je suis toujours ton oncle futé.

Elle sourit.

– Futé ?

Il fit mine de se sentir insulté.

– … demande la fille qui sert d'appât à un vampire, ajouta Valkyrie.

– Touché !

Soudain, elle perçut un mouvement derrière la porte ; quelqu'un s'apprêtait à entrer. Elle tendit le doigt et l'Écho paniqua ; il chercha autour de lui un endroit pour se cacher et courut se coller au mur à côté de la porte.

Carol et Crystal entrèrent en trombe. La porte cogna contre le mur… après avoir traversé Gordon l'Écho. Celui-ci était maintenant exposé à tous les regards. Il avait les yeux fermés. Si jamais Carol et Crystal se retournaient, elles se retrouveraient face à leur oncle mort !

– Oh, dit Carol en découvrant Valkyrie. C'est toi.

– Oui, c'est moi, répondit sèchement Valkyrie.

– Au milieu de tous tes amis, hein ? ajouta Crystal et les jumelles éclatèrent de rire.

Derrière elles, l'Écho ouvrit un œil, constata qu'il n'était pas caché par la porte et paniqua de nouveau.

– J'avais envie d'un peu de calme, expliqua Valkyrie. Et vous, qu'est-ce qui vous amène ici ?

L'Écho se mit à quatre pattes et rampa sous la table, en franchissant l'obstacle de la nappe sans même la faire bouger.

Carol observa Valkyrie à travers ses paupières mi-closes, probablement pour exprimer tout son mépris.

– On cherche un coin pour s'en griller une, dit-elle en sortant une cigarette de son sac affreusement tape-à-l'œil.

– Tu fumes, toi ? demanda Crystal.

– Non. Je n'ai jamais compris l'intérêt.

– Ça m'étonne pas, répliqua Carol et Crystal prit soin de montrer qu'elle se retenait de rire. On va trouver un autre endroit, tant pis. Mais tu n'as pas intérêt à cafter, pigé ? Je te conseille de la boucler.

– Promis.

Les deux sœurs échangèrent un regard triomphant et ressortirent, sans rien ajouter.

L'Écho se releva en traversant le plateau de la table.

– Ah, les jumelles ! Je n'oublierai jamais le jour de leur naissance. (Son sourire s'agrandit et il ajouta :) Ce n'est pas faute d'essayer, pourtant.

Il remarqua que Valkyrie regardait de nouveau par la fenêtre.

Il lui dit, d'un ton affectueux :

– La peur est une bonne chose, tu sais.

– Je n'ai pas cette impression.

– Elle te permet de rester en vie. Après tout, le courage n'est pas l'absence de peur. Le courage, c'est savoir reconnaître la peur et la *dominer*.

Elle sourit.

– Je crois avoir lu ça au dos d'un paquet de cornflakes.

L'Écho hocha la tête.

– Normal. C'est de là que je tire toute ma sagesse.

Valkyrie abandonna la fenêtre pour observer, par l'entrebâillement de la porte, les gens qui riaient, bavardaient, buvaient et dansaient.

– J'ai peur, en effet, avoua-t-elle. J'ai peur d'être blessée et j'ai peur de mourir. Mais, surtout, j'ai peur d'abandonner mes parents. Les autres jeunes de mon âge, ils ont souvent honte de leurs parents, je le vois bien. La mère n'arrête pas de parler pour ne rien dire ou le père se croit drôle quand il ne l'est pas. Mais moi, j'aime mes parents car ce sont de braves gens. Si on échoue dans cette mission, si on n'arrête pas Vengeous et la Grotesquerie, alors mes parents… (Soudain, sa voix se brisa.)… mourront.

L'image de son oncle la regarda, sans rien dire.

– Je ne peux pas laisser faire ça, déclara Valkyrie.

L'Écho l'observait et elle comprit, rien qu'en voyant son regard ; il n'avait pas besoin de parler. De fait, il hocha simplement la tête et murmura :

– Soit.

Il se retourna vers les fêtards ; son large sourire réapparut et il dit :

– Il est temps de me remettre dans ma boîte, hélas. Tu as des choses à faire, je crois ?

– Oui.

Elle prit la Pierre et la rangea dans son coffret.

– Merci pour tout, dit l'Écho. C'était bon de se retrouver en famille. Cela m'a rappelé qu'ils ne me manquaient pas du tout.

Valkyrie rit et ferma le coffret.

Elle regagna la salle de réception. Son père était en pleine conversation avec Fergus et un autre homme. Assise à une table, sa mère faisait semblant de dormir. Beryl, debout dans un coin, seule, regardait autour d'elle, tel un héron surpris. Avisant quelqu'un à qui elle n'avait pas encore parlé, elle fondit sur sa proie avec une détermination inquiétante. Carol et Crystal sortirent d'une autre pièce. Carol avait le teint un peu vert et Crystal était écarlate à cause d'une quinte de toux.

Valkyrie franchit la porte vitrée qui donnait sur le petit balcon ; elle sentit la fraîcheur de la brise et contempla le terrain de golf plongé dans l'obscurité. Au-delà du parcours se dressaient les dunes, puis il y avait la plage et la mer. Les mains posées sur la balustrade, Valkyrie prit une profonde inspiration pour se calmer.

Quelque chose bougea sur le terrain de golf. Elle cligna des paupières. L'espace d'un instant, on aurait cru qu'un individu courait, plié en deux, mais il n'y avait plus personne. Toute autre nuit que celle-ci, Valkyrie aurait eu tendance à penser que son esprit lui jouait des tours. Mais ce n'était pas une nuit comme les autres.

Le vampire allait venir.

34

Un compte à régler

Assise dans la Bentley, Tanith essayait de ne pas s'agiter. Son corps n'était pas habitué à rester immobile, sans rien faire. À ses côtés, Skully était un modèle de calme et de patience. Elle faisait un gros effort pour se détendre mais, régulièrement, une décharge d'adrénaline la traversait de la tête aux pieds et sa jambe droite se tendait malgré elle. C'était très gênant.

Ils étaient garés sur un petit promontoire qui dominait le green du dix-huitième trou. De là, ils avaient vue sur le club-house, tout en étant suffisamment loin pour que Dusk ne reconnaisse pas la voiture.

S'ils apercevaient un mouvement suspect, la Bentley dévalerait la route étroite et ils pourraient intercepter le vampire avant que celui-ci puisse approcher de la réunion de famille. C'était un excellent plan.

La lune était pleine et éclatante. Tanith consulta sa montre. L'éclipse aurait lieu dans trois heures. Ils avaient largement le temps d'obtenir ce qu'ils voulaient et de faire ce qu'ils avaient à faire. Du moins, ils l'espéraient.

Quelque chose heurta la Bentley, qui trembla sous le choc. Tanith s'empara de son épée et jaillit hors de la voiture. Skully était déjà sorti de l'autre côté, pistolet à la main. Un vieil homme les regardait, dans la lumière argentée du clair de lune. Tanith ne l'avait jamais vu. Il ne ressemblait pas à un Infecté. Elle se détendit un peu.

– Vous m'avez menti, dit le vieil homme.

– Vous désiriez voir la fille morte, répondit Skully. Vous avez eu ce que vous vouliez.

Il n'avait pas baissé son arme. Tanith comprit qui était cet intrus. Sa main serra le pommeau de son épée.

Le regard du Tourment était enflammé.

– C'était du chiqué ! dit-il. Je savais bien que quelque chose clochait, mais je suis resté si longtemps enfermé dans cette cellule que je me suis laissé avoir. Il s'agissait d'un reflet, n'est-ce pas ? Vous avez utilisé un reflet pour me duper. Vous avez triché.

– Ce n'est pas le moment de parler de ça. Une nuit chargée nous attend.

– Oh que oui, dit le Tourment avec un sourire. En effet…

Il ouvrit grand la bouche et un jet noir atteignit Skully, qui fut projeté à la renverse. Tanith voulut s'éloigner, mais le vieillard se tourna vers elle et le torrent d'obscurité la frappa avec une telle force qu'elle se retrouva à terre. Elle roula sur elle-même, en gardant la bouche et les yeux fermés. Elle entendit cette substance noire gicler sur le sol tout près d'elle. On aurait dit de l'encre, une encre qui sentait horriblement mauvais, compacte, qui se défit sous forme de bandes épaisses quand Tanith voulut l'arracher.

En ouvrant les yeux, elle vit le Tourment s'essuyer la bouche et sourire. Elle ôta une autre bande de matière noire et la lança sur le sol, où elle se fondit dans la flaque. Celle-ci se mit alors à bouger. Elle sembla se ramasser sur elle-même, se resserrer et s'épaissir, puis des sortes de pattes apparurent.

Un grand nombre de pattes.

– La vache, marmonna Tanith, tandis que la masse noire se transformait en une multitude d'araignées qui produisaient de petits bruits secs.

Skully claqua des doigts et expédia deux boules de feu jumelles dans cette mare d'obscurité qui se déplaçait sur le sol devant eux.

L'épée de Tanith taillait en pièces les araignées qui se jetaient sur elle. La lame transperçait leurs petits corps durs et un sang vert foncé aspergeait sa tunique. Soudain, elle sentit une bestiole sur sa jambe. Elle la chassa d'une tape, mais une autre sauta immédiatement sur son épaule. Tanith l'assomma avec le pommeau de son arme et recula, en écrabouillant une de ses congénères. Elle glissa. Le plancher des vaches se déroba sous ses pieds ; elle tomba et heurta une surface dure, avant de dégringoler la pente.

Elle roula à toute allure dans les herbes hautes, jusqu'en bas. Elle s'aperçut alors qu'elle était arrivée sur le green du dernier trou. Quelques araignées l'avaient accompagnée dans sa folle descente ; elle leva la tête au moment où elles lui sautaient dessus. Elle retomba, en exécutant un mouvement du poignet, la lame de l'épée capta l'éclat de la lune. Une araignée couina. Tanith poussa un grognement de satisfaction.

Elle scruta le sommet du promontoire, là où était garée la Bentley, et vit une vague d'obscurité, plus noire que la nuit, s'étendre et descendre vers elle. Des centaines de pattes d'araignée cliquetaient sur la pierre.

– Je m'en occupe, dit Skully derrière son épaule droite.

Elle ne l'avait pas entendu arriver.

Il avança en levant les bras comme pour accueillir cette vague de tueuses à huit pattes. Tanith le vit replier les doigts ; on aurait dit qu'il saisissait une chose invisible, et puis, très lentement, il tourna la main dans le sens des aiguilles d'une montre. Les herbes hautes se balancèrent dans la brise qui venait de naître.

Soudain, il frappa, les poings serrés, en décrivant de larges cercles avec ses mains. Les araignées furent soulevées du sol, elles se mirent à tournoyer, prises dans une tornade qui les aspirait les unes après les autres.

L'épée de Tanith s'occupa des rares bestioles qui avaient échappé au tourbillon. Sur ce, elle recula pour admirer la maîtrise de Skully. Ses mains bougeaient de plus en plus vite, en dessinant des cercles de plus en plus réduits, et la tornade se rétrécit, jusqu'à n'être plus qu'une masse tournoyante de corps noirs. Finalement, le squelette entrelaça ses doigts ; le tourbillon se replia sur lui-même et le silence de la nuit s'emplit d'horribles craquements. Du sang vert, épais et lourd, jaillit dans l'air doux.

Skully laissa retomber ses mains et les corps disloqués des araignées retombèrent sur le green.

– Il faut rejoindre Valkyrie, déclara-t-il en se tournant vers le club-house.

Tanith lui emboîta le pas, mais le squelette s'arrêta tout à coup et elle fit de même.

Le Tourment se dressait entre eux et le bâtiment. La matière semblable à de l'encre emplissait les orbites de ses yeux et coulait sur ses joues telles des larmes noires. Elle coulait de ses narines, de ses oreilles et de sa bouche ; elle se répandait sur sa peau, dans ses cheveux, dans sa barbe ; elle recouvrait ses vêtements et continuait à se propager. Ses bras tressaillirent, ses mains devinrent des griffes, ses chaussures éclatèrent, tandis que ses jambes grandissaient et que cette obscurité le recouvrait totalement. Il arqua le dos et leva les bras ; deux paires de pattes d'araignée géantes jaillirent de sa poitrine. Elles se tendirent et se posèrent sur le sol. Ses membres ne cessaient de se développer ; son corps décolla du sol et un troisième œil apparut sur son front.

Au bout d'un moment, il cessa de grandir. Ses huit pattes cliquetaient sur le sol, sa bouche grande ouverte laissait voir ses dents. L'araignée-Tourment les toisait en caquetant.

35

Les vampires attaquent

Valkyrie quitta la salle de réception du premier étage. Arrivée au rez-de-chaussée, elle passa devant la vitrine des trophées. En se dirigeant vers la sortie, elle aperçut quelqu'un à l'extérieur. La porte était en verre, avec des poignées en acier ; le parking aurait dû être éclairé, mais il était plongé dans l'obscurité. « Sans doute un court-circuit », pensa-t-elle.

Au-dehors, l'homme ne bougeait pas. Valkyrie distinguait sa silhouette, mais pas ses traits.

Elle ralentit. Elle sentait un regard peser sur elle. En approchant de la porte, elle découvrit que l'homme n'était pas seul : il y avait d'autres silhouettes dans le noir. Elle s'arrêta et le regarda à travers la vitre.

L'homme referma la main sur la poignée et secoua violemment, mais la porte refusa de s'ouvrir. À cette heure-ci, l'ouverture était commandée par un bouton situé à l'intérieur. Si quelqu'un voulait entrer, il devait utiliser l'interphone pour appeler un employé du club. Dusk colla son visage à la vitre et regarda Valkyrie. Celle-ci voyait nettement sa cicatrice.

Soudain, elle entendit un bruit de vitre brisée, quelque part au rez-de-chaussée. Elle fit demi-tour, retourna en courant vers l'escalier et gravit les marches quatre à quatre. Elle fit irruption dans la salle de réception, assaillie par la musique et le brouhaha. Elle referma la porte et chercha autour d'elle un moyen de la bloquer, en vain. Il n'y avait pas de serrure. Elle pouvait la barricader, mais combien de temps cela durerait-il ? Et que dirait-elle aux invités ? Que dirait-elle à ses parents ? Et où était donc Skully, nom d'un chien ?

Il existait forcément une solution. Elle devait empêcher que des gens soient blessés, ou pire, et elle devait agir sans qu'ils comprennent qu'ils étaient en danger. Elle entrouvrit la porte. Toutes les lumières étaient éteintes et les Infectés montaient l'escalier. C'était elle qu'ils voulaient. Ils ignoreraient les autres s'ils pensaient pouvoir s'emparer d'elle.

Elle ressortit tout doucement en prenant soin de refermer la porte et en s'assurant que les créatures dans l'escalier la voient, puis elle fonça vers le dernier étage. Un bruit de cavalcade résonna dans son dos. Arrivée tout en haut, elle jeta de rapides coups d'œil autour d'elle pour s'orienter.

L'adrénaline faisait battre la chamade à son cœur. Soudain, elle sentit un souffle d'air et une présence, tout près. Elle se baissa et fit volte-face, tout en décrivant un arc de cercle avec son bras droit pour frapper l'Infecté dans le dos et le faire basculer par-dessus sa jambe tendue. Mais un autre l'agrippa furieusement ; elle repoussa ses bras et lui donna un coup de coude dans la poitrine. Son agresseur s'écroula. Ses congénères trébuchèrent sur lui en poussant des grognements.

Valkyrie fonça au bout du couloir et s'engouffra dans une pièce sombre, en manquant de se prendre les pieds dans une chaise. Le patio se détachait dans l'obscurité sur le mur du fond, à travers la baie vitrée. Elle s'y précipita, talonnée par les Infectés. Elle ouvrit la porte du balcon et, sans interrompre son élan, elle sauta par-dessus la balustrade.

Le vent sifflait dans ses oreilles.

Juste en dessous, les Infectés postés devant la porte vitrée du rez-de-chaussée attendaient que leurs camarades zombis la forcent à sortir. Hébétés, ils la virent s'envoler au-dessus de leurs têtes.

L'allée goudronnée venait vers elle à toute vitesse ; elle se servit de ses mains pour essayer de manipuler l'air. Elle fit de son mieux pour amortir sa chute, mais ce vol plané n'avait rien à voir avec le saut qu'elle effectuait par la fenêtre de sa chambre ; c'était beaucoup plus haut et elle n'avait pas pris en compte la vitesse…

Elle atterrit en poussant un cri de douleur et fit plusieurs roulades ; ses genoux et ses coudes heurtèrent le sol, sa hanche racla le goudron, sa peau éraflée se mit à saigner. Elle savait bien qu'elle aurait dû mettre un pantalon !

Le monde cessa peu à peu de se balancer, il retrouva son équilibre et elle put rouvrir les yeux. Les Infectés la toisaient ; Dusk avança parmi eux, d'un pas décidé, les yeux plissés et les lèvres retroussées par un rictus de haine. Valkyrie se releva et se remit à courir.

Elle avait mal partout, le sang coulait sur ses bras et ses jambes, mais elle ignorait la souffrance. En se retournant, elle vit la horde des Infectés s'élancer à sa poursuite.

Elle franchit la grille du club et tourna aussitôt à gauche, en perdant une chaussure au passage. Elle se maudissait de ne pas avoir mis des bottes. Elle courait sur une route étroite et sombre, bordée de champs d'un côté et de jardins clôturés de l'autre. Elle arriva à un croisement. Droit devant, elle apercevait des phares, alors elle partit dans l'autre direction afin d'éloigner les Infectés de tout passant innocent. Quittant la route comme une flèche, elle passa derrière le Palais de la pizza et le vidéoclub, et comprit son erreur en entendant des voix à la sortie du virage suivant. Le pub avait une porte de derrière, utilisée par les clients qui sortaient fumer.

Elle bifurqua sur la droite, se précipita vers le muret d'un jardin et sauta par-dessus. Elle demeura accroupie et se demanda, un court instant, si elle avait réussi à semer les Infectés aussi aisément. C'est alors que Dusk fondit sur elle. Elle poussa un hurlement et tomba à la renverse.

– Je n'obéis plus aux règles, dit-il.

Elle le regarda et vit qu'il tremblait. Il sortit une seringue de sous son manteau et la laissa tomber par terre.

– Plus de règles. Plus de sérum. Cette fois, rien ne m'empêchera de t'écarteler membre après membre.

Une douleur vive le fit grimacer.

– Je suis désolée pour la balafre, dit Valkyrie en reculant.

– Trop tard. Tu peux essayer de te sauver, si tu veux. L'adrénaline donne un meilleur goût au sang.

Il sourit et Valkyrie put voir les crocs qui sortaient de ses gencives.

Il plaqua ses mains sur sa chemise et, tel Superman, il fit sauter les boutons en tirant dessus. Mais contrairement au super héros, il arracha sa peau en même temps que sa chemise, laissant apparaître la chair blanche comme de la craie de la créature qui se cachait dessous.

En voyant Valkyrie se jeter sur lui, il écarquilla les yeux de surprise. Elle plongea, ramassa la seringue par terre et lui planta l'aiguille dans la cuisse.

Interrompu en pleine métamorphose, Dusk rugit et expédia Valkyrie au sol d'un coup de pied. Il essaya de se débarrasser de son restant d'humanité, mais sa peau humaine se déchira au niveau du cou. Rien à voir avec la mue facile à laquelle elle avait assisté la nuit précédente. C'était une transformation répugnante et douloureuse.

Valkyrie se releva péniblement. Les Infectés avaient entendu les braillements de Dusk et ils se rapprochaient.

36

L'araignée géante se déchaîne

La réunion de famille des Edgley se déroulait dans la salle de réception principale, sur le devant du bâtiment, tout l'arrière du club-house était donc plongé dans l'obscurité. Ce qui était sans doute une bonne chose, se disait Tanith, en regardant Skully se déplacer dans les airs à reculons.

Le Tourment devenu araignée se tourna vers elle et Tanith dut esquiver un coup de griffes. Elle pivota et s'enfuit, mais il était beaucoup plus rapide. Elle sauta alors sur le mur pour courir à la verticale, une ruse qui l'avait souvent tirée d'un mauvais pas par le passé, mais elle n'avait encore jamais affronté une araignée géante.

Elle entendit le cliquetis caractéristique des pattes sur la pierre : il la suivait ! Elle franchit la corniche et grimpa sur le toit. Là, elle se retourna pour l'attendre. Les pattes de l'araignée apparurent en premier, suivies de la tête et du torse. Tanith bondit.

Son épée lança un éclair, mais la lame frappa le blindage qui protégeait le ventre du Tourment. Il lui décocha un coup de patte et Tanith laissa échapper son arme, qui glissa sur le toit. Quand elle voulut la récupérer, une griffe se posa dessus.

Tanith battit en retraite. Le Tourment se remit à caqueter, puis il se tut. Ses trois yeux, dénués de toute apparence humaine, l'observaient. Elle savait qu'il pouvait frapper à tout instant, sans qu'elle voie venir le coup.

– Excusez-moi, dit-elle en prenant son ton le plus poli, je crois que vous marchez sur mon épée.

L'araignée géante ne répondit pas. Tanith se demanda d'ailleurs, en passant, si le Tourment pouvait encore répondre, s'il restait un être doué de raison dans ce corps.

– Je trouve ça injuste, reprit-elle. Vous êtes en colère contre Skully parce qu'il n'a pas tué Valkyrie, mais vous et moi, on ne s'est jamais vus. Vous n'avez aucune raison de m'attaquer. Vous ne me connaissez même pas ! Si vous me connaissiez, si vous preniez le temps de me connaître, je suis sûre que vous m'aimeriez bien. Je suis une fille très sympathique, vous savez. Tout le monde le dit.

Le Tourment lâcha un bref gloussement.

– Saviez-vous, dit Tanith, c'est un fait avéré, que la plupart des araignées sont très très laides ? C'est la vérité. Pour les femmes araignées, c'est un problème. Je l'ai vu dans un documentaire. À votre avis, pourquoi est-ce que la veuve noire tue tous les types avec qui elle s'accouple ? Elle a honte, voilà pourquoi ! Attention, je ne dis pas que vous êtes laid. Qui suis-je pour juger ? Je n'ai que deux pattes.

Le Tourment avança. Tanith recula encore d'un pas.

– Je ne voulais pas vous insulter. Je vous ai vexé ? Ce n'était pas mon intention. Je suis sûre que, dans le genre araignée géante, vous êtes un bon parti. Hé, la beauté, ça ne fait pas tout, hein ? Vous savez ce qui nous fait craquer, nous les filles ? Le sens de l'humour. Et vous me faites l'impression d'être un type qui aime bien rire. Je me trompe ?

Le Tourment caqueta furieusement.

– J'en étais sûre. Bon, maintenant que nous avons eu cette petite discussion tous les deux, si on cessait de tourner autour du pot et si vous tentiez votre chance ?

Le Tourment se tut et Tanith lui sourit.

– Si vous vous croyez assez fort.

Quelques secondes s'écoulèrent, puis l'araignée géante se cabra, prête à frapper. Tanith se précipita, plongea entre les pattes qui supportaient le poids de la bestiole et récupéra son épée.

L'araignée se retourna vivement et Tanith releva son épée, d'un geste brusque. La lame racla l'armure jusqu'à ce qu'elle trouve l'interstice entre les plaques. Le Tourment poussa un cri aigu et se mit à gesticuler. Tanith se dégagea rapidement pour éviter d'être écrasée.

Elle sentit un souffle de vent au moment où Skully se posait sur le toit. Il tendit les mains, doigts écartés : l'air vibra, saisit le Tourment par-dessous et le fit basculer cul par-dessus tête. L'araignée retomba sur le dos. Ses huit pattes s'agitaient furieusement dans le vide. D'un bond, Tanith sauta sur le ventre de l'animal et inséra la pointe de son épée entre les plaques.

Le Tourment cessa immédiatement de gesticuler.

– Sage, dit Tanith.

Skully fit le tour de la bestiole pour voir ses yeux.

– Puisque vous savez quand il faut arrêter de lutter, je suppose que vous êtes encore capable de raisonner, alors je ne le répéterai pas : vous rentrez dans le rang ou vous vous écartez de notre chemin. Nous avons un travail à accomplir ce soir, mon équipière est en danger et ma patience a atteint ses limites. Alors, que voulez-vous faire ? Continuer à vous battre ou conclure un marché ?

Pendant une seconde, Tanith crut que Skully n'obtiendrait pas de réponse, mais la bouche de l'araignée s'ouvrit et, entre les dents, une voix rauque de vieillard dit :

– J'écoute.

37

Bec et griffes

Valkyrie fonça vers le muret suivant et sauta par-dessus, dans le jardin. Devant elle se dressait un autre mur, plus haut. Elle s'élança et projeta ses mains en avant. L'air ondoya. Propulsée à la verticale, elle agrippa le faîte du mur et se hissa de l'autre côté. Elle retomba dans un autre jardin, assombri par le grand mur. Ventre à terre, elle longea la maison.

Elle courait maintenant sur une route étroite et elle tourna à gauche. Elle aimait cette sensation de brûlure dans ses poumons, comme quand elle nageait. Elle savait qu'elle pourrait courir indéfiniment avec ce feu qui se consumait en elle. Elle bifurqua dans une rue encore plus étroite, une simple venelle. Elle entendait toujours ses poursuivants dans son dos, la meute des Infectés. Ils étaient dispersés, mais les plus rapides gagnaient du terrain. Valkyrie passa devant chez elle.

La jetée se trouvait droit devant ; elle s'y précipita. La mer était déchaînée ce soir-là, son tumulte résonnait dans la nuit, et Valkyrie savait que ce ne serait pas facile, mais elle n'avait pas le choix. Ils étaient juste derrière elle.

Savaient-ils ? Dusk les avait-il informés de leur vulnérabilité face à l'eau salée ? Une pensée inquiétante lui traversa l'esprit : ce n'étaient pas de véritables vampires, ce n'étaient encore que des Infectés. L'eau de mer aurait-elle sur eux le même impact fatal ? Elle n'avait pas le temps de s'interroger. C'était son unique plan, sa dernière chance.

Valkyrie courut jusqu'à l'extrémité de la jetée et sauta comme elle l'avait fait d'innombrables fois quand elle était enfant. Elle tomba dans l'eau, qui se referma sur elle et l'engloutit entièrement. Elle battit des pieds pour remonter à la surface. Elle avait perdu sa deuxième chaussure. À cause de l'obscurité, les Infectés ne voyaient pas ce qu'il y avait en dessous et ils ignoraient qu'il y avait une astuce pour effectuer ce saut en toute sécurité. Valkyrie entendit leurs cris de douleur, accompagnés de bruits sourds à vous donner la nausée, lorsqu'ils s'écrasèrent sur les rochers et se brisèrent les os comme ce pauvre J. J. Pearl.

Valkyrie n'avait jamais nagé à cet endroit en pleine nuit ; l'eau était une présence inconnue et forte. Les vagues l'attiraient et la repoussaient, menaçant de l'emporter vers le fond ou vers le large, mais elle résistait. D'autres Infectés se jetèrent dans l'eau, de tous les côtés, et la panique s'empara d'eux instantanément. Leurs braillements étaient vite étouffés par leurs trachées qui se resserraient. L'un d'eux parvint néanmoins, dans un sursaut désespéré, à la saisir par le bras et à l'entraîner sous l'eau.

Valkyrie se débattit furieusement ; elle tira sur les doigts de l'Infectés pour l'obliger à lâcher prise, puis elle le repoussa à coups de pied. Elle le vit disparaître dans l'obscurité glacée, mais elle s'était enfoncée sous l'eau et le courant était puissant. Elle allait se noyer !

Une image surgit dans son esprit : Skully sortant de la mer et marchant à la surface, l'année dernière. Elle devait se servir de sa formation. Skully lui avait appris tout ce qu'elle avait besoin de savoir. Il lui suffisait de se calmer et de se concentrer.

Ignorant la douleur qui lui broyait les poumons, elle joignit ses mains. Le courant essayait de l'attirer vers le fond, elle sentait sa puissance, sa vitesse. Alors, elle cessa de résister et se laissa emporter ; elle s'abandonna jusqu'à ne faire plus qu'un avec lui. Elle fléchit les doigts et, pour la première fois, l'eau lui apparut comme une masse de forces opposées ; elle les sentait sous elle, au-dessus et tout autour. Elle y planta ses doigts, puis se retourna.

Le courant s'entortilla dans son sillage et elle put nager, ballottée par les vagues. Elle croisa les Infectés qui gesticulaient inutilement. Quand elle creva la surface, elle en profita pour remplir ses poumons. Elle tendit les bras et agrippa de nouveau le courant, qui l'aspira aussitôt. Pendant d'effroyables secondes, elle crut avoir commis une erreur de jugement, mais elle reprit le contrôle des éléments et, tant bien que mal, elle guida le courant en direction du rivage. Enfin, elle lâcha prise et, autour d'elle, l'eau redevint calme – relativement –, Valkyrie put alors nager jusqu'à ce qu'elle ait pied.

Tout en avalant de grandes bouffées d'air, elle regarda vers la jetée. Elle avait du mal à voir à cause des lumières qui lui faisaient face et transformaient le décor en une masse sombre compacte. Elle s'extirpa de l'eau. C'était marée haute et il n'y avait presque plus de plage, mais elle réussit à se traîner jusqu'à une mince bande de sable. C'est à cet instant qu'une chose jaillit de l'obscurité et lui assena un coup sur la tête. Elle s'écroula.

Elle se retourna pour riposter, mais il y avait quelqu'un d'autre derrière elle et un poing s'écrasa sur son visage. Elle aperçut la silhouette d'un homme, debout au-dessus d'elle, légèrement penché.

Dusk.

L'enveloppe humaine qu'il avait tenté d'arracher restait accrochée par endroits à sa peau de vampire, qui semblait à vif. Sa main droite s'achevait par des griffes, mais la gauche était restée humaine, il avait même gardé sa montre au poignet. Son visage était celui d'un homme, un bel homme défiguré par une balafre, mais ses crocs de vampire avaient traversé ses gencives et fendu ses lèvres.

Valkyrie fléchit les doigts et attendit que ses pensées s'éclaircissent. Dusk ne bougeait pas. Elle tendit brusquement la main et, cette fois, le vampire réagit : il lui saisit le poignet avant qu'elle puisse repousser l'air. Il la releva de force et la fit tourner sur elle-même, puis il la saisit par-derrière et dégagea sa gorge. Valkyrie se pétrifia.

Le vampire émit un long rire guttural.

– Je ne vais pas te tuer, je vais te transformer. Tu seras comme moi.

Elle essaya de parler, elle essaya de dire quelque chose, mais on lui avait pris tous ses mots. Elle sentait le souffle de la créature dans son cou.

– Sais-tu qui tu tueras en premier, Caïne ? Sais-tu qui tu vas déchiqueter – car tu n'auras qu'une seule envie : étancher ta soif de sang – ? Tes parents !

– Non, dit-elle dans un souffle.

– Pour te faire payer tout ce que tu m'as fait, la cicatrice que tu m'as infligée et la souffrance que tu me causes maintenant, je veillerai à ce que, le moment venu, tu me *supplies* de te laisser tuer tes propres parents.

Soudain, une voix s'éleva :

– Dusk.

Le vampire se retourna et quelqu'un, tapi dans le noir, se jeta sur eux. Valkyrie sentit un choc et bascula vers l'avant. Le vampire tomba dans le sable et grogna. Elle regarda derrière elle au moment où les deux combattants se percutaient.

Celui qui l'avait sauvée – elle avait tout d'abord cru qu'il s'agissait de Skully, mais elle s'apercevait maintenant que ce n'était pas lui – était rapide, aussi rapide que Dusk. Il portait un vieux costume déchiré et un haut-de-forme cabossé.

Le vampire décocha un coup de griffes. L'individu au chapeau esquiva et contre-attaqua : ses ongles lacérèrent le ventre du vampire. Le sang coula. Dusk poussa un rugissement de rage, tandis que l'individu exécutait une cabriole et projetait son pied dans le visage du vampire. Ce dernier recula en titubant, avant de repartir à l'assaut. Il percuta son adversaire dans les airs et tous deux se retrouvèrent dans l'eau. Des griffes s'abattirent sur l'homme au haut-de-forme, qui poussa un grand cri.

Valkyrie ramassa une pierre plate, mais épaisse et lourde. Dusk s'était relevé, il toisait l'inconnu. Elle fonça vers le vampire et le frappa derrière le crâne avec la pierre. Il s'affaissa et son adversaire en profita pour lui décocher un coup de pied en plein visage.

Valkyrie palpa l'air et tendit les mains, doigts écartés. Frappé dans le dos, Dusk se trouva projeté dans les flots. L'homme au chapeau s'était relevé. Soudain, il fit un bond prodigieux et disparut dans l'obscurité.

Dusk émergeait de l'eau ; la haine déformait son visage humain. Sa bouche, qu'il avait maintenue fermée hermétiquement pour ne pas laisser entrer l'eau salée, s'ouvrit pour montrer ses dents. Il ne voyait plus l'inconnu au haut-de-forme, mais il s'avança vers Valkyrie en la foudroyant du regard. Au dernier moment, il leva la tête, juste à temps pour voir l'intrus se laissant tomber sur lui. Ses talons écrasèrent le visage du vampire, qui s'effondra sur le sable mouillé.

Valkyrie regarda l'homme au haut-de-forme examiner ses blessures en maugréant.

– Il est mort ? demanda-t-elle.

– Non, répondit-il, un peu essoufflé. Il dort. (Il s'exprimait avec un fort accent londonien.) Sauver des gens, c'est pas mon truc habituellement, mais je me suis dit que, s'il s'en prenait à toi, c'était parce que tu avais quelque chose à voir avec Vengeous, pas vrai ?

– Euh… j'essaye de l'empêcher de nuire, en effet.

– Très bien. Ils m'ont obligé à leur rendre un service, vois-tu. Ça m'a pas plu. Alors, je te rends service à toi. Le gros type, la mocheté, ils l'ont planqué à l'hôpital de Clearwater. Je vois pas trop ce que tu peux tirer de cette info, mais si ça peut foutre en l'air les plans de Sanguin, j'en serai ravi.

Sur ce, il la salua en soulevant son chapeau, puis s'éloigna. Valkyrie fronça les sourcils.

– Vous êtes Jack A. Ressort.

Il s'arrêta et se retourna.

– Lui-même, ma jolie.

– Vous faites partie des méchants.

Son sourire était désagréable.

– Encore exact.

Elle recula.

– Vous devriez être en prison. Tanith vous avait jeté derrière les barreaux.

Jack grimaça.

– Tu connais Tanith Low ?

– Évidemment.

– Elle… elle est dans les parages ?

– Oui, elle est quelque part dans le coin. Avec Skully.

– Oh, la vache ! s'exclama Jack en jetant des regards affolés autour de lui. C'est mauvais. Et je viens de les aider ?

– Je le crains.

– Oh… oh, bon sang ! C'est typique ! C'est tout moi, ça. Surtout, ne leur dis pas que tu m'as vu, d'accord ? J'ai sauvé ta peau. Au sens propre. Promets-le-moi.

– Vous allez quitter le pays ?

– Je pars à l'instant même.

– Dans ce cas, je ne leur dirai que demain. Si nous sommes encore en vie.

– Tu es une fille bien. Allez, bonne nuit. Et bonne chance.

D'un bond, Jack A. Ressort disparut.

38

Ceux qui vont mourir…

L'ombre de la terre commençait à recouvrir le cercle de la pleine lune. Le convoi s'arrêta sur une route déserte. Les moteurs furent coupés et les phares éteints. Les Fendoirs jaillirent de l'arrière des camions, sans un bruit, puis s'alignèrent pour attendre les ordres.

Valkyrie descendit de la moto de Tanith et ôta son casque. Elle était nerveuse. Elle avait les mains moites et ses dents ne cessaient de s'entrechoquer.

– Ça va ? lui demanda Tanith, à voix basse.

– Oui, ça va, mentit la jeune fille. Super. C'est juste que… on va affronter un *dieu*, genre.

– Une partie d'un dieu, rectifia Tanith. Et des parties de plein d'autres choses.

Valkyrie l'observa et secoua la tête, stupéfaite.

– Vous êtes impatiente, hein ?

– Et comment ! Combattre un *dieu*, une partie d'un dieu, un dieu hybride… Appelle ça comme tu veux, c'est énorme ! C'est géant ! Au fil des ans, j'ai tout affronté, mais un dieu ! En supposant que je survive ce soir, je ne pourrai jamais faire mieux ! Quand on a combattu un dieu, qu'est-ce qu'il reste ?

– Je ne sais pas, répondit Valkyrie. Combattre deux dieux ?

La Bentley arriva à son tour. Skully et Mr Bliss en descendirent. Le squelette ôta son manteau et son écharpe et les laissa dans la voiture. Bliss et lui s'approchèrent ensuite des Fendoirs, qui se mirent au garde-à-vous. Valkyrie dut réprimer une envie irrationnelle de saluer.

– Billy-Ray Sanguin et la Grotesquerie se trouvent dans un hôpital abandonné, non loin d'ici, déclara Bliss en s'adressant à tous. Le vampire dénommé Dusk est actuellement entre nos mains, mais nous ignorons où se cache le Baron Vengeous. Toutefois, nous pouvons logiquement supposer qu'il est en chemin. Il ne voudra pas manquer le retour des Sans-Visage.

Skully prit la parole :

– Sachez que nous constituons la première ligne de défense. À vrai dire, nous sommes quasiment la *seule* ligne de défense. Si nous échouons, les autres ne pourront pas faire grand-chose. Bref, ce que j'essaye de vous expliquer, c'est qu'il ne serait pas très malin d'échouer à ce stade. *Nous ne devons pas échouer*, c'est bien clair ? L'échec est une mauvaise solution ; ça ne nous servira pas à court terme et ça ne nous rendra pas service à long terme. Euh… je crois que j'ai perdu le fil de mon discours, je ne sais plus trop où je voulais en venir. Par contre, je sais où j'ai commencé et c'est ça que vous devez retenir. Quelqu'un a vu mon chapeau ?

– Vous l'avez posé sur le toit de votre voiture quand vous avez ôté votre manteau, dit Valkyrie.

– Ah bon ? Très bien.

– Nous attaquerons en deux vagues, reprit Bliss pour ramener le briefing dans le domaine du concret. La première vague sera composée de Tanith Low, Valkyrie Caïne, Skully Fourbery et moi-même. La seconde vague, ce sera vous, les Fendoirs.

– Nous devons saisir notre chance maintenant, ajouta Skully. Avant que le retour de Vengeous nous oblige à combattre sur deux fronts. La première vague affaiblira la Grotesquerie. Il faudra attaquer avec toutes les armes dont nous disposons, sans lui laisser le temps de se téléporter ou de guérir. Dès que nous constaterons qu'elle est endommagée, nous ferons intervenir la seconde vague. Des questions ? Non ? Personne ? Pas de questions ? Vous êtes sûrs ?

Bliss se tourna vers lui.

– Apparemment, il n'y a pas de questions.

Skully hocha la tête.

– Ce sont de bons soldats.

Sur un geste de Bliss, les Fendoirs se séparèrent en plusieurs groupes, pendant que Valkyrie et Skully s'éloignaient à grands pas.

– Dans le temps, j'étais doué pour ce genre de choses, lui confia Skully.

– Vous m'avez gonflée à bloc, dit Valkyrie.

– C'est vrai ?

– Mon Dieu, non ! C'était nul !

Tanith et Bliss les rejoignirent et tous les quatre s'enfoncèrent au milieu des arbres. Valkyrie marchait aussi discrètement que possible, mais les autres se déplaçaient dans un silence absolu. Elle entrapercevait des Fendoirs de tous les côtés ; leurs uniformes gris se confondaient avec l'obscurité, jusqu'à ce qu'ils ne soient plus que des soupçons d'êtres humains.

Soudain, ils s'arrêtèrent. Devant eux, au-delà d'un vieux grillage rouillé, se dressait le bâtiment principal de l'hôpital. La jeep noire était garée à l'entrée. Sanguin fit son apparition, un téléphone collé à l'oreille.

– OK, dit-il d'une voix qui résonnait dans le silence de la nuit. Je vous entends mieux maintenant. Allez-y.

Pendant que Sanguin écoutait ce que lui disait son interlocuteur, Valkyrie se tourna vers ses compagnons et s'aperçut que Skully n'était plus avec eux. Elle reporta son attention sur Sanguin.

– C'est fini, alors ? disait-il. Je m'en vais ?... Non, l'horrible bestiole est là. Elle se tourne les pouces, façon de parler.

Valkyrie plissa les yeux pour scruter l'obscurité derrière Sanguin. Elle avait vu quelque chose bouger. Skully !

Pendant ce temps, Sanguin continuait à parler,

sans sentir la présence du Détective Squelette qui se faufilait dans son dos.

– Je suis certain que le cas du vampire a été réglé, on n'a plus à s'inquiéter de ce côté-là. Et au sujet de notre ami le Baron ?

Valkyrie fronça les sourcils. À qui parlait-il ?

– Vous êtes sûr ? dit Sanguin. Vous ne voulez pas que je… ? Non, non, je ne mets pas en doute votre jugement, c'est juste que… Oui, je sais qui paye mon salaire. Hé, ça ne change rien pour moi, si c'est ce que vous voulez. Je fiche le camp tout de suite.

Il glissa le téléphone dans sa poche et esquissa un petit sourire.

– Profitez de la vie, Baron, murmura-t-il, avant de se retourner et de tomber sur le poing de Skully.

Il tituba et tenta de sortir son couteau, mais le squelette lui assena un coup sur le poignet du tranchant de la main, puis il écarta les doigts et le couteau s'envola. Sanguin voulut lui décocher un direct, mais Skully s'empara de lui et lui cogna la tête contre le capot de la jeep. Sanguin s'écroula par terre. Skully ramassa le couteau et le lança au loin, puis fit signe aux autres de le rejoindre.

Le trio sortit du couvert des arbres. Le grand portail avait déjà été enfoncé ; ils le franchirent donc sans peine pour retrouver Skully. Celui-ci était en train de consulter le portable de Sanguin.

– Le numéro de son correspondant est masqué, dit-il.

– Sanguin reçoit ses ordres de quelqu'un d'autre depuis le début, dit Tanith. Les personnes haut placées dont tu parlais précédemment, celles qui ont nommé Guild à la tête du Conseil, celles qui nous ont privés de tous nos soutiens. C'est pour *elles* qu'il travaille.

– Et Vengeous l'ignore, ajouta Valkyrie.

Skully rangea le téléphone.

– Gardons ce mystère pour demain, déclara-t-il. Si on est encore de ce monde, évidemment.

Il se tourna vers Bliss et hocha la tête. Bliss prit quelques pas d'élan, bondit dans les airs, agrippa la corniche et se hissa sans peine sur le toit. Tanith ajusta son centre de gravité et le suivit en marchant sur le mur. Skully prit Valkyrie par la taille. Ils s'élevèrent dans un tourbillon d'air, pour venir se poser en douceur sur le toit. Ils avancèrent sans bruit.

Quatre grands et vieux bâtiments trapus entouraient une vaste cour en béton. Au milieu s'étendait un petit îlot de verdure où un arbre rachitique essayait de pousser.

La Grotesquerie se tenait exactement au centre, immobile. Elle portait une sorte de vêtement fait d'épaisses bandes de cuir noir qui pendaient à sa taille et formaient un tas sur le sol derrière elle.

Au clair de lune, la Grotesquerie paraissait encore plus incongrue. Aucune créature aussi horrible ne devrait avoir le droit d'exister par une si belle nuit. Son bras droit luisait et, sur son poignet gauche, la poche remplie d'acide jaune menaçait d'exploser. L'éclat argenté de la lune faisait ressortir avec une précision écœurante sa cage thoracique fendue et brisée. Un sang noir maculait les bandages qui couvraient son visage.

Valkyrie et ses compagnons s'accroupirent. Les Fendoirs prirent position sur les toits, tout autour de la cour. Valkyrie sentit son estomac se soulever. Les extrémités de ses doigts la démangeaient. Il fallait qu'elle fasse quelque chose, et vite. L'attente, l'excitation, l'angoisse et la peur la submergeaient. Leur première rencontre avec la Grotesquerie s'était mal finie, mais ils étaient plus nombreux cette fois. Ils étaient plus forts, mais la créature aussi. Seraient-ils assez forts pour la tuer ?

Skully sembla lire dans ses pensées.

– Cette chose, lui dit-il à voix basse, la partie qui est un Sans-Visage, est déjà morte une fois. Elle peut donc mourir une deuxième fois.

Valkyrie hocha la tête, sans rien dire. Elle ne faisait pas confiance à sa voix.

Skully adressa un signe de tête à Mr Bliss, qui se releva, s'approcha du bord du toit et sauta dans le vide. Tanith dévala la façade du bâtiment, en dégainant son épée. Skully et Valkyrie sautèrent à leur tour, en déplaçant l'air pour ralentir leur descente. Valkyrie atterrit lourdement, mais elle parvint à conserver son équilibre.

– Je croyais qu'on devait utiliser l'élément de

surprise, dit-elle, alors qu'ils se dirigeaient tous les quatre vers leur cible.

– Impossible de compter dessus, répondit le squelette. La créature sait qu'on est là, depuis le début. Elle s'en fiche.

Ils se séparèrent pour s'approcher de la Grotesquerie sous différents angles.

Bliss ne perdit pas son temps avec des paroles, des menaces, des serments ou des exigences. Il marcha droit vers la créature et lui balança un direct. Valkyrie ressentit la violence du coup au moment de l'impact. La Grotesquerie ne vacilla même pas ! Elle regarda Bliss à travers ses bandages sales, arma son poing droit et frappa. Propulsé en arrière, Bliss traversa le mur du vieux bâtiment.

Skully avança et Tanith bondit. Son épée scintilla au clair de lune. Le bras droit de la Grotesquerie se défit comme un écheveau et ses griffes jaillirent en direction du squelette. Elles tailladèrent sa veste, puis se refermèrent autour de lui. Il fut soulevé de terre et projeté vers Tanith. Celle-ci exécuta une pirouette en l'air, bondit en prenant appui sur l'épaule de Skully et sauta par-dessus la tête de la Grotesquerie. Le squelette parvint à se libérer. La créature reforma son bras et balança son poing massif. Skully aspira l'air pour bloquer le coup, pendant que Tanith abattait son épée sur le bras, qui guérit instantanément.

Valkyrie claqua des doigts, transforma les étincelles en boules de feu et les lança. La première manqua sa cible, mais la deuxième explosa contre le flanc du monstre. Son dard jaillit. Tanith l'esquiva, puis plongea vers l'avant ; son épée transperça la poitrine de la Grotesquerie, mais celle-ci s'écroula sur son bras et l'os se brisa net. Tanith poussa un cri de douleur, pendant qu'elle était éjectée. La créature ôta l'épée plantée dans sa poitrine et la laissa tomber sur le sol. La plaie se refermait déjà.

Bliss s'extirpa du trou qu'il avait creusé dans la façade du bâtiment. Il s'épousseta, comme si le fait d'être projeté à travers un mur n'était qu'un léger désagrément, mais ses premiers pas manquèrent d'assurance. Il était blessé.

Skully glissa la main à l'intérieur de sa veste et sortit son revolver. Il fit de même avec son autre main, de l'autre côté, et sortit un revolver identique. Il arma les deux chiens et tira. Douze balles atteignirent la Grotesquerie avec une précision infaillible. Il lâcha ensuite ses armes et s'élança. Valkyrie vit qu'il tenait quelque chose dans la main : un cylindre métallique fixé sur une pointe.

Le squelette bondit et planta le cylindre dans la zone qu'il avait mitraillée. La Grotesquerie se saisit de lui et l'envoya valdinguer, mais une lumière rouge s'était mise à clignoter sur le cylindre. L'explosion fit tomber Valkyrie à genoux ; ses oreilles bourdonnaient, des points lumineux dansaient devant ses yeux. Elle tourna la tête, pleine d'espoir. Hélas, la

Grotesquerie était toujours debout, comme s'il ne s'était rien passé. Une blessure apparut sur son bras, pendant une fraction de seconde, le temps de laisser couler une goutte de sang noir, avant de se refermer. Était-elle en train de faiblir ?

Tanith rassembla ses forces pour repartir à l'assaut, mais la créature la repoussa d'un revers du bras. Son corps se contorsionna durant la chute et, quand elle retomba sur le sol, elle voulut se remettre debout, sans y parvenir.

La Grotesquerie leva le bras gauche et Valkyrie plongea. Elle tendit les deux mains vers Tanith, elle sentit les espaces entre elles, la manière dont ils s'emboîtaient, et, quand le dard jaillit, elle repoussa l'air, qui ondoya. Tanith dérapa sur le sol et le dard manqua sa cible. En levant la tête, Valkyrie constata qu'elle était désormais le principal centre d'attention de la créature.

– Les Fendoirs, murmura-t-elle. Quelqu'un doit donner l'ordre aux Fendoirs…

Soudain, Bliss apparut, entre elle et la Grotesquerie qui approchait. Au lieu de frapper, il plaqua ses mains sur la poitrine du monstre et poussa. La créature continua d'avancer malgré tout. Bliss était campé sur ses deux jambes, mais il reculait lentement. Valkyrie l'entendait ahaner sous l'effort. La force légendaire de Bliss elle-même était impuissante.

Mais soudain, chose incroyable, la Grotesquerie

chancela ! Bliss poussa de plus belle et la créature fut obligée de reculer d'un pas.

Tanith s'obligea à se relever, sur un genou d'abord, avant de se remettre debout. La Grotesquerie ne bougeait plus ; elle semblait examiner Bliss. Elle leva sa main gauche, tout près de lui.

– Tanith ? dit Bliss entre ses dents serrées, le visage ruisselant de sueur. Si ça ne t'ennuie pas…

Tanith se tourna vivement vers Valkyrie.

– Mon épée !

La jeune fille tendit la main, elle palpa l'air, le manipula pour qu'il se referme autour de l'épée qui gisait sur le sol, puis, d'un mouvement du poignet, elle l'expédia dans la main gauche de Tanith. Celle-ci portait déjà son coup au moment où le dard jaillit et la lame l'intercepta avant qu'il atteigne Bliss.

L'extrémité tomba par terre. Valkyrie et Tanith le regardèrent.

– J'ai réussi à le blesser, commenta Tanith, incrédule.

– C'est pas trop tôt, grogna Bliss.

Il arma son bras droit et décocha un direct qui fit tituber la Grotesquerie.

– Fendoirs ! brailla-t-il. À l'attaque !

39
Face à Vengeous

La Grotesquerie battit des bras et trois Fendoirs se trouvèrent éjectés, aussitôt remplacés par d'autres.

Skully et Valkyrie demeurèrent côte à côte. Tanith tenait son bras cassé. Bliss avait reculé de quelques pas pour souffler. Tous les quatre regardaient les Fendoirs livrer combat et c'était un sacré spectacle ! Ils formaient un ensemble parfait qui agissait en silence, sans qu'ils aient besoin d'échanger des ordres. Ils savaient ce qu'ils avaient à faire et se soutenaient mutuellement, compensaient les blessures, arrivaient en renfort, faisaient diversion. La Grotesquerie n'avait pas une seule seconde de répit.

Valkyrie vit l'excroissance de son poignet gauche se contracter, puis cracher de l'acide. Le jet atteignit en pleine poitrine un Fendoir qui s'écroula en essayant d'arracher sa tunique, mais il mourut avant. Le bras droit de la Grotesquerie se désentortilla une fois de plus et les cinq griffes se plantèrent dans un autre

Fendoir. Elles tirèrent d'un coup sec. Le Fendoir fut projeté dans les airs telle une poupée de chiffons.

Un coup de faux porté au tendon de la créature la fit tituber. Un autre coup, dans son dos, aspergea le sol de sang noir. Le monstre frappa rageusement, dans le vide, et mit un genou à terre. Les Fendoirs se jetèrent sur la Grotesquerie pendant qu'elle essayait de refermer ses plaies.

Tout allait pour le mieux... jusqu'à ce qu'une voix s'élève derrière eux : *« Païens ! »* Skully, Bliss, Tanith et Valkyrie se retournèrent comme un seul homme : le Baron Vengeous était de retour.

Il était perché sur le toit, à l'endroit où ils se trouvaient un peu plus tôt, et les ombres dansaient furieusement autour de lui. Son armure changea de forme, les angles devinrent tranchants et, quand il avança, les ombres rampèrent vers l'extrémité du toit tels des serpents et sautèrent dans le vide. Le Baron chevaucha l'obscurité, qui le conduisit en douceur dans la cour.

Les Fendoirs interrompirent leur attaque. La Grotesquerie avait maintenant les deux genoux à terre. Son corps essayait de recoller les blessures qu'on lui avait infligées. Elle ne se relevait pas.

– Comment osez-vous ? rugit Vengeous en avançant à grands pas. Comment osez-vous attaquer un *dieu vivant* ?

– Ce n'est pas un dieu, rétorqua Skully. Et il ne va pas rester vivant longtemps.

Valkyrie scruta les ombres qui entouraient Vengeous. On aurait dit qu'il était suivi par une masse d'obscurité. Soudain, celle-ci se déploya pour libérer sa prisonnière et China Spleen dégringola sur le sol. Vengeous l'abandonna dans son sillage.

Bliss vint à la rencontre du Baron.

– Tu n'iras pas plus loin.

– Essaye de m'arrêter, ricana Vengeous.

– J'en ai bien l'intention, répliqua Bliss et il lui décocha un direct.

Mais Vengeous leva la main pour rassembler les ombres, qui formèrent immédiatement une barrière protectrice. Le poing de Bliss heurta cet obstacle et tous les autres entendirent ses jointures se briser.

L'armure se modifia pour renforcer le poing de Vengeous, qui sourit lorsqu'il frappa à son tour. Son crochet atteignit Bliss au menton, le soulevant de terre et le projetant en arrière.

Skully leva son arme et tira en visant la tête. Les ombres prirent l'apparence d'un nuage qui masqua le visage de Vengeous, absorba les balles et les recracha. Quand l'arme fut vide, les ombres retombèrent.

– Mince, ça n'a pas marché, marmonna le squelette.

– Fendoirs, s'exclama Tanith en saisissant son épée, nous avons une nouvelle cible !

Elle s'élança et les Fendoirs l'imitèrent. Vengeous tendit le bras.

– Oh, zut !

C'est la seule chose que Skully eut le temps de dire avant qu'une vague d'obscurité jaillisse de la main de Vengeous et s'écrase sur Tanith et ses guerriers. Le squelette saisit Valkyrie par le bras pour la plaquer au sol, et les ténèbres passèrent au-dessus de leurs têtes. La jeune fille vit les autres s'écrouler, inconscients.

Il s'ensuivit un moment de silence, puis Vengeous tendit à nouveau le bras et un filament d'ombre s'enroula autour de Skully pour l'attirer vers le Baron. Valkyrie sentit quelque chose se refermer autour de sa cheville et elle se mit à glisser sur le sol, jusqu'au centre de la cour. L'ombre la lâcha et elle alla rouler près de Skully. Vengeous les toisa.

– Je suis presque impressionné, dit-il. Vous avez réussi à blesser la Grotesquerie ; je ne pensais pas que vous seriez capables d'un tel exploit.

– Nous sommes pleins de surprises, rétorqua Skully et il bondit.

Un éclat d'ombre le réexpédia au tapis. Il se contorsionna en gémissant :

– Cette attaque n'en faisait pas partie, de toute évidence.

– Aucun de vous n'a encore compris, n'est-ce pas ? cracha Vengeous. Vous ne représentez plus aucune menace. Je suis le sorcier le plus puissant de la planète. Quand les Sans-Visage reviendront, je régnerai à leurs côtés. Quelle chance avez-vous contre moi ?

Skully se releva et Valkyrie l'imita.

– Baron Vengeous, déclara le squelette, vous êtes en état d'arrestation.

Vengeous s'esclaffa. Valkyrie regardait China qui se déplaçait lentement derrière lui. Son pantalon blanc était lacéré, son gilet sale et ensanglanté.

– Nous voici arrivés à la conclusion, déclara le Baron, et je me demande si, contrairement à China, vous avez retenu la leçon ? Êtes-vous prêts à reconnaître que le monde appartient aux Sans-Visage ? Êtes-vous prêts à chanter leurs louanges ?

– Ils ne sont pas encore ici, Baron, fit remarquer Skully.

– Ils arrivent. Faites-vous à cette idée. La Grotesquerie va les appeler et ils retrouveront leur chemin. Corrigez-moi si je me trompe, mais vous semblez à court de renforts.

– Qui a dit qu'on en avait besoin ? rétorqua Skully.

Sa main jaillit. L'air ondoya, Vengeous fit un pas sur le côté et rejeta son bras en arrière. Une vague d'obscurité atteignit le squelette et l'arracha du sol.

Valkyrie se baissa pour éviter un coup en revers et ramassa subrepticement deux petits morceaux de débris. Agissant par pur instinct, elle joignit les mains, sonda l'air tout autour et *poussa*. Les débris filèrent vers Vengeous comme des balles de pistolet. Il envoya des ombres pour les intercepter et ils explosèrent dans un nuage de poussière. Il pointa alors le doigt sur Valkyrie et l'obscurité la frappa de plein fouet.

– C'est si facile, gloussa-t-il.

Les ombres s'étaient jetées sur elle encore une fois ; elles l'enveloppèrent, la soulevèrent et l'entraînèrent pour la plaquer violemment contre le mur. Elle sentit l'obscurité glacée traverser ses vêtements et, quand elle voulut bouger, elle découvrit qu'elle ne le pouvait plus.

Skully heurta le mur à côté d'elle, cloué par les ombres.

– Tu n'es rien sans cette armure ! cracha-t-il.

Vengeous s'avança vers ses prisonniers, avec un large sourire.

– C'est le moment où tu me provoques, hein ? Où tu insultes mon honneur ? Cette armure est une arme, l'abomination. Je ne vais pas abandonner mon arme juste avant l'estocade uniquement pour donner une chance à mon adversaire. Si mon ennemi est affaibli, mon ennemi sera détruit. Telle est la loi des dieux obscurs.

– Je vous en supplie, ne me tuez pas ! sanglota Valkyrie.

– Ne t'en fais pas, lui dit Skully. Je vais nous sortir de là.

– Il ne te sortira de nulle part, dit Vengeous. J'ai l'impression que tu as choisi le mauvais camp, ma jolie.

– Dans ce cas, je change de camp !

Vengeous sourit, tout ceci l'amusait.

– Tu entends ça, l'abomination ? Face à la réalité des choses, ta protégée t'abandonne.

Le squelette secoua la tête.
– Valkyrie, écoute-moi…
– Quoi, encore ? répondit-elle. Vous allez me dire que tout va s'arranger ? Vous allez me prier d'être courageuse ? Il va nous tuer ! Baron, je vous en supplie, je ne veux pas mourir ! Laissez-moi faire mes preuves ! Laissez-moi le tuer à votre place !
– Tu ferais ça ? demanda Vengeous. Tu tuerais ton mentor ? Tu l'assassinerais de sang-froid ?
– Ce n'est pas un meurtre, s'il est déjà mort.
Vengeous réfléchit à sa proposition.
– Il y a là une certaine poésie, assurément. Très bien, Miss Caïne. C'est toi qui auras l'honneur de le tuer.
Les ombres se retirèrent et Valkyrie tomba sur le sol. Elle sécha ses larmes avec sa manche et se tourna vers Skully, qui pendait au mur comme un pantin mou.
– Comment comptes-tu le tuer ? s'enquit Vengeous.
– Je crois savoir comment faire. Je repense à une chose qu'il a dite tout à l'heure, à propos de sa faiblesse.
Vengeous lui fit signe d'approcher et la jeune fille marcha jusqu'à lui d'un pas hésitant. Elle se retourna vers Skully et leva les bras.
– Désolée.
Elle ferma les yeux, forma des griffes avec ses doigts et plaqua ses bras le long de son corps. L'air se mit à

vibrer autour d'elle. Soudain, elle fit volte-face, vers Vengeous, mais celui-ci repoussa ses bras, la saisit par la gorge et la souleva de terre.

– Tu as vraiment cru que j'étais naïf à ce point ?

Il éclata de rire lorsqu'elle décocha un coup de pied dans son armure.

– Quelle tentative pitoyable ! Si c'est tout ce que t'a enseigné cette abomination, tu aurais dû réclamer un meilleur professeur.

Les mains de Valkyrie se refermèrent autour du poignet de Vengeous et elle se souleva afin de soulager, brièvement, la pression sur sa gorge.

– Vous êtes un militaire, dit-elle d'une voix étranglée, vous devriez être capable de reconnaître une ruse.

– Oh, il s'agissait d'une ruse ? Tu as fait diversion, juste le temps de te placer en position favorable, c'est ça ?

– Exactement. Et voici le moment où je lance mon attaque pour vous terrasser.

Le Baron éclata de rire encore une fois.

– Pardon de te demander ça, ma jolie, mais avec quelle armée ?

Valkyrie lui sourit, détacha une main de son poignet et pointa le doigt par-dessus l'épaule de Vengeous.

– Celle-ci.

Le Baron se retourna, au moment où China Spleen s'avançait derrière lui.

40

Combat à mort

Tout le corps de China était couvert de tatouages noirs tournoyants. Vengeous jeta Valkyrie à terre et celle-ci vit China esquiver une attaque et tapoter deux tatouages jumeaux sur ses cuisses. Ils émirent une lueur verte sous son pantalon déchiré et, soudain, elle ne fut plus qu'une tache floue qui se faufilait au milieu des ombres de Vengeous.

Le Baron poussa un grognement irrité et attaqua de nouveau, mais elle était trop rapide, et elle se trouvait tout près maintenant. Quelques-uns de ses tatouages rougeoyèrent. Elle se saisit de Vengeous et lui décocha un coup de poing qui le fit décoller de terre.

Ses ombres l'enveloppèrent et le déposèrent délicatement sur le sol, avant de bombarder China. Celle-ci joignit ses mains ; les tatouages de ses paumes entrèrent en contact, se mélangèrent, et une barrière jaune se dressa. Les ombres la frappèrent et China en eut le souffle coupé, mais le bouclier résista.

Les ombres qui emprisonnaient Skully commencèrent à se dissoudre car toute l'attention de Vengeous était concentrée ailleurs. Le squelette se libéra et se laissa tomber à terre. Il se dirigea ensuite vers Valkyrie pour lui prendre le bras.

– Il faut filer, dit-il d'un ton pressant.

– Mais on peut aider…

– Impossible de l'arrêter, il est trop puissant.

– On bat en retraite ?

– Non, on ne bat pas en retraite, on avance en marche arrière. Reste près de moi et baisse-toi.

Ils foncèrent vers le bâtiment principal de l'hôpital. Valkyrie se retourna et vit une traînée d'ombres se faufiler dans le dos de China pour attaquer le bouclier par-derrière. Celui-ci faiblissait. China tomba à genoux, les paumes toujours jointes.

Valkyrie s'accrocha à Skully, l'air ondoya et les propulsa sur le toit.

– On ne peut pas abandonner China ! s'exclama Valkyrie, alors qu'ils couraient sur les tuiles.

– Je suis d'accord, dit le squelette, mais on ne pourra pas vaincre Vengeous tant qu'il portera cette armure, c'est une certitude. Il faut trouver un moyen de la lui arracher.

– Hein ? Ça veut dire s'approcher de lui, et on ne peut pas franchir ces saletés d'ombres !

– Exact. Il faut donc ruser.

Ils sautèrent de l'autre côté du mur et atterrirent près de la jeep. Skully trouva ce qu'il cherchait.

– Ah, fit Valkyrie. Astucieux.

– Évidemment.

Valkyrie rampait sur le toit. Le combat était terminé. Des Fendoirs inconscients gisaient un peu partout, la Grotesquerie essayait encore de cicatriser ses plaies et China était à genoux, blessée. Le Baron Vengeous se tenait derrière elle ; il contemplait ses mains protégées par l'armure.

– Je comprends qu'on puisse opter pour la nécromancie, disait-il. Certes, elle a ses limites, mais pour le simple plaisir de l'utiliser contre ses ennemis… on ne fait pas mieux. J'ai combattu aux côtés de Vile durant la guerre. Je ne l'ai jamais aimé. Il était… différent. Il avait des secrets. Mais je savais qu'il était puissant. J'ignorais à quel point. Ce n'était rien comparé aux Sans-Visage, bien évidemment, mais quand même… quelle puissance !

– Tu n'es pas…

– Pardon ? Je n'ai pas bien saisi.

Valkyrie continuait à se rapprocher, en restant cachée.

– Tu ne fais pas partie de la même catégorie, dit China, qui avait trouvé la force de parler. Vile était… hors du commun… Tu n'as fait qu'endosser sa tenue.

– Je manie son pouvoir ! Je manie l'art de la nécromancie !

– Il ne t'appartient pas. (Le rire de China semblait un peu forcé et douloureux.) Tu as raison : Vile était différent. Il aurait pu utiliser son pouvoir pour... pour changer le monde... Mais toi, Baron ? Tu ne saurais même pas par où commencer.

Le sourire triomphant quitta le visage du Baron. Il rassembla l'obscurité entre ses mains.

– J'aurais dû te tuer il y a des années, dit-il.

Les ténèbres frappèrent China et l'expédièrent cul par-dessus tête. Au même moment, Billy-Ray Sanguin émergea de terre, derrière Vengeous. Skully Fourbery était accroché sur son dos et braquait son revolver sur sa tempe.

Le squelette repoussa Sanguin, lâcha son arme et saisit Vengeous au cou avant même que celui-ci ait pu se retourner. Valkyrie sauta du toit en déplaçant l'air sous elle, pendant que Sanguin se redressait. Elle atterrit, se concentra, tendit la main, doigts écartés, et Sanguin fut arraché du sol.

Vengeous se débattit furieusement, mais Skully tenait bon. Au milieu des jurons, Valkyrie perçut un petit *clic* et elle vit le plastron de l'armure s'ouvrir. Un brouillard d'obscurité en jaillit.

Vengeous poussa un hurlement de rage et essaya de se libérer encore une fois, mais Skully s'agrippait farouchement au plastron, à tel point qu'il finit par l'arracher. Il le jeta par terre et Vengeous trébucha en avant. L'obscurité s'échappa de l'armure et se dissipa dans la nuit.

Vengeous tendit la main et les ombres se jetèrent sur Skully comme des fouets qui claquent, mais elles étaient minces et fragiles. Il les brisa et avança, frappant Vengeous au sternum avec le talon de la main. Le souffle coupé, celui-ci tituba et essaya à nouveau de lancer ses ombres mais, cette fois-ci, elles manquèrent totalement le squelette qui se baissa et fit un bond sur le côté pour décocher un coup de coude dans les côtes de Vengeous, suivi d'un coup dans les reins. Les jambes du Baron se dérobèrent et il poussa un gémissement de douleur.

Quelque chose bougea dans l'angle du champ de vision de Valkyrie ; elle se retourna juste au moment où Sanguin la percutait. Elle décolla du sol sous le choc et retomba lourdement. Debout au-dessus d'elle, il se pencha et elle en profita pour lui assener un coup de poing dans la rotule. Elle se fit mal à la main, mais il eut encore plus mal qu'elle. À peine s'était-elle relevée qu'il se jeta de nouveau sur elle et l'étrangla des deux mains.

Elle le frappa au ventre, à la mâchoire, mais Sanguin encaissait les coups en souriant, et l'étau de ses doigts se resserra encore. Valkyrie lui écrasa son poing sur le nez, il hurla ; elle lui tordit l'auriculaire. Sanguin hurla de plus belle et, cette fois, il lâcha prise. Elle lui décocha alors un coup de pied dans le bas-ventre, il suffoqua, tendit la main vers elle, mais la douleur le plia en deux.

Pendant ce temps, Vengeous avait immobilisé Skully grâce à une sorte de prise de catch qui aurait arraché les muscles et les tendons de tout homme qui en avait. À force de gesticuler, Skully parvint à se libérer et il se servit de ses coudes pour marteler le visage et le corps de Vengeous.

Sanguin, quant à lui, gémissait de douleur ; il voulut se relever, mais Valkyrie le saisit par-derrière et lui appuya son propre rasoir sur la gorge.

– Ah, voilà où il était ! dit-il en essayant de s'éloigner de la lame, mais Valkyrie le tenait fermement.

– N'essayez pas de me faire le coup de la disparition, menaça-t-elle. À la seconde même où le sol commence à se fissurer, vous êtes mort.

Le rire qui s'échappa des lèvres de Sanguin était éraillé.

– Tu ne peux pas me tuer, ma jolie. Tu fais partie des gentils. Ce serait un meurtre.

Elle accentua la pression de la lame.

– On parie ?

Valkyrie tourna la tête au moment où Vengeous dégainait son sabre. La lame scintilla dans la nuit, Skully leva la main droite pour se protéger, et le sabre lui trancha l'avant-bras. Il hurla et recula ; son bras sectionné tomba par terre, encore enveloppé de sa manche. Vengeous décocha un coup de pied à Skully qui s'écroula. Vengeous se planta devant lui en brandissant son sabre.

– Baron ! cria Valkyrie. (Il regarda par-dessus son épaule, son sabre resta figé en l'air.) Baissez votre arme !

Vengeous s'esclaffa.

– Ou sinon ? Tu vas égorger Sanguin ? Fais donc.
– Je ne plaisante pas.
– Je te crois.
– Je ferai tout ce que tu veux, supplia Sanguin. Je ficherai le camp, je ne reviendrai plus jamais, tu ne me reverras plus. Juré !

Vengeous semblait écœuré.

– Essaye au moins de mourir dignement, misérable païen !

– La ferme, vieux débris ! cria Sanguin.

Vengeous ricana.

– Regarde au-dessus de ta tête, petite. C'est presque l'heure.

Valkyrie leva les yeux vers le ciel dégagé et la pleine lune. L'ombre de la Terre l'avait presque entièrement recouverte.

– Tu sens ? demanda Vengeous. Le monde est sur le point de changer.

Valkyrie se crispa : une main s'était refermée sur la sienne. Sanguin pivota et la projeta par-dessus son épaule ; elle chuta lourdement en laissant échapper le rasoir. Sanguin s'en empara. Elle se retourna, prête à se défendre, mais, après avoir jaugé la situation, Sanguin replia le coupe-chou, le glissa dans sa poche et s'enfonça dans le sol.

Vengeous adressa un sourire à Valkyrie, avant de toiser Skully.

– L'éclipse est presque complète, l'abomination. Les Sans-Visage arrivent. Tout ce que j'ai prévu, tout ce dont j'ai rêvé, est en train de se réaliser. Tu as échoué.

– Pas encore, murmura le squelette.

– Que comptes-tu faire ? railla le Baron. Tu me réserves une surprise, cachée dans ta manche ? Sois prudent, il ne t'en reste qu'une.

– Allons-y pour le tour suivant... dit Skully, mais il sembla hésiter. Ah, zut ! Pas moyen de trouver une remarque spirituelle. Valkyrie...

Cette dernière claqua des doigts et lança une boule de feu. Elle atteignit Vengeous à la poitrine. Les vêtements qu'il portait sous l'armure s'embrasèrent. Il poussa un juron et se servit des ombres pour éteindre les flammes. Le revolver glissa sur le sol et bondit dans la main de Skully. Il tira aussitôt.

Le sabre tomba. Le sang se mit à couler de la poitrine brûlée de Vengeous. Il ne pouvait que regarder fixement les orbites vides de Skully.

– Non... ce n'est pas comme ça que je suis censé mourir, dit-il d'une voix faible. Pas... de cette façon. Pas de ta main. Tu... tu es une abomination.

– Je suis un tas de choses, répondit Skully et il lâcha son arme.

Vengeous recula en titubant. Voyant Valkyrie, il tendit la main vers elle. Mais il n'avait plus de force ; elle le repoussa et il tomba.

Il rampa vers la Grotesquerie.

– Dis-leur que je suis désolé, chuchota-t-il. J'ai échoué.

Le Grotesquerie leva la main pour toucher le visage de Vengeous. C'était un geste presque tendre... jusqu'à ce que la main se referme comme un étau et lui brise la nuque d'un geste brusque. La Grotesquerie rouvrit la main et le Baron s'écroula.

La créature se leva péniblement. Les derniers éclats de lune disparurent dans l'obscurité. La Grotesquerie semblait avoir du mal à conserver son équilibre.

Skully tenta de se lever à son tour, mais en vain. Il claqua des doigts, mais aucune étincelle ne jaillit.

Il s'adressa à Valkyrie, d'une voix tendue et faible :

– Tire une boule de feu dans le ciel. C'est notre dernière chance.

Elle fronça les sourcils ; elle ne comprenait pas le sens de cette demande, mais elle obéit quand même. Son pouce frotta contre son index en produisant un petit claquement. La friction fit naître une étincelle. Valkyrie la captura dans sa paume, puis la transforma en flamme. Elle y déversa toute son énergie pour la faire grossir et la lança vers le ciel. La fusée de feu s'éleva droit dans la nuit, brûlant d'une lueur plus intense à son sommet, avant de s'éteindre. Perplexe, Valkyrie se retourna vers Skully.

– Ça devrait faire l'affaire, marmonna-t-il et il se laissa retomber.

– Et maintenant, je fais quoi ? demanda-t-elle, mais il ne répondit pas.

Elle ramassa l'épée de Tanith et reporta son attention sur la Grotesquerie.

– Hé ! lui lança-t-elle.

La créature pivota, et Valkyrie sentit sa gorge se nouer. Tous les autres avaient échoué. Elle était livrée à elle-même désormais.

Une voix la fit se retourner :

– Je t'ai surestimée.

Le Tourment avança en enjambant les cadavres des Fendoirs.

– Je vous ai tous surestimés, dit-il. Je pensais que vous seriez capables de gérer ce problème tout seuls.

La boule de feu ! Il devait s'agir d'un signal destiné au dernier renfort dont ils disposaient. Valkyrie se demanda, brièvement, ce qu'avait dû accepter Skully pour s'assurer les services du Tourment. Elle était prête à parier que ce n'était pas très agréable.

– Va-t'en, lui dit le vieillard. Je n'aime pas te sentir près de moi. Laisse-moi m'occuper de cette créature.

– Je n'irai nulle part, répondit Valkyrie.

Ces mots lui raclèrent la gorge.

– Alors, écarte-toi. Que je puisse réparer tes dégâts.

– Mes dégâts ?

– Cette monstruosité ne serait pas vivante sans toi et le sang qui coule dans tes veines. Ton existence même constitue une menace pour tous les êtres vivants sur cette terre.

C'était une discussion qu'elle n'avait ni le temps ni l'envie de mener, alors elle recula. De loin, elle vit le liquide semblable à de l'encre couler des yeux, des oreilles, du nez et de la bouche du vieillard. Elle vit ses bras et ses jambes noircir et s'allonger. Les pattes d'araignée transpercèrent sa chemise déjà déchirée. Un œil s'ouvrit au milieu de son front et son torse s'éleva. Le Tourment, redevenu araignée, posa sur la Grotesquerie un regard pénétrant et impitoyable.

– Salut, monstre, dit-il et il vomit un flot noir.

Frappée de plein fouet, la Grotesquerie trébucha, tandis que la masse de ténèbres grandissait et se transformait en araignées. La créature chancela, le corps recouvert d'arachnides qui attaquaient en chœur.

La Grotesquerie en saisit une dans son énorme main droite et serra. La bestiole explosa. Le Tourment se précipita, une de ses pattes avant jaillit et atteignit la Grotesquerie dans le dos. Elle s'écroula, en écrasant les araignées sous son poids. Le Tourment abaissa violemment ses pattes ; deux d'entre elles transpercèrent la créature, qui se retrouva clouée au sol.

Mais, soudain, elle disparut et l'air s'ouvrit au-dessus de l'araignée géante. La Grotesquerie lui retomba sur le dos. Le Tourment se cabra pour tenter de déloger son agresseur, mais la créature le tenait solidement entre ses bras. Valkyrie vit jaillir le dard, dont la pointe avait été sectionnée, et il rebondit inutilement contre l'armure de l'araignée.

Le Tourment hurlait des jurons, que la panique transformait en cris stridents. Le bras droit de la Grotesquerie se divisa en filaments qui s'enroulèrent autour de la gorge de son adversaire, l'obligeant à se cabrer davantage. Le Tourment trébucha sur les corps des Fendoirs ; la Grotesquerie le tira en arrière d'un coup sec et il bascula à la renverse. Il atterrit sur le dos ; ses huit pattes s'agitaient dans le vide. La Grotesquerie peinait à se relever, mais semblait y parvenir malgré tout. Alors que le Tourment était incapable de rouler sur le flanc.

– Aide-moi ! brailla-t-il.

Valkyrie sentit le poids de l'épée dans sa main. Si elle atteignait la Grotesquerie avant que celle-ci se redresse totalement, elle avait peut-être une chance. Hélas, ses jambes refusaient de bouger.

Pendant ce temps, le Tourment se ratatinait. Ses pattes d'araignée se rétractaient, ses bras et ses jambes réapparaissaient, les pores de sa peau absorbaient l'obscurité. Pétrifiée, Valkyrie assistait à la course entre le Tourment qui tentait de retrouver son apparence humaine pour se relever, et la Grotesquerie qui avait réussi à se dresser sur un genou.

Cette dernière remporta le duel avec trois secondes d'avance. Elle toisa le Tourment, qui n'était plus qu'un vieillard pâle et faible, impuissant, à ses pieds. Son énorme main droite descendit, saisit le vieil homme par ses longs cheveux et le souleva. Le Tourment gémit de douleur.

Valkyrie regarda ses jambes pour leur intimer l'ordre de bouger. Un petit pas ! Il lui suffisait de faire un seul pas, le premier ; les autres suivraient automatiquement.

Sa jambe droite décolla du sol. Elle avança. Au même moment, la Grotesquerie balança son bras, Valkyrie entendit un bruit de déchirure et le Tourment se retrouva projeté au loin.

La Grotesquerie lâcha le morceau de cuir chevelu qu'elle tenait dans la main, par les cheveux, et se tourna vers Valkyrie, alors que celle-ci portait une botte qui lui entailla le bras gauche. La créature voulut s'emparer d'elle, mais elle se baissa, pivota sur elle-même en maniant l'épée comme le lui avait appris Tanith et la lame trouva le flanc de la Grotesquerie, dans lequel elle s'enfonça.

Valkyrie bondit en arrière, en tenant l'épée à deux mains, les yeux fixés sur la blessure qu'elle venait d'infliger. La peau ouverte essayait de se refermer, de cicatriser, en vain.

La Grotesquerie grogna. Son bras droit jaillit. Une des lanières de chair s'enroula autour de la cheville de Valkyrie et l'arracha du sol. Elle tomba et les autres tentacules se jetèrent immédiatement sur elle. Une griffe lui entailla la joue ; elle sentit son sang chaud inonder son visage.

Elle tendit le bras et trancha d'un coup d'épée le lien autour de sa cheville. La Grotesquerie recula, les bandes de chair se rétractèrent pour tenter de reconstituer le bras. Le majeur manquait à l'appel. Valkyrie se releva d'un bond en visant le torse de la créature d'un coup d'épée en diagonale, qui élagua des bouts de cage thoracique. Le coup suivant emporta la main gauche de la Grotesquerie. Qui s'écroula.

La créature battit en retraite en agitant les bras pour maintenir Valkyrie à distance. Celle-ci attendit le moment propice et plongea. L'épée s'enfonça entre les côtes et la Grotesquerie se raidit. Saisissant le pommeau à deux mains, Valkyrie inclina la lame vers le cœur, et l'enfonça plus profondément encore, en exerçant une torsion. Le monstre hurla.

Ce hurlement la frappa comme un coup de poing, tandis que l'obscurité se déversait des plaies de la Grotesquerie. Valkyrie la sentit s'insinuer en elle ; ses jambes se dérobèrent et elle s'effondra. L'obscurité se répandit dans tout son corps, traversé par des spasmes de douleur. Sa colonne vertébrale s'arqua. Des images jaillirent dans son esprit, des images liées à la dernière fois où elle avait ressenti une telle souffrance : Serpine pointait son doigt sur elle, ses yeux verts commençaient à s'éteindre, son corps à se transformer en poussière.

Ses muscles se contractèrent, elle eut un haut-le-cœur qui l'étouffa et elle essaya de crier. Puis les ténèbres l'abandonnèrent et elle rouvrit les yeux ; malgré les larmes qui obscurcissaient sa vision, elle vit l'obscurité s'échapper d'elle, s'élever dans les airs et se dissiper. Elle avala une grande bouffée d'air.

– Tout va bien ? lui lança Skully, quelque part au loin.

Elle leva la tête. La Grotesquerie gisait sur le sol,

immobile. Des fragments d'obscurité continuaient à quitter son corps. Valkyrie roula sur le côté et se dressa sur son coude.

– Oooh, gémit-elle. C'était douloureux.

Skully la rejoignit lentement. Il avait ramassé son bras tranché et il le lui tendait.

– Laisse-moi te donner un coup de main, plaisanta-t-il.

Elle choisit de ne pas réagir à cette plaisanterie de très très mauvais goût, mais accepta que le squelette l'aide à se relever.

En portant sa main à son visage, elle sentit que sa blessure continuait à saigner. Sa joue était ankylosée, mais elle savait que ça ne durerait pas : la douleur allait se manifester.

– Nous ne sommes pas morts, dit-elle.

– Bien sûr que non. Je suis trop malin pour mourir et toi, trop jolie.

– C'est vrai, je suis jolie, confirma Valkyrie en parvenant à esquisser un sourire.

– Oh là là ! dit une voix familière derrière eux.

Ils se retournèrent.

– Regardez ce que vous avez fait ! s'exclama Sanguin en prenant un ton faussement sévère. Vous avez gâché notre petit plan insidieux. Vous ressortez de cet affrontement triomphants et victorieux. Je vous maudis maudits, âmes charitables ! Je vous maudis !

– Vous ne semblez pas très triste d'avoir perdu, fit remarquer Valkyrie.

Sanguin rit et ôta ses lunettes noires pour les nettoyer avec un mouchoir.

– Quoi ? Tu crois que c'est terminé ? Allons, ma mignonne, ce n'est que le commencement. Mais ne vous inquiétez pas, je vous reverrai très bientôt, tous les deux. En attendant, prenez soin de vous, d'accord ?

Il remit ses lunettes noires, alors que le sol se fendillait sous ses pieds et il s'y enfonça, non sans envoyer un baiser à Valkyrie avant de disparaître.

Au bout d'un moment, quand ils furent certains que Sanguin n'allait pas réapparaître, Skully se tourna vers sa protégée.

– Eh bien, ce plan a parfaitement fonctionné, dit-il.

– Skully, votre plan se résumait à ceci : « Approchons-nous et voyons ce qui se passe. »

– N'empêche, je trouve que tout s'est déroulé magnifiquement.

41

L'ancien employeur de Billy-Ray Sanguin

Assis à l'ombre, Billy-Ray Sanguin regardait passer les jolies filles. La place était animée, pleine de brouhaha et parfumée de délicieuses odeurs de cuisine. Par cette magnifique journée, il se trouvait dans la petite ville fortifiée de San Gimignano, au milieu des collines, et il savourait un excellent cappuccino.

Deux superbes Italiennes passèrent devant lui, le regardèrent et échangèrent quelques rires étouffés. Il leur sourit et elles pouffèrent à nouveau.

– Un peu de tenue, lui glissa l'homme assis à ses côtés.

Sanguin sourit.

– Je ne fais qu'admirer le paysage.

L'homme déposa une fine enveloppe devant lui, appuya dessus un ongle manucuré et la fit glisser sur la table.

– Votre paiement, dit-il. En échange d'un travail bien fait.

Sanguin jeta un coup d'œil à l'intérieur de l'enveloppe

et, inconsciemment, il passa sa langue sur sa lèvre inférieure. L'enveloppe disparut à l'intérieur de sa veste.

– J'en déduis que ça a marché, dit-il.

L'homme hocha la tête.

– Vengeous s'est douté de quelque chose ? demanda-t-il.

– De rien, ricana Sanguin. Il était tellement obnubilé par lui-même qu'il ne s'est pas douté qu'on le manipulait. Pas un seul instant.

– C'était un très bon allié, dit l'homme, tristement.

– Pourtant, vous n'avez pas hésité à lui faire porter le chapeau à votre place, vous et votre petit groupe.

L'homme posa les yeux sur lui et Sanguin s'obligea à ne pas détourner le regard.

– Il fallait que la Diablerie demeure invisible, dit l'homme. L'enjeu était trop important pour que nous prenions le risque d'être découverts prématurément. Toutefois, maintenant que la Grotesquerie a rempli son rôle, cette nécessité va disparaître.

– Vous saviez que Vengeous échouerait, n'est-ce pas ?

– Absolument pas. Et nous avons fait tout ce qui était en notre pouvoir pour l'aider.

– Je ne comprends pas, dit Sanguin, légèrement penché en avant. La Grotesquerie n'a ouvert aucune porte. Elle n'a jamais eu la possibilité de faire revenir les Sans-Visage. Dès lors... votre plan n'a-t-il pas échoué ?

– Le plan du Baron a échoué. Le nôtre est intact.

– Je ne... Comment cela ?

L'homme sourit.

– La Grotesquerie leur a lancé un appel. Son râle

d'agonie a appelé les Sans-Visage. Nos dieux errent depuis des millénaires, barricadés à l'extérieur de notre réalité, incapables d'y revenir. Maintenant, ils savent où nous sommes.

L'homme se leva et boutonna sa veste.

– Ils arrivent, Billy-Ray. Nos dieux reviennent. Et nous nous tenons prêts à leur ouvrir la porte.

Sur ce, il s'éloigna et la foule l'engloutit. Quelques secondes plus tard, par une brève trouée, Sanguin l'aperçut en compagnie d'une femme, puis la barrière humaine se referma et ils disparurent.

Sanguin laissa son cappuccino refroidir. Jadis, il avait idolâtré les Sans-Visage mais, quatre-vingts ans plus tôt, il avait compris que, s'ils revenaient et prenaient le pouvoir, il n'aurait aucune raison de s'en réjouir. Toutefois, un travail, c'était un travail, et il ne laissait jamais ses idées politiques ou ses croyances religieuses s'immiscer dans ses affaires. De plus, la Diablerie était un groupe qui payait bien. Sa main glissa vers la poche intérieure de sa veste, et la fine enveloppe qui s'y trouvait. Tous ses doutes s'envolèrent. Il se leva à son tour et s'éloigna, en direction des deux belles Italiennes qui étaient passées un peu plus tôt.

42

Des ennuis en perspective

La vague de chaleur prit fin et la pluie arriva en même temps que la nuit. Valkyrie était assise près de la jetée ; son blouson était trempé et luisant. Ce n'était pas son blouson noir, celui qui lui avait plusieurs fois sauvé la vie. Celui-ci était bleu marine, doté d'une capuche qui lui protégeait la tête. Son jean collait à sa peau, mais elle s'en fichait.

Deux jours s'étaient écoulés depuis qu'elle avait affronté le Baron Vengeous et la Grotesquerie à l'hôpital de Clearwater, et malgré les sciences de la magie de Tapalœil, elle avait encore mal partout. Certes, sa plaie à la joue s'était refermée, sans même laisser une cicatrice, et tous les autres bleus, les coupures diverses, avaient presque disparu, mais son corps restait ankylosé, fatigué. Toutefois, elle était vivante, et donc, chaque fois qu'elle avait mal, elle ne se plaignait pas. Au contraire, elle se réjouissait de pouvoir encore ressentir quelque chose.

Haggard était paisible, endormie. La mer venait frapper la jetée comme si elle essayait de la déplacer, de s'en emparer peut-être et de l'entraîner dans ses profondeurs. L'air était vif ; Valkyrie en avalait de grandes bouffées, lentement. Sans fermer les yeux. Elle scrutait les vagues. Elle tourna la tête en entendant la voiture.

La Bentley s'arrêta, les phares s'éteignirent. Skully en descendit et marcha vers elle ; son manteau flottait au vent. La pluie dégoulinait du bord de son chapeau, sur ses épaules.

– Alors, tu continues à monter la garde ? demanda-t-il.

Valkyrie haussa les épaules.

– Les vampires de Dusk n'ont pas tous été infectés en même temps. Peut-être qu'un ou deux n'ont pas été détruits par l'eau. Si rien ne me saute dessus avant demain soir, je pourrai me dire qu'ils sont tous morts.

– Et tu iras dormir ?

– Promis. (Elle leva les yeux vers le squelette.) Comment va votre bras ?

Il lui montra sa main droite et remua ses doigts gantés.

– Ressoudé et bientôt fonctionnel, grâce à Tapalœil. On peut dire que nous avons vécu quelques journées difficiles.

– En effet.

– Tanith est-elle venue te voir ?

– Oui, avant de se rendre à l'aéroport. Elle m'a expliqué que Mr Bliss se chargeait de démantibuler la Grotesquerie.

– Il va découper tous les éléments d'origine, les hacher menu, les incinérer et disperser les cendres. On peut affirmer sans risque de se tromper que la Grotesquerie ne reviendra pas. Ou alors, ce sera vraiment en tout petits petits morceaux.

– Et l'armure de Vile ?

Skully sembla hésiter.

– C'est Thurid Guild qui l'a. Apparemment, il a l'intention de la cacher là où personne ne pourra plus l'utiliser à des fins malfaisantes.

– Vous le croyez ?

– Je crois qu'il a effectivement l'intention de la cacher, jusqu'à ce qu'il en ait l'usage.

Valkyrie se leva et se tint debout à côté de Skully.

– Vous êtes renvoyé pour de bon ?

– Oui.

– Ils ne voient donc pas que c'est la cupidité et la bêtise de Guild qui ont permis à Vengeous de s'échapper ?

Le squelette inclina la tête.

– Qui ça, « ils » ? Il n'y a pas de « ils ». Guild est le Grand Mage, c'est *lui* qui décide. Il n'y a personne pour surveiller les surveillants, Valkyrie.

– Il y a nous.

Il rit.

– Oui, sans doute.

Une bourrasque ôta la capuche de Valkyrie. Elle ne la remit pas.

– Qu'allez-vous faire, alors ?

– Ce que j'ai toujours fait : résoudre des crimes et sauver le monde, à l'ultime seconde généralement. Même si, je te l'accorde, c'est *toi* qui as sauvé le monde cette fois. Bravo, au fait.

– Merci.

– On s'en sortira. Ce ne sera pas facile d'intervenir sans les ressources du Sanctuaire, mais on se débrouillera. Il y a une force supérieure à l'œuvre dans cette histoire. Ce n'est pas terminé.

Les cheveux de Valkyrie étaient plaqués sur son crâne, la pluie ruisselait sur son visage.

– Les mystérieux patrons de Sanguin, dit-elle.

– Exact. Quelqu'un tire les ficelles dans l'ombre, en prenant grand soin d'éviter les projecteurs. Mais je crains que ce stade soit dépassé et qu'il faille nous tenir prêts à affronter la suite. (Il la regarda fixement.) Les ennuis nous guettent.

– Ça devient une habitude.

À cause du vent et de la pluie, elle faillit ne pas le sentir, mais elle vit Skully pencher la tête, alors elle examina les sensations provoquées par l'air sur sa peau. Les courants s'enroulaient et s'entortillaient, mais ils étaient ballottés par une présence invisible, de la même manière que les vagues frappaient la jetée.

Valkyrie et Skully se retournèrent lentement. Ils découvrirent alors le vampire. Les veines de ses bras secs saillaient à travers sa peau mouillée et blanche. Il était affamé et avait du mal à respirer. Mais il avait survécu et il cherchait sa première proie. Il montra ses crocs et ses yeux noirs se plissèrent. Ses muscles se raidirent.

Il se jeta sur eux à travers le rideau de pluie. Skully bondit sur le côté, en dégainant son arme. Valkyrie fit jaillir une boule de feu dans sa paume, prête, une fois de plus, à en découdre.

Table des matières

Derek Landy

L'auteur

Derek Landy est irlandais et vit près de Dublin. Avant d'écrire pour la jeunesse, il a signé les scénarios de deux films d'horreur riches en homicides et en zombies. «Je pense que la conseillère d'orientation de mon école doit se retourner dans sa tombe, dit-il. Enfin, c'est ce qu'elle ferait si elle était morte.» Derek est aussi ceinture noire de karaté. Ce qui lui permet d'enseigner l'art martial aux enfants et confère à ses scènes de combat un réalisme tout particulier. Les aventures de *Skully Fourbery*, son premier roman, ont été traduites dans de nombreuses langues à travers le monde.

Retrouve le premier tome
de **Skully Fourbery**

dans la collection

folio junior

1. SKULLY FOURBERY

n° 1529

À la mort de son oncle, Stephanie Edgley, douze ans, hérite d'une vaste propriété. Un étrange individu fait irruption lors de la lecture du testament. Emmitouflé dans un long manteau, le visage caché par des lunettes noires et un chapeau, il s'appelle Skully Fourbery. Détective privé, dandy sarcastique, mais aussi... squelette ! Il lui apprend que son oncle a été assassiné et qu'elle est peut-être la prochaine sur la liste…

Découvre la prochaine aventure
de Valkyrie Caïne dans
Skully Fourbery

3. Skully Fourbery contre les Sans-Visage

1
La scène du crime

Le mort se trouvait dans le salon, à plat ventre sur le sol, près de la table basse. Il s'appelait Cameron Light, mais ça, c'était quand son cœur battait encore et qu'il avait de l'air dans les poumons. Son sang avait séché sur le tapis en formant une large tache autour du corps. Il avait reçu un coup de poignard, un seul, dans le bas du dos. Il était habillé, n'avait rien dans les mains et aucun désordre ne régnait dans la pièce.

Valkyrie parcourut le salon comme on le lui avait appris ; elle scrutait le sol et toutes les surfaces, en évitant de regarder le cadavre. Elle n'éprouvait pas le besoin de s'y attarder plus que nécessaire. Ses yeux presque noirs glissèrent vers la fenêtre. De l'autre côté de la rue, le square était désert et les balançoires grinçaient dans le vent glacial du petit matin.

Des bruits de pas la firent se retourner ; elle vit Skully Fourbery sortir de sa poche de veste un sachet de poudre.

Il portait un costume à fines rayures que parvenait à remplir son corps de squelette et son chapeau masquait ses orbites vides. Il enfonça un doigt ganté dans le sachet et remua la poudre, en brisant les grumeaux.

– Des idées ? demanda-t-il.

– Il a été attaqué par surprise, répondit Valkyrie. L'absence de blessures défensives indique qu'il n'a pas eu le temps de lutter. Comme les autres.

– Le meurtrier était donc totalement silencieux…

– Ou ses victimes lui faisaient confiance.

Il y avait quelque chose d'étrange dans ce salon, quelque chose qui ne collait pas. La jeune fille regarda autour d'elle.

– Vous êtes sûr qu'il vivait ici ? demanda-t-elle. Il n'y a aucun livre de magie, aucun talisman, aucune amulette sur les murs, rien.

Skully haussa les épaules.

– Certains mages aiment vivre des deux côtés de la barrière. La communauté de la magie est un univers secret, mais il existe des exceptions, ceux qui travaillent et évoluent dans le « monde des mortels », comme on dit. M. Light ici présent avait visiblement quelques amis qui ignoraient qu'il était sorcier.

Sur une étagère étaient posées des photos encadrées, de Cameron Light avec d'autres personnes. Des amis. Des êtres chers. D'après ces clichés, il semblait avoir mené une vie agréable, riche en amitié. Mais maintenant, c'était fini, évidemment. Il n'y avait plus de Cameron Light, juste une enveloppe vide sur le tapis.

Les scènes de crime, se dit Valkyrie, étaient des endroits déprimants.

Elle observa Skully qui répandait de la poudre en l'air

qu'on appelait de la Poudre Arc-en-ciel car la moindre trace de magie encore présente dans les environs modifiait sa couleur. Cette fois, cependant, la poudre retomba lentement sur le sol sans subir de transformation.

– Pas une trace, commenta le Détective Squelette.

Malgré le canapé qui lui cachait la vue du corps, Valkyrie apercevait encore un pied. Cameron Light portait des chaussures noires et des chaussettes grises distendues. Il avait une cheville très blanche. La jeune fille se déplaça sur le côté pour ne plus voir le pied.

Un homme chauve aux épaules larges et aux yeux d'un bleu saisissant les rejoignit dans la pièce.

– L'inspecteur Crux est dans les parages, murmura Mr. Bliss. Si jamais on vous aperçoit sur une scène de crime…

Il n'acheva pas sa phrase. C'était inutile.

– On s'en va, dit Skully.

Il enfila son manteau et enroula son écharpe autour de la partie inférieure de son visage.

– Au fait, ajouta-t-il, merci de nous avoir mis sur le coup.

– L'inspecteur Crux n'est pas fait pour mener une enquête de cette nature, dit Bliss. C'est pourquoi le Sanctuaire a besoin que Miss Caïne et vous repreniez du service.

Un soupçon d'amusement perça dans la voix de Skully :

– Je pense que Thurid Guild ne serait pas de cet avis.

– Quoi qu'il en soit, j'ai demandé au Grand Mage de vous retrouver cet après-midi et il m'a promis de le faire.

Valkyrie haussa un sourcil, mais ne dit rien. Bliss était un des hommes les plus puissants au monde, mais un des plus effrayants aussi. Il continuait à lui flanquer la frousse.

– Guild a promis de venir nous parler ? s'étonna Skully. ça ne lui ressemble pas de changer d'avis.

– La situation est désespérée.

Skully hocha simplement la tête et Valkyrie le suivit au-dehors. Malgré la grisaille, le squelette chaussa une paire de lunettes noires afin de dissimuler ses orbites vides aux éventuels passants. Mais, apparemment, le temps incitait les gens à rester chez eux.

– Quatre victimes, dit-il. Des Téléporteurs. Pourquoi ?

Valkyrie boutonna sa veste, non sans mal. Ses vêtements noirs lui avaient sauvé la vie de si nombreuses fois qu'elle n'osait même plus les compter. Hélas, désormais, chacun de ses mouvements lui rappelait qu'elle avait grandi depuis que Hideous Quatépingles les avait confectionnés à son intention, et qu'elle n'avait plus douze ans. Elle avait été obligée de jeter ses bottes trop petites et d'en acheter une paire normale dans une boutique quelconque. Il fallait absolument que Hideous, transformé en statue, redevienne un homme pour lui faire une nouvelle tenue. Valkyrie se reprocha son égoïsme avant d'en revenir à l'affaire qui les occupait.

– Peut-être que Cameron Light, comme les autres Téléporteurs, a fait quelque chose au meurtrier, ou à la meurtrière, et c'est sa façon de se venger.

– Voilà la théorie n° 1. Autre chose ?

– Peut-être que les victimes possédaient quelque chose qui intéressait le meurtrier ?

– Quel genre ?

– Je ne sais pas. Un truc de Téléporteur.

– Pourquoi les tuer, dans ce cas ?

– C'est peut-être un de ces machins dont il faut tuer le propriétaire pour s'en servir, style Sceptre des Anciens.

– Voilà notre théorie n° 2.

– Ou bien, le meurtrier cherchait une chose que possédait l'un d'eux, et il a dû éliminer tous les Téléporteurs l'un après l'autre jusqu'à ce qu'il trouve le bon.

– C'est une possibilité. Théorie n° 2 variante B.

– Je suis contente de voir que vous n'essayez pas de compliquer les choses inutilement, marmonna Valkyrie.

Une camionnette noire s'arrêta à leur hauteur. Le conducteur en descendit, scruta la rue pour vérifier que personne ne regardait et fit coulisser la portière latérale. Deux Fendoirs apparurent et se mirent au garde-à-vous sans un mot, tout en gris, le visage dissimulé par la visière de leur casque. Chacun tenait une grande faux. Enfin, le dernier passager de la camionnette fit son apparition et vint se placer entre les deux Fendoirs. Vêtu d'un pantalon de toile et d'un blazer assorti, le front large et une barbichette pointue qui tentait de masquer son absence de menton, Remus Crux observa Skully et Valkyrie d'un air méprisant.

– Oh, c'est vous, dit-il.

Il avait une drôle de voix, comme un chat trop gâté qui réclame son dîner.

D'un mouvement de tête, Skully montra les deux Fendoirs qui le flanquaient.

– Je vois que vous vous déplacez incognito aujourd'hui.

Crux parut se crisper.

– Je suis l'inspecteur principal du Sanctuaire, monsieur Fourbery. J'ai des ennemis et, par conséquent, j'ai besoin de gardes du corps.

– Sont-ils obligés de se poster au beau milieu de la rue ? demanda Valkyrie. Leur présence est un peu ostentatoire.

Crux ricana.

– Voilà un bien grand mot pour une fille de treize ans.

Valkyrie résista à l'envie de le frapper.

– C'est un mot très courant, vous savez. Et j'ai quatorze ans. Par ailleurs, votre barbe est ridicule.

– Ah, n'est-ce pas formidable, cette entente qui règne entre nous ? s'exclama gaiement Skully.

Crux foudroya Valkyrie du regard avant de se retourner vers le squelette.

– Qu'est-ce que vous fabriquez ici ?

– On passait dans le coin et on a entendu dire qu'un nouveau meurtre avait été commis. Alors, on a eu envie de jeter un petit coup d'œil. Nous venons juste d'arriver. Serait-il possible… ?

– Désolé, monsieur Fourbery, dit Crux d'un ton sec. Du fait de la nature internationale de ces crimes et de l'attention qu'ils provoquent, le Grand Mage compte sur moi pour faire preuve du plus grand professionnalisme et il m'a donné des ordres stricts vous concernant, vous et Miss Caïne. Il ne veut pas que vous fourriez votre nez dans les affaires du Sanctuaire !

– Cette affaire ne le concerne pas, fit remarquer la jeune fille. Il s'agit d'un meurtre, rien de plus. Cameron Light ne *travaillait même pas* pour le Sanctuaire.

– Le Sanctuaire mène une enquête officielle, c'est donc une affaire qui le concerne officiellement.

Skully demanda alors, d'un ton amical :

– Comment se déroule l'enquête ? Vous devez subir une forte pression pour obtenir des résultats, hein ?

– Nous contrôlons la situation.

– Oh, je n'en doute pas. Je suis sûr que la communauté internationale vous offre son aide et met en commun tous ses moyens car, après tout, il ne s'agit pas d'un problème qui se limite à l'Irlande. Néanmoins, si vous avez besoin d'une aide *discrète*, nous serons ravis de…

Crux l'interrompit :

– *Vous* avez peut-être pour habitude de violer les règles, mais pas *moi*. Vous ne détenez plus aucun pouvoir ici. Vous y avez renoncé le jour où vous avez accusé le Grand Mage de trahison, vous vous souvenez ?

– Vaguement…

– Vous voulez un conseil, monsieur Fourbery ?

– Pas particulièrement.

– Trouvez-vous un joli trou dans la terre, n'importe où, et couchez-vous au fond. Votre carrière de détective est terminée. Vous n'existez plus.

Sur ce, affichant un rictus qu'il imaginait sans doute triomphant, il entra dans le bâtiment, accompagné des deux Fendoirs.

– Je n'aime pas ce type, décréta Valkyrie.

Le papier de cet ouvrage est composé de fibres naturelles, renouvelables, recyclables et fabriquées à partir de bois provenant de forêts plantées et cultivées expressément pour la fabrication de la pâte à papier.

Mise en pages : Maryline Gatepaille

Loi n° 49-956 du 16 juillet 1949
sur les publications destinées à la jeunesse
ISBN : 978-2-07-060318-3
Numéro d'édition : 146056
Dépôt légal : mai 2011

Imprimé en Espagne par Novoprint (Barcelone)